桃花小農女 下

文創風 772

韓芳歌 著

目錄

第十三章

小妞兒喝了藥後開始全身發燙，羅紫蘇與沈湛都一夜沒睡。

羅紫蘇完全放心不下，整夜照顧著小妞兒，而沈湛也是，不過，他的注意力卻是集中在羅紫蘇身上。

羅紫蘇的自責、自怨、自我否定，那些負面情緒，沈湛都很敏銳地察覺到了。只是他雖然能感覺得到，卻完全不知道如何勸慰，只能笨拙地陪著對方，時不時地想讓羅紫蘇休息一會。

只是，羅紫蘇即使躺在小妞兒身邊休息，也時不時地伸手去摸她的小手，給她餵水，始終注意著小妞兒的狀況。

一直到天亮，小妞兒急促的呼吸聲慢慢緩下來，身體的熱度逐漸下降，羅紫蘇才鬆了口氣，等沈湛洗了臉後，就抓著他讓他去請大夫過來看看。

老大夫剛睡醒正想吃早飯，就被沈湛一把揪住要他出診。老大夫好鬱悶，可是看沈湛一臉的著急……算了，他先去看了吧！

一路上緊趕慢趕，到了沈湛的家中，看到睡得安穩的小妞兒，老大夫先是滿意地點點頭，這才伸手給小妞兒探脈。

「甚好！熱大多發出來了，不過還是有些餘邪，這只能慢慢調理，我再重新給你開個方子。」

老大夫一邊說一邊掃了眼羅紫蘇的黑眼圈，與沈湛明顯不太精神的神色。

「不養兒不知父母恩，只有親自照顧了孩子，才會知道做父母有多麼不容易。都是之前你們太輕忽了孩子，才會一下子這樣發作出來，以後一定要用心些。」

老大夫哼了哼，不過想到昨日他說的，每隔兩個時辰，就給小姑娘餵上六碗水煎成一碗的藥，這兩口子估計是真的一晚沒睡，不然小姑娘也不會好得這麼快。

「好了，只要把這藥連著吃上三服，小姑娘基本上就沒事了。這段日子吃些清淡軟爛的，小孩子，脾胃弱，易感風邪，平日裡注意著些。」老大夫仔細地重新寫了方子，又囑咐一番，這才離開。

沈湛與羅紫蘇都鬆了一口氣。

「天色不早了，相公你看著小妞兒，我去做飯。」

羅紫蘇看了看天色，又看了眼在炕上沈沈睡著的大妞兒和小妞兒。昨天晚上隨便吃了些，今天可不能再對付，小孩子正長身體呢！

羅紫蘇去了灶房，把野雞拆骨後冷水下鍋，燙出血沫後把雞肉撈出洗淨。重新換了水，再丟進去一小段蔥，放進一小片昨天買回的蔘片，大火煮開後把火壓住，用小火慢燉。

這邊，她開始用溫水和麵做麵條；另一邊，沈湛十分有眼色地一邊照看著閨女一邊把青菜摘好，羅紫蘇把青菜切段放在一旁備用。

首先淘了精米，開始熬粥，青菜燙了一部分，留了一部分，燙的那部分丟進要放麵的碗裡，分成三份；接著煮好麵條調味，一碗一個荷包蛋。等到粥已經煮成了八分爛，羅紫蘇把留下的一部分青菜切得細碎，把雞蛋打散，放了一點點鹽倒進粥鍋裡，等雞蛋和粥熟了，放進切碎的青菜，餘溫直接燙熟了青菜。

羅紫蘇把青菜蛋粥放在一旁的鍋灶上溫著，盛好青菜雞蛋麵，又備上一小碟蘿蔔鹹菜端到東屋，讓沈湛先吃。

她回屋裡去喊醒大妞兒給她穿衣服，誰知沈湛已經搶了這活，羅紫蘇只好先去東屋吃麵。

她吃到一半時大妞兒睡眼惺忪地走進來，因為太睏眼睛沒完全睜開，還差點被門檻絆倒。

「大妞兒，哪有人閉著眼睛走路的！」

羅紫蘇驚掉半條命。這小臉要是摔地上可一定疼死了，剛剛她都佩服自己，居然如此動作迅速地接住摔進來的大妞兒。

「娘。」大妞兒的瞌睡終於飛走了，她張著明亮的眼眸，看著羅紫蘇露出最燦爛的笑。「有娘接著我，我才不怕呢！」

大妞兒吃麵的時候，小臉頰一鼓一鼓的，像只小鼴鼠。羅紫蘇看著小姑娘的小辮子被沈湛綁得一條上一條下，左右不對稱不說，還分得亂七八糟，心裡就想笑。

「娘，您給我重新綁辮子，爹綁得好醜。」

四歲的大妞兒顯然已經有審美了，一邊吃一邊鼓著臉頰不滿。

「好，不過吃飯時不可以邊吃邊說話，把嘴裡的東西嚥了再說話，知道嗎？」

羅紫蘇放下筷子認真地說，大妞兒點點頭，一雙大眼睛忍不住看著羅紫蘇，開始學著羅紫蘇放慢吃麵的速度，細嚼慢嚥。

羅紫蘇點點頭，孺子可教。

大妞兒開朗地笑起來，羅紫蘇有些驚訝。不知道是不是她的錯覺，以往的大妞兒似乎總是帶著幾分小心翼翼、防備與敏感，可是今天早上的大妞兒卻少了那些氣息，多的是開朗與放心。

真是奇妙的小孩子。

吃了麵，羅紫蘇回房去看小妞兒，讓沈湛過去吃，再不吃麵都糊掉了。

沈湛狼吞虎咽地吃了麵，又把碗都刷了，這才回房來。

「媳婦兒，妳睡一會兒吧！昨天晚上一夜沒睡，我看著小妞兒。」

羅紫蘇確實也有些挺不住了，她睏倦地看了眼還睡著的小妞兒。

「那一會兒小妞兒醒了，你餵她吃一些灶上溫著的粥，不要給她吃太多，小半碗就好。」

「好，妳放心吧，快睡。」

羅紫蘇軟軟地躺在小妞兒的身側，又摸了摸那雙已經恢復了正常溫度的小手，沈沈地睡著了。

沈湛看了眼羅紫蘇眼窩下的黑色，又轉頭看看靠在炕沿正看著他的大妞兒。

「妳是在房間裡，還是在院子裡玩？」

「爹，我要沙包。」

大妞兒指了指。沈湛幫她把放在炕上櫃子裡的沙包拿出來，大妞兒抱起之前放到小妞兒枕邊的布娃娃，跑到院子裡玩了。

沈湛透過窗子看著在院子裡玩的大妞兒，低頭凝視已經靠在一起睡著的母女兩個，那已經僵硬了多年的臉頰，忍不住露出笑意。

「媳婦兒，有妳，真好。」

粗糙帶著繭的手掌撫過羅紫蘇細緻的臉，讓羅紫蘇皺著眉頭不滿地轉過身去，一旁的小妞兒開始扭動小身子，接著睜開眼睛。

「乖閨女，妳可別哭呵！」

沈湛連忙把小妞兒抱起來，想到大夫的話，又連忙把小被子抓過來，包好小妞兒。

「唔。」小妞兒伸手把小拳頭塞到嘴裡啃啃啃，十分直接地和親爹表達她很餓的意思。

「走吧，先給妳洗洗臉、洗洗手，然後我們吃飯。」

沈湛輕哄著小妞兒出了房間，炕上的羅紫蘇沒了別人的騷擾，終於舒服地擺了另一個姿勢，睡得更沈了。

沈家。

周氏一臉的怨氣深重。

昨天從老二家回來，她就跑去找了她的靠山——她的婆婆。結果李氏聽了她的委屈，居然不安慰，還給了她一巴掌，讓她心裡又怨又憤。

周氏心裡明白呢，婆婆這是在為上次沈福裝受傷騙銀子的事情給她下馬威，她除了打落牙齒和血吞，還真沒別的辦法！

「怎麼了？」沈福回來就看到周氏一臉哀怨，一副死人臉，倒盡他的胃口。

還是紫兒好啊！可是紫兒不知怎的這些日子都不見人影，每次過去都是隔著帳子說話，說是染了風寒怕傳給他，讓他好不心急，沈福也因而越發地沒了耐性。

「還不是娘！」周氏一提這個就滿臉的委屈。「我昨天被羅氏欺負，結果娘不給我出氣還給了我一巴掌。」

「該！」沈福也是沒好氣。「那二郎家的一看就是個潑辣貨，不過倒是越長越美。」

「好啊你個死鬼！」周氏大怒。「你居然連自己的弟媳都要沾不成？簡直天理不容！」

「妳放什麼屁呢！」沈福粗魯地把撲過來的周氏推到一旁。「真不知妳發什麼瘋，我就是隨口一說；再說了，人家是比妳強啊，妳看看妳自己，這幾年也不知怎的，吃成了這副鬼樣子！」

「好啊，我為你生兒育女，你現在倒來嫌我了？」周氏大鬧起來。原本就心氣不順，沈福不安慰也就罷了，還來個落井下石，她非鬧得他沒臉不可。「誰不知道你迷上了那叫什麼紫兒的浪蹄子，可惜人家攀了高枝，不理你了，你嫌棄我，人家還嫌你呢！」

「妳說什麼！」沈福臉色大變，上前一把抓住了周氏的胳膊，眼神陰鷙銳利。

「我、我就是隨便說說。」周氏被沈福的眼神嚇住，嘴裡立即就軟下來了。「你做什麼這麼生氣？」

「別給我亂說，不然，我真休了妳！」

沈福陰陰地丟下一句，自顧自地去了錢箱處，把裡頭僅有的兩塊碎銀子並一串銅錢拿了，揚長而去。

周氏氣得不行，可又怕死了沈福的喜怒無常，這段時間，沈福越來越暴躁，嚇人得緊。

周氏越想越不對勁，一咬牙，又去找了李氏。

不找不行，沈福這樣下去，弄不好真要出事了。她不為別人，為了她家的大寶兒也一定要守好這個家。

她還等著她家大寶兒出人頭地呢！

不提李氏一臉的驚訝與不信，另一邊，沈湛家裡來了一位不速之客——

沈家的長女，也是沈湛的大姊，不過嫁去縣裡後就很少回娘家。因此，當一輛馬車停在家裡院門口時，沈湛雖然聽到動靜，卻沒想過那馬車是奔著他來的。

青棉簾子一掀，沈大姊從車上走了下來。

這邊，大妞兒正在院子裡踢著沙包，聽到門口的聲音，好奇地跑出來。

沈大姊通身墨綠繡著萬字不斷頭的通袖小襖，下著赫色的馬面裙，衣服說起來還有些不太合身。沈大姊生下了三個兒子後有些發福，擠在那通袖小襖裡顯得有幾分奇怪。

「小姑娘，這裡是沈二郎的家？」沈大姊笑問。

「嗯。」大妞兒點了點頭，有些緊張地抱住懷裡的布娃娃。對面的嬸子頭上的簪子好晃眼，讓她眼睛不舒服。

「妳是叫、叫大……妞兒吧？」沈大姊一邊努力回憶著，一邊笑咪咪地問。

「嬸子妳怎麼知道？」大妞兒有些好奇起來。

「嬸子？」沈大姊有些無法相信這粗俗的稱呼會落在自己身上。「大妞兒，我可不是什麼嬸子，我是妳姑母，妳快喊姑母。」

咕姆？那是什麼？

大妞兒有些迷惑，抬頭看了她一眼，突然轉頭往家裡跑。

「爹、爹，咕姆來了，咕姆來了！」

沈大姊臉色有些發青。這二弟真是的，怎麼回事啊，把孩子教成了什麼鬼樣子了！

「大妞兒怎麼了？」沈湛剛餵完小閨女，小妞兒正哼哼唧唧的想要再吃半碗而努力地賣萌呢，他聽到大妞兒的喊叫，有些不明白地從屋裡出來。

「二郎，是我來了！」

沈大姊一進來就有些嫌棄地用帕子搗了搗鼻子，試探地嗅了嗅。還好，可能是院子裡沒養什麼家禽，沒有太大的怪味。

沈湛一看是沈大姊立即撂了臉。「有事？」

「你這是什麼態度？有你這樣對自家姊姊的嗎？」

沈大姊不太樂意地看了眼沈湛，沈湛面無表情。

「當初妳不是不當沈家女嗎？成親之後再沒見妳回來。」

「沒管那些，說是出族，我不是還姓沈嗎？」沈大姊說起這個就有些得意，當年她是有些胡鬧，可是那也是一搏不是？

「對了，聽說你又成親了？」

「是。」沈湛點頭。

沈大姊有些不滿地看了眼沈湛懷裡的小妞兒。

「這都日上三竿了，二郎媳婦呢？呵，沈家媳婦就是這麼當的啊？讓自家的相公抱著孩子算怎麼一回事？世人可是都講說抱孫不抱子的，二郎你是想讓沈家被人笑話死嗎？」

沈大姊的聲音刻薄又尖銳，直接刺醒了睡著的羅紫蘇。她有些昏沈地揉揉額頭，摸了摸疼痛的耳朵。

剛剛是什麼聲音啊，怎麼這麼震耳朵？好疼！

「相公你買雞了？」

羅紫蘇有些迷糊地從炕上坐起來，想起自己說過讓沈湛去抓幾隻雞回來養，有些懷疑沈湛真去抓了。不能這麼迅速吧，小妞兒呢？

「無禮！」沈大姊大怒，直接衝進房中，指著羅紫蘇的鼻子就開罵。「妳是怎麼為人妻的？對相公不知體貼關愛也就罷了，還不許人說麼？我告訴妳，我是沈家的大姑奶奶，別說妳了，就是周氏我也是說得的，居然還敢罵我！」

羅紫蘇莫名其妙地看著這個一身華翠的女人跳腳，心裡覺得真是人在家中坐，禍從天上降，怎麼睡了一覺就變天了，這女人是誰？

「媳婦兒，妳醒了？」

沈湛的臉像千年寒冰，看著沈大姊時，透著絲絲寒氣。

他生氣。

他很生氣！

他的媳婦兒他自己心疼，一晚上沒睡這才剛闔眼礙著誰了？大姊是怎麼一回事？怎麼來了就找茬？

「嗯。」羅紫蘇點頭，抬頭對著沈大姊昂昂頭。「這是？」

「我是二郎的大姊！」

沈大姊搶著說，讓羅紫蘇更加不解，她怎麼沒聽說過？

沈大姊卻不管三七二十一，嘴上不停地教訓羅紫蘇。羅紫蘇起身下炕，穿上繡鞋洗耳恭聽，眼神卻詢問地看著沈湛。

「大姊，妳來到底有何事？媳婦兒有我呢，不用妳管。」

沈大姊想要說什麼，又顧忌地看了眼羅紫蘇。「這……是有些事情。」

羅紫蘇嘆了口氣，直接問道。

「大姊要在這兒吃飯？」

「廢話，大姑奶奶頭次登門，妳還不留飯？」

「不速之客，愛留不留。」

羅紫蘇直接頂回去，轉頭看到沈湛一臉的就該如此後，沈大姊在沈湛心裡的地位她已經有了譜。

羅紫蘇帶著大妞兒出了屋，去灶房。一進灶房，羅紫蘇就嗅到了雞湯的香氣。羅紫蘇把小鍋自灶上端開，放到一旁溫著，開始淘米蒸飯。

那邊屋子裡，沈大姊卻是盯著沈湛，上下打量了半晌，這才開口。

「二弟，當初徵兵，我記得，你是隨著顧玄武將軍吧？」

「是。」沈湛點了點頭。「咱們村子裡的都是跟著顧將軍的，妳知道，咱們村子那年來招兵的正是英勇軍來招兵，幾乎都是顧將軍麾下。」

「那你知道不知道，當年顧將軍被敵人俘住過？」

「不曾。」

「那是你不知道！」沈大姊臉頰泛著紅光，一雙眼睛泛著陰冷。「當年顧將軍打了勝仗，結果一時心急追擊敵軍，卻被俘住，聽說足足在敵營三天才逃回來呢，是有人幫著顧將軍做了替身。你幫姊姊查問一下，是不是有此事？若是此事當真，咱們沈家發達便指日可待了。」

「就算有此事，又與我們沈家有何相關？」

「傻二郎，你想啊，當今聖上最是多疑，顧將軍為人桀驁，本就頗招聖上猜疑，若是他曾被俘卻未曾上報朝廷，隱瞞戰情，這可是欺君大罪！再加上最近英勇軍連連戰敗，聖上若是知道此事，恐怕第一個疑了顧將軍。顧將軍在朝中可是沒少得罪人，想扳倒他的人多得很，現在就有人買此消息。二郎，你若幫著姊姊把這事做成了，這沈家還不立即就換了樣子？」

沈大姊說得就好似已經事成了般，心中歡喜無限，只是她卻沒注意到，隨著她說的話，沈湛的臉色已經陰沈得快要滴出水來了。

「二郎，你倒是說話啊！看看你那是什麼臉？」沈大姊不滿地伸手想推沈湛，誰料沈湛目光兇狠，她嚇了一跳，手連忙縮了回來。

沈湛整張臉極難看。「大姊，妳是沈家的長女，姊夫又是典史，怎麼學著那些鄉村蠢婦，道聽塗說，不知所謂。」

這大抵是沈湛對女子說過的最最嚴厲的話了。

羅紫蘇在院中倒淘米水，難得聽到沈湛囉嗦出這麼多話，語氣極為嚴厲。

「什麼道聽塗說！」沈大姊怒了，跳起來開罵。「什麼又叫做鄉村蠢婦？我可是你姊姊，當年若不是我，你早就死了，現在倒給我臉子看！你定是知道內情的，只是在這裡充大尾巴狼。我告訴你，沒有你這個張屠夫，我就不信還能吃帶毛的豬！你不想相幫就算了，自有人來賺銀子！」

沈大姊說完也不多待，扭頭就走。羅紫蘇沒想到沈大姊突然跳腳，沈湛卻是知道自己大姊的性子，看到她怒氣沖沖地摔門而去，在屋子裡沈吟了半晌，這才快步走到院子裡。

「我出去一趟。」

悶悶地說完，沈湛快步走出院門，聽到隔壁院子裡，李氏誇張地和沈大姊話家常的聲音，他表情深沈地盯著沈家半開的院門半晌，轉頭往里正家中走去。

羅紫蘇聽得一知半解，不過沈湛難得如此氣憤，雖然不太了解，可她卻也心中清楚，沈湛頗有些城府，沈大姊能把他氣成這樣子，恐怕不是一般事。

「玉姊兒啊，妳這天天的，嫁了好人家可不能忘記了娘家，多少年了，也不多回娘家看看！聽說妳生了三個小子了？可真真是好福氣，妳婆婆定是把妳放心尖上疼了吧！」

李氏的聲音傳了過來，羅紫蘇抽了抽嘴角。這得要多大的聲音，才能穿透牆壁讓她在院中聽得清清楚楚？這話是想說給誰聽呢！

「看娘說的，我這也是離得遠了，加上這三個小子連年地蹦出來，照顧不來。娘這些年可好？」

沈大姊的聲音讓羅紫蘇覺得有些奇怪，聽著聲音是很喜悅沒錯，可是卻又說不出哪裡有違和感。

那院兒的人漸行漸聊，聲音逐漸聽不清楚。羅紫蘇做好了午飯，照顧著小包子們吃了，看著兩個孩子沈沈睡了，又去空間取出水來，澆了老桃樹，看著那翠綠的葉子比之前更多，甚至隱約有了花苞，嘴角帶出幾分笑意來。

另一邊，李氏的臉色卻是有些青白。

她看著沈大姊帶著笑的表情，臉色僵硬中透著幾分狠厲。「玉姊兒妳這是說什麼話？」

「娘您說呢？」沈大姊挑著眉笑起來，臉上沒了之前在沈湛面前的難看。

「女兒也沒給您出什麼難題，就是讓您幫著勸勸二郎，他就是個梗脖子，說什麼也說不通的。娘您是個有本事的，想來拿捏老二家的必是不在話下，讓您幫個忙，是女兒不孝，勞累了您，可是您想啊，一家人可不就是要互幫互助，這個家才能人丁興旺、紅紅火火不是？」

「玉姊兒，」李氏忍了又忍，才把怒意壓了下去。「我這當娘的，還能不給自家女兒幫忙？還不是二郎現在大了，有了自己的主意，妳離得遠想來是不知道，他們二房已經分出去了。」

「什麼？分出去了！」沈大姊的聲音有幾許破音，看著李氏的眼神帶著幾分不可置信。

「怎麼可能，您放著肥肉不好好守著，把他們分出去？」沈大姊堅決不信。

「還不是二郎之前的傷！」李氏咬了咬牙。「他受傷時，不也給妳送了消息？妳這個當姊姊的都不幫襯，我這當娘的有什麼辦法？」

「娘，您蒙誰呢？」沈大姊冷笑。「您讓我個出嫁女幫襯，也不怕小妹嫁不出去。」

「妳……真是，不只嫁進官家，腰板子硬了，這嘴皮子功夫也見長！」李氏被噎得說不出話，半晌才悻悻道。

「說別的沒用。」沈大姊的臉一下子就落了下來，十分不給面子。「娘，我話放在這裡，這對您女婿而言可是頂頂要緊的事，您要是不想法子幫我把這事辦成了，您那些私房也不會是秘密了。」

「妳敢！」沈李氏氣得一拍桌子，震得手指都發麻了，卻只換來沈大姊的冷笑。

「為什麼不敢？這件事對您女婿可是頂頂要緊的，您要是不幫，別怪女兒不給情面！」

沈大姊說完了想說的，也不再廢話。李氏其人她比誰都清楚，定是鑽破了頭皮也會辦成此事。

沈大姊放完話，也不再停留，自回了縣上，留下李氏又急又氣，只覺得心肝脾肺都糾在一起，直接倒在床上起不來了。

姜氏本小心在廚房幹活做午飯，想著去問問婆婆大姑姊是不是要留飯？結果看到李氏青白的臉色嚇得不行，連忙跑到田裡找沈忠去了。

這邊，沈湛出去很久，直到快吃晚飯時也沒回來，只有里正家的小女兒跑來說沈湛要留在里正家吃晚飯。

這是怎麼了？

心下有些擔心，羅紫蘇想著既然沈湛不回來吃晚飯，那她也就不管這些，好好給大妞兒她們做點好吃的。

中午時她泡了一些桃膠，如今正派上用場。

先洗米下鍋熬粥，把紅薯洗好削皮切成小塊放進去，又把桃膠也放入，小火慢熬。另一邊又做了醋溜白菜、清蒸肉片。只有她和兩個小包子，兩道菜夠吃了。

等廚房裡傳來誘人的香味後，大妞兒和小妞兒也醒了。

餵了兩個小包子吃好飯，羅紫蘇抱著小妞兒帶著大妞兒在房裡玩，就聽到院門那邊有動靜。

她有些驚訝地看了看天色，還以為沈湛會像上次那般回來得很晚，不想這麼早就回來了。

「晚飯吃了？」抱著越來越愛動的小妞兒，羅紫蘇上前問沈湛。

「吃了。」沈湛的臉色並不太好，眉宇間深深皺成了川字，讓人一看就知這心情著實夠糟糕的。

看出沈湛興致不高，羅紫蘇也不再問，只是動作麻利地幫著他倒了熱水，讓他洗臉、洗手。

一直到了入夜時，沈湛也未開口。大妞兒是個極敏感的孩子，感覺到父親身上的低氣壓，一晚上都小心翼翼的，也不像白日那般活潑，乖乖地洗臉上炕睡覺，衣服都是自己脫的，乖得讓人心疼。

小妞兒似乎也覺得自己親爹今兒晚上不太好惹，早早地在炕上爬著溜了兩圈就睡了，很快的，房裡就剩下了兩個大人，相坐無語。

羅紫蘇吐了一口氣，心裡莫名覺得不爽極了。

她本是個極開朗的人，一直覺得兩口子之間，即使不能事事坦承，至少可以有事說事，這落著臉，看得她心裡暴躁得不行。

洗漱了，羅紫蘇也不多說，直接往炕裡躺，摟著兩閨女就睡了。

至於那位高冷的相公麼？呵呵，繼續坐著當雕像去好了！

一晚上，羅紫蘇只覺得身邊睡著的人似乎一直翻來覆去，讓她也是時醒時睡，天還沒怎麼亮，她就被折騰得清醒了。

「你一晚沒睡？」透過窗外濛濛的亮光，她一眼就看到沈湛的眼睛還睜著。

「嗯。」沈湛怔了怔，轉過頭，看到羅紫蘇有些擔憂的神色後，眼神暗了暗。

「到底什麼事情？咱們是一家人，若有了難事也可以互相商量一二，何苦你自己這樣折騰？」

「妳生氣了？」沈湛一驚。

「能不氣嗎？」羅紫蘇沒好氣，先是伸手摸摸睡得香香的小妞兒和大妞兒，這才扭過身對著沈湛。

「若是我像你似的，心中有事不和你說，自己一晚上像烙煎餅似的翻來轉去沒個消停，你說你心裡氣不氣？」

「其實，不是什麼難事，」沈湛語氣頓了一下。「而是我心有不甘。」

沈湛呼吸有些急促，除了某些特殊的時刻，他少有這般激動的時候，羅紫蘇心中更是驚訝，認真地看著沈湛聽他說話。

「顧將軍本是大魏名將，顧家亦是一門忠烈。當年，從太祖得了江山到現在抵禦漠北的韃子，都是顧家軍的戰果，若無顧家一門，又何談這大魏朝？顧家為了大魏，落得只剩下顧將軍嫡系一脈，可是，顧將軍一死，朝廷卻有人要給他安個通敵叛國的罪名，這不是想把顧家趕盡殺絕嗎？」

「顧將軍有兒子？」羅紫蘇問。

「當年隨侍將軍身旁有位側室，在我們歸家之前聽聞已經有孕。」

沈湛的話，羅紫蘇聽了後想得更多。沈湛的模樣，對顧玄武的情誼，恐怕不只僅僅是軍中袍澤，這當中是否有些別的，她不好說。不過，這都是沒辦法的事情，屬下勇猛，當然是好事，可是過了，上位者自然會忌憚。

羅紫蘇覺得奇怪。「側室？顧將軍沒有正室夫人嗎？」

沈湛一邊回憶一邊說道：「曾有，正室與顧家其他家眷都留在京裡，不過卻因難產而亡，給顧將軍生下一位嫡長女，如今那孩子應該也有八、九歲了。」

羅紫蘇點了點頭，莫名覺得哪裡不對，後來才想到了違和感在哪裡。「這些事，你一個當小兵的怎麼知道？」

沈湛沈默下來，不再吭聲。

羅紫蘇忍不住嘆氣。

這相公一遇到不想回答的就裝啞巴怎麼破？她好想打人怎麼辦？

等天色全亮，沈湛和羅紫蘇一同起來，沈湛洗漱了就熬粥，卻被羅紫蘇自灶房趕出來；沈湛不放心，看到燒好了熱水，又幫著羅紫蘇把紅薯洗好了蒸上，這才去了地裡忙。昨晚他已經和沈原說好了，今天不去山裡打獵，各自在家裡幹活。

羅紫蘇正做著飯，就聽見院門響，她走出灶房，看到林嫂子家的大女兒俏枝兒正站在門口看著她，臉上有些拘謹。

「俏枝兒，妳來啦！有事？」

「二嬸子！」俏枝兒小臉微紅。「我娘讓我來問問，晚些時候她要去後山摘野菜，問您去不去呢？」

「行，告訴妳娘我去！」羅紫蘇點了點頭。

俏枝兒脆生生地「誒」了一聲，剛想走，就被羅紫蘇喊了回來。

「俏枝兒，妳等等！」

羅紫蘇匆匆進了灶房，把灶房上掛的籃子拿下來，裡面還放著幾塊地瓜蒸糕，她包了兩塊出去，塞到俏枝兒手裡。

「給妳和妳妹妹吃的，拿著。」

俏枝兒這回臉全紅了，帶著急色連忙往外推。「不用了，二嬸子，我家裡有呢！」

「有什麼有，這地瓜蒸糕不費什麼料，又不稀罕。」說著羅紫蘇就把東西硬塞到俏枝兒手上。俏枝兒不好意思地道了謝，轉身抱著蒸糕喜孜孜地回家去了。

羅紫蘇嘆了口氣。自己似乎說話越來越鄉土了，除了上輩子的廚藝，她覺得一切都似乎離她越來越遠。也不知是不是前身重生的記憶給她的影響，她與身體的融合度高了，而且，也越來越能體會前身的感受與感情。

一家人吃了飯，羅紫蘇告訴沈湛她要去後山，大妞兒連忙抓著羅紫蘇說她也去，一定聽話不亂跑；羅紫蘇看大妞兒充滿希望的眼睛，怎麼都拒絕不了，只好點頭答應。

「行，妳們去吧，我在家收拾收拾農具。」沈湛點點頭。

「紫蘇妹子！」林嫂子在門外喊了一聲，手裡拿著個筐。

「來了！」羅紫蘇應了一聲，連忙帶著大妞兒從屋裡出來，拿了一個背簍揹上，快步出門。

「伯娘！」

林嫂子聽了連忙應了一聲，好好看了看大妞兒。大妞兒聲音很是清脆，臉上帶著笑，身上穿著新衣，小鞋子也是新的，頭髮梳得齊整，小臉兒比起之前不知白淨了多少，她心裡不禁讚賞。

就知道這紫蘇妹子是個好的，看看，把這孩子照顧得多精心，哪裡像是村子裡的其他小姑娘？就連她家俏枝兒看著也沒大妞兒水靈。

「紫蘇妹子，咱快去挖，趁著天色好，要不一會兒啊，人就多了。」

羅紫蘇笑著應了，帶著大妞兒和林嫂子往後山走，到了後山也不往山上去，只在山腳下挖。

林嫂子一邊挖，一邊看著這片野菜地感嘆。「這野菜可是馬上就老了，再挖個兩天啊，以後只能挖給雞吃了。」

「是啊！」羅紫蘇聽了心中一動。家裡雖有沈湛時時打野物回來，可家裡卻沒有養什麼家禽，不過一想到家裡地方狹窄，就又打消念頭。

林嫂子顯然也想到了這問題，扭頭看了看羅紫蘇，用心勸道：「紫蘇妹子別怪嫂子囉嗦，妳家裡也要養些雞鴨才好，下了蛋還能換錢不是？」

「我也想養，可家裡院子太小了，這一養，院子裡可都沒地放，雞鴨又不同於兔子，總圈著也不愛下蛋啊。」

「這倒也是。」林嫂子贊同地點了點頭。「我聽說妳之前賣什麼得了些銀錢？不行就重新置個地吧，重新起了房好，妳那後院子，種了菜都沒地方曬衣服。」

「是啊。」羅紫蘇心裡也常這樣想，等桃花酒出罈她賣了，第一件事情就是蓋房子。不只如此，如果要重新蓋房子，她第一時間就要把那棵老桃樹挪過去。

心裡有事，她動作更快，沒一會兒，背簍就裝得大半滿；而林嫂子這邊動作比她快多了，已經把籃子裝得滿滿的。

一邊的大妞兒本是邊跑邊玩，後來跟在羅紫蘇身後看著，等羅紫蘇與林嫂子挖好野菜要回去，她伸手抓著羅紫蘇的手。

「娘，下次我也揹小背簍和妳一起挖野菜，您都累出汗了。」

剛剛大妞兒看到羅紫蘇在擦汗，揪著手指她有些心裡難受，打定主意下次和娘一起幹活，這樣娘就能少幹點了。

林嫂子聽了別提多高興。「看看，我們大妞兒小小年紀就知道心疼娘了，比我家俏枝兒都懂事。」

羅紫蘇心裡別提多開心了，只覺得自己真是沒白疼這小包子，忍不住抱起來親了又親。

「大妞兒可真乖啊！」

看大妞兒小臉兒發紅，不好意思地把臉擠到她肩膀上，羅紫蘇才回頭對林嫂子笑。「妳家俏枝兒也懂事呢，說話穩重還有禮，都是嫂子教得好呢，哪就不如大妞兒這個小娃娃。」

林嫂子聽了閨女被誇也滿臉笑，又想到了早上的蒸糕。

「紫蘇妹子我還沒說妳呢！那蒸糕妳咋不給孩子留著吃，給俏枝兒做什麼？她都那麼大了，哪還要吃什麼零嘴兒。」

「看嫂子說的，俏枝兒才多大啊，還是孩子呢！那蒸糕不值幾個錢，嫂子可別和我這麼客氣，平常嫂子多找我親近親近，我這心裡才高興，自家人可不能那樣客氣。」

林嫂子笑得更開心，又說著別的閒話，與羅紫蘇一起往回走。

等到了家門，林嫂子告別後就走了，羅紫蘇帶著大妞兒才走進院子，就聽到李氏帶著幾分尖銳的聲音從房裡傳出來。

「怎麼叫做不能寫？只是讓你寫一份顧將軍當年確實曾經被俘的證明呢！我告訴你，你不同意也行，那就把小妞兒給我，今日你威脅我也沒有用，那些地我已經交給你爹了！」

「我不會寫。」沈湛沈著淡定地回了一句，也不說別的。

李氏氣得更甚，咒罵不止，羅紫蘇皺了眉頭，伸手摀住大妞兒的耳朵。

大妞兒害怕得轉頭抱住羅紫蘇的腿。對李氏她有一種天然的懼怕，這是在李氏手下討生活幾年養成的一種習慣，幾乎成了本能。

「沈二郎，我告訴你，今日你應也得應，不應也不怕，自有你爹來管你！別以為分了家就什麼事都沒了，再怎麼，你爹他也是你老子，做個主還是可以的。你不肯對不起別人，那就對不起你女兒好了！反正賠錢貨有兩個呢，這個小的要不要對你又有什麼打緊？」

李氏說完也不聽沈湛重複的那句「我不寫」的屁話，轉頭氣沖沖地走了。在院子裡撞到羅紫蘇帶著大妞兒，狠狠的一口唾沫啐到了地上。

「一屋子的賠錢貨，哼！」

李氏氣沖沖地離開，羅紫蘇連忙帶著大妞兒進了屋，背後的背簍都來不及放下。

羅紫蘇一進屋就吃了一驚，沈湛臉色鐵青，幽冷的目光帶著刻骨的仇恨。

「相公，你這是怎麼了？」

「沒什麼。」沈湛強自把心中的不滿與怨恨壓了下去。這世上，原來有太多的事情，不是你不想計較，人家就不計較的。看樣子，他也要讓對方明白明白，有些事情，不是她們想如何就如何。

羅紫蘇無奈，也有些生氣。這沈湛到底當她是什麼？什麼事情都不和她說，還一副想和自己過一輩子似的，騙誰呢！

想到這兒，羅紫蘇也不理沈湛了，抱著大妞兒扭身就出了屋子。

羅紫蘇把野菜洗好、切好，燒好了熱水燙了，挖出麵做了疙瘩湯，撒上一些野菜，剩下的野菜用香油、鹽、辣椒細細拌勻，給小妞兒蒸了碗蛋，一家人吃完午飯，就聽到院外有人拍門。

「誰啊？」羅紫蘇走到院門前就看到一個有些熟悉的婦人站在那兒，她想了想，對方似乎是從雙槐村裡嫁過來的，大家都叫她茶花嬸子。

「嬸子您有事？」

那婦人上下打量了紫蘇一眼，帶著幾分笑。「我昨天回娘家正碰到妳家奶奶，她讓我給妳帶個話，說是妳兄弟明日下午就會過來接你們一家回去住，讓妳收拾好東西回娘家。」

羅紫蘇怔了怔笑起來，道謝不已。「多謝嬸子了，還麻煩您過來一趟，您等等。」

羅紫蘇快步回了廚房拿了剩下的最後兩塊紅薯蒸糕包好，遞給茶花嬸子。

茶花嬸子眼睛本就不大，如此笑得更是雙眼瞇起來。「哎，看看妳這妹子，怎麼還恁客氣，都是一村人，不用不用。」

「哪裡，不值什麼，就是給您家小孫孫吃個新鮮。」

茶花嬸子笑得更開心，又親熱地說了幾句，這才拿著蒸糕回家去了。

羅紫蘇回房告訴沈湛，沈湛點點頭道：「本想著等後日去山裡打些野物帶回去，那就明日早些入山吧，我早些回來。」

羅紫蘇點頭，與沈湛說了幾句後就開始收拾著回去要拿的東西。

嘆口氣，她想著先去收拾一些東西，看看缺些什麼，明天清早好去鎮上買回來。畢竟是她娘家，面兒情也是要的。

收拾了一番，看了看家中的東西。羅紫蘇想了想，這房子裡的糧食什麼的，都鎖到倉房裡就行，其他放不住的，還有銀子什麼的，她乾脆收了大部分到空間，只留五兩多的銀子，還有三貫散碎大錢放到匣子裡面。

第十四章

第二天一大早，沈湛去了山上打獵，羅紫蘇揹著背簍，抱上小妞兒，帶著大妞兒去鎮上了。

不是她信不過富貴嬸子，而是安娘又有些生病了，她想著，這次來回應該都挺快的，就沒把孩子放在那邊。

沈富貴讓羅紫蘇坐在牛車偏裡的位置，而大妞兒乖乖地靠著她，兩個孩子都少有這般早起的時候，所以小妞兒呼呼睡著，大妞兒也是直揉眼睛。

羅紫蘇在小妞兒身上包著小小的薄被，摟在懷裡輕拍，這邊伸手半搭著大妞兒的肩膀輕哄著：「乖閨女，靠著娘睡會兒吧，一會兒到鎮上給妳買好吃的。」

大妞兒本來是昏昏欲睡的，聽到羅紫蘇的話一下子精神了，睜大眼睛看著她開心地問：「真的？娘，我想吃點心，大伯以前給大寶兒帶過點心，這麼大。」

大妞兒用小手比了比，羅紫蘇心裡心疼，撫了撫大妞兒順滑的頭髮。

「好，娘給妳買最好的點心吃。」

娘倆正小聲說著話，村裡陸陸續續地走出幾個婦人，其中一個上了車看到了羅紫蘇母女三人撇了撇嘴。

「喲，這二郎媳婦是去鎮上？怎麼兩個孩子都帶著，小心著別把孩子丟了，聽說啊，這城裡大戶人家買丫鬟都給不少銀錢呢！」

羅紫蘇抬眼一看，是花嫂子。

她冷冷地瞪了對方一眼，低下頭不再理會對方，只是拍了拍又有些犯睏的大妞兒。

花嫂子一拳打在棉花上，又哼了一聲，對著旁邊的一個婦人道：「看看妳妯娌，還挺張狂啊，和她說話不理不說，見了妳還當看不到。」

羅紫蘇聽了這話有些懷疑，抬頭又看過去，等看到花嫂子旁邊坐著的真的是姜氏時，驚訝地瞪大了眼睛。

不是羅紫蘇剛剛沒看人，是因為姜氏的變化真的太大了！

她還記得初見時，姜氏一身半舊的棉布衣裙，一張臉圓乎乎的，眼睛不太大，不過勝在皮膚還算白，整體來說，還是長得不錯，看著一副有福氣的。

可是現在呢？

一張臉瘦成了錐子臉，一雙眼睛因為臉變瘦而顯得極大，帶著幾分惶恐不安的模樣。在看到羅紫蘇看過來時，帶著幾分恨怒瞪了過去，讓羅紫蘇驚訝之餘忍不住想著，極品不愧是極品，一看都混成這樣子了，還不忘記惹人厭。

不過，姜氏是怎麼了？怎麼這一副鬼樣子？難道是被沈祿虐待了？想想沈祿的樣子，她搖搖頭。

應該不是，估計是那位極品婆婆幹的好事。

花嫂子一個人的戰爭也沒意思，看羅紫蘇完全不理會她，只好轉頭與姜氏聊天，她對姜氏的這副模樣還是挺感興趣的。

「妹子，妳要回娘家住多久啊？這馬上要農忙了，回家去可是不太好吧？」

「我娘家有些事情，很急。」姜氏不高興了，她自然是知道花嫂子也想看她笑話，想到這些時日過的日子，她忍不住心裡發酸。

當年自己為了嫁給沈祿是用了點手段，可是她怎麼也想不到，有一天自己會看婆婆的眼色過上這樣的日子，懷著孩子，可家裡大部分活計都落在她身上，她又能怎麼辦？

越想越委屈，她想著自己回娘家，定要讓家中兄弟幫她要個說法。

牛車快到鎮上時，羅紫蘇搖醒還睡著的大妞兒，又輕拍呼呼睡著的小妞兒，小妞兒睜開眼睛，乖巧地對著羅紫蘇笑。

「小妞兒真乖。」

羅紫蘇忍不住在小包子的臉上親了親，把小妞兒抱起來；大妞兒眼睛睜得大大的，眼睛在看到車上這麼多人時，稀奇地到處看著。

「二郎家的，妳家這閨女倒是水靈。」一個一身粗布衣的老阿嬤看到小妞兒的樣子忍不住誇起來。「可比妳婆婆會伺侯孩子。」

「可不是！之前每次看到都是又瘦又黑又小的，現在可不一樣呢，白白嫩嫩的。」

另一個大概是老阿嬤的兒媳，也跟著誇起來。

羅紫蘇想了想，這兩人看著眼熟，不過卻想不起來是哪家的，想來從前也和前身不熟，因此只是靦覥地笑了笑。

「就是常給她餵些湯湯水水的。」

小妞兒倒真是像眾人說的有些大變樣了。之前剛抱來時，黑瘦，還沒精神，哭都沒力氣，現在皮膚白嫩嫩的，因為營養足了，頭髮也不再發黃，眼睛水汪汪的，睫毛長長的，一雙眼睛靈活又有神，還帶著活潑。

牛車上人開始妳一言我一語地說起來，話裡話外都是羅紫蘇會帶孩子，當然，這當中多少和沈湛的腿好了大有關係。要知道，沈湛天天拿著獵物去河邊收拾，大家都是看在眼裡的。

天天這樣打獵物，又聽說有里正家的沈原幫著賣一些吃不了的獵物，日子還不越過越好？

到了鎮上，眾人下了牛車，沈富貴和她們說好了回村的時辰就把牛車拉走了。羅紫蘇手上抱著小妞兒，身邊帶著大妞兒，揹著空背簍去採購了。

買了一斤白糖、一斤茶葉、一斤蜜餞並一斤肉，這是回門時的必備禮，其他的就看心意。羅紫蘇想著再帶一籃子雞蛋，再買些點心也就齊了；因可能有段日子不回家，其他的她也不打算買，想著等回家了再置辦別的東西。

到了點心鋪，羅紫蘇挑了幾樣點心。

這鎮上人多又雜，她帶著孩子也不想亂逛，置辦完帶著大妞兒往城門處走，看到路邊有個餛飩攤子。

「老闆，來兩碗。」

羅紫蘇打算吃了早飯順便坐坐。小妞兒明顯分量見長，抱著墜手了。

老闆是一對夫妻，那娘子脆生生地應了一聲，一會兒就端了兩碗餛飩過來。

小妞兒看著四周，對著端著碗過來的老闆娘笑。她知道呢，那碗裡一般都有好吃的！

「哎呀，這小姑娘長得真招人稀罕。」老闆娘被小妞兒的笑容萌到了，開心地伸手摸摸小妞兒的臉頰。

小妞兒也不怕生，看著那老闆娘，唇角一彎，給了個大大的笑容，那老闆娘更是高興，轉頭看了看大妞兒。

「妹子好福氣，這兩個閨女都長得水靈。」

「哪裡。」羅紫蘇笑了笑，又看了眼正蹲在一旁努力洗著碗的小男孩。「不比嫂子，家裡的小子都能幹活了。」

老闆娘轉頭看了眼那小孩子，搖搖頭嘆了口氣。「我要是有這麼大的小子啊，倒也是福氣呢，可惜沒這麼大造化。」

老闆娘想來也是個外向八卦的性子，看攤子人還不多，直接坐下來，伸手擦了擦大妞兒沾到湯的唇角，這才轉頭輕聲道：「那是我們巷子裡果子鋪家的兒子，自小聰明還會讀書，爹娘都指著他想謀個出路，誰知年前他爹被輛馬車撞了，回到家挺了兩個月，正月裡就去了。」

羅紫蘇恍然。「原來是這樣。」

「是啊，我看他可憐，偶爾給他些餛飩、銀錢。這孩子要強，不做活就不收東西，也不收銀錢。」

又有客人來了，老闆娘快步走去招呼。一小碗餛飩，羅紫蘇壓碎了餵給小妞兒四個，不敢再給她多吃，自己喝了幾口熱湯，不過眼睛卻一直落在那小男孩的身上。

瘦削的身體，悶頭認真幹活的五官清俊乾淨，小小年紀，卻要負擔著一個大人三個孩子的生活，羅紫蘇心頭一軟。

在這個年代啊，生活著實不容易。

看著時候差不多了，羅紫蘇交了餛飩錢，揹好了背簍，帶著兩個小傢伙坐著牛車回桃花村。

到家時，沈湛已經回來了，正在收拾獵物，把兩隻野雞、兩隻野兔放到背簍裡。

羅紫蘇先把已經睡著的小妞兒放回炕上，讓大妞兒陪著妹妹，這邊她也動手開始收拾。

她把鎮上買的東西都擺好，只留了兩包點心放到空間，另一包擺到桌上，打算一會兒路上吃些。

才剛收拾好，羅紫蘇就聽到院門響起，羅春齊的聲音從門外傳進來。

「姊姊、姊夫，我來接你們和小外甥女回家住呢！」

羅紫蘇心中喜悅，直接喊了一聲。「春齊，進來！」

一身青衫的羅春齊走了進來，雖然衣衫已經洗得發白，可是眉目清秀，眼神清明，看著倒有幾分儒雅氣。

「姊姊、姊夫，我坐著牛車過來接你們的。快，抱了小外甥女咱就走啦！」想是情緒還帶著幾分激動，所以羅春齊臉頰有幾分紅潤。

羅紫蘇笑起來，還沒等她說話，就聽到房裡大妞兒在喊：「娘，妹妹醒了！」

羅紫蘇應了一聲，又連忙告訴沈湛快些把東西拾掇到車上去，她進房裡讓大妞兒自己穿上衣服，又把小妞兒抱起來。換洗衣服早就收拾成一個包袱，大妞兒想要抱起來，可是人小手勁小，硬是沒抱動。

羅紫蘇笑起來，抱起小妞兒剛想伸手，沈湛快步走進來，一把撈起包袱，另一手牽起大妞兒的手，一家四口往外走。

鎖了門後，把鎖匙讓沈湛給沈富貴送過去，請他幫著時不時地澆一澆桃樹、餵餵院子裡養的四隻野兔，便坐上牛車隨著羅春齊回雙槐村去了。

天氣舒暖，空氣中夾著涼風，一行人回到雙槐村時正是快到晚飯時。

村子裡下地的人都趕著天色還不太晚時往家走，看到這牛車都是會心一笑。上次回村裡，村上的人羅紫蘇也認了個大概，這一走一過的，時常有人過來打招呼。

到了羅家院門前，院門大敞著，羅丁香的夫婿蔣順正在院子裡劈柴，看到牛車在院門停下連忙放下柴刀。

「姊夫！」羅春齊跳下牛車打招呼，羅紫蘇與沈湛也齊聲問好。

雖然沈湛比蔣順要大上兩歲，可論親卻是要叫蔣順「姊夫」的，蔣順性子憨實，應著笑得一臉老實。

「妹妹、妹夫回來啦！」

家中的女人們除了羅奶奶都在廚房裡忙著，男人們也都是剛從地裡回來，正在後院洗臉、洗手，聽到牛車到了都聚集過來。灶房裡大房的金氏第一個竄了出來，直奔門口，看著羅紫蘇帶回來的東西，眼睛有些放光。

「紫蘇丫頭和姑爺回來了？快請快請。」

羅紫蘇提拉著一堆東西，手上抱著小妞兒，大妞兒揣著羅紫蘇的裙襬，神色有些怯怯地盯著金氏。

金氏看著怯生生的大妞兒和羅紫蘇懷裡抱著的小妞兒，臉上笑成了一朵花。「這是紫蘇丫頭的閨女吧？長得真是俊，快，跟著大伯姥姥進屋去！」

金氏一看這一堆的東西心裡就美。哼，本以為丁香那丫頭不錯，誰知卻是個吝嗇的，嫁給了蔣家明明家境也是不錯，回門帶的回禮看著沒得就讓人覺得寒酸！

進了堂屋裡，羅奶奶正四平八穩地坐在那兒，看到羅紫蘇兩口子帶著孩子進來，臉上倒也還算有些喜意。

「回來了？回來了就安心地住著，住滿一個月再說。閨女金貴，孫婿你也別挑理，這回家住上一個月可是娘家人給閨女的心疼。」

「奶奶您多想了。」沈湛難得放慢語音放暖表情。「您讓我們住上一個月，這是我們的福分呢。」

羅奶奶滿意地點了點頭。

她不喜歡這孫女，不只是因為老三不得她待見，更是因這丫頭對娘家人不親近，也不想想，娘家不挺妳的腰，以後有得苦頭吃！

羅紫蘇覺得這氣氛莫名的有些詭異，把小妞兒送到沈湛的懷裡，她打著去灶房的旗號離開了。

羅家的廚房從前是老堂屋，後來起了青瓦房，這老堂屋就當成了灶房，壘了幾個灶，如今這裡熱火朝天，一堆人正忙碌著。

羅丁香不高興，嘟著嘴，一邊燒火一邊和孫氏在那邊嘀嘀咕咕的，看到羅紫蘇進來，直用眼角瞥她。

孫氏在炒著青菜，看到閨女進來眼睛一亮。「紫蘇回來了，過來，娘看看妳。」

「娘！」羅紫蘇打著招呼走過來，又喊了羅丁香一聲姊，這才好奇地問。「姊這是回門多住幾日？」

「才不是！」羅丁香狠瞪她一眼。「要不是你們回來，我也不用來幫忙。」

羅紫蘇也挺無語。沒辦法啊，她這也是被接回來的對不？

羅丁香心中恨恨。

別以為她看不出來，本來在沒成親時，因蔣順能幹活，連爺奶都高看她一眼，結果成親之前，這個破落獵戶腿好了不說，還比從前更能幹了。

她成親那日，爺奶在看到了沈湛後，心就偏了，羅丁香心裡憋著一股氣，回門時就少拿了兩樣回門禮，結果，一家子給她臉色看！

最近更是只要她回家來，娘家人不只讓她幹活，還讓蔣順也在家裡幹一些。雖沒直接指使，可是在蔣順面前，爺爺動不動就拿鋤頭、柴刀的，蔣順不是傻子，哪能乾看著？

結果倒好，公婆指不定怎麼看不上她呢！

越想越委屈，越想越氣，羅丁香看羅紫蘇的眼神都不一樣了。

羅紫蘇沒理她，羅甘草本是在一旁幫著金氏打下手燒火，忍不住過來和羅紫蘇說上兩句話，才讓金氏又喊過去繼續幹活。

醬燒肉、韭菜炒蛋、白菜炒肉絲、燉母雞，又燒了一大鍋放了葷油的菜粥雜麵餅子，這在羅家算得上極豐盛了。

羅紫蘇簡直就是受寵若驚！

更讓她驚悚的還在後面，劉氏含著幾分笑，端著一個碗過來。「聽說紫蘇妳家的小丫頭還小著呢，我特別蒸了蛋，一會兒給孩子餵了。」

羅紫蘇忍不住嚥了口唾液。

她真是怕了！這得多大的事，能讓老羅家上下用這樣的態度對待自己？想想就後背冒寒氣。可是，羅家這樣子，她除了接受還真就沒辦法，人家又沒和妳說我有事要求妳，她想拒絕都沒理由啊！

心裡憋著一股迷惑與無奈，在羅家人的熱情洋溢下，沈家一家四口吃飯吃得是心驚肉跳。

羅紫蘇真恨不得羅奶奶有話直說了，死也痛快，這樣子吊著讓她瞎猜，她當真是……快憋死了！

吃了晚飯，羅丁香兩口子怏怏地走了，蔣順卻覺得可惜，好不容易和連襟見了面，沒好好聊聊就得走了。

一家人在堂屋裡喝著茶，羅爺爺拿著旱煙袋子吸著，和沈湛聊著天，羅紫蘇帶著兩個孩子被孫氏喊回屋。

「娘，爺爺和奶奶這是？」羅紫蘇真是被懵住了。

「這……」孫氏有些猶豫，看了眼在一旁親密地靠著羅紫蘇、正和大妞兒玩翻花繩的羅甘草。

「甘草，帶妳外甥女出去玩玩。」

「誒！」甘草知道這是娘有話和姊姊說，也不多說，直接把大妞兒領出去了。

「妳二伯家的百合定了一門親事。」孫氏聲音小。「那家是縣上的人家，姑爺是個有本事的，書讀得別提有多好，只有一樣——家中是寡母持家，家底太薄，這姑爺考中了秀才，沒盤纏上府裡會考，這才想找個有些家底的媳婦。」

羅紫蘇張張嘴，沒吭聲，想了想才問。「那他家說的有家底……是多少？」

「這個數。」孫氏伸手比了比，一隻手五根手指，按倒兩個還剩三個，羅紫蘇眼珠子快掉了。

「三十兩？」

「可不是！」孫氏輕輕嘆氣。「要不妳爺奶也沒心思非讓百合嫁個讀書人。只是二房妳也知道的，妳二伯母一心要供出個秀才來，這兒子是秀才，家裡女婿也是秀才，豈不圓滿？」

「她圓滿她就掏銀子唄。娘，您可別填這個無底洞，二伯母娘家不是有麼？」

孫氏聽了嘆氣。「妳二伯母哪肯自己拿銀子？她只說現在家裡沒分家，嫁孫女兒哪能只讓二房出錢？一句話堵得妳爺奶不吭聲。」

羅紫蘇點了點頭。她這二伯母，平常看不出什麼，可心裡是個有成算的，不只如此，也從不肯吃上一點虧！

「而且，這考秀才的日子過了，就是要去府裡會考，妳大堂哥也是要盤纏的。妳想啊，這去府裡萬一中了，那是要進京的，這樁樁件件哪個不要錢？」

「所以，爺爺他們就打主意到我頭上了？」羅紫蘇冷笑。「不說別的，我剛嫁過去才多久？您女婿也是腿剛好，能掙幾個銀子？還不夠買藥、買肉補身子的，他看著壯，但身體虛著呢！」

羅紫蘇聲音不小，孫氏嚇了一跳，連忙伸手摀羅紫蘇的嘴。「可別這麼大聲，讓妳爺奶聽見看不收拾妳！」

「娘！」羅紫蘇又氣又無奈。「您看看您的性子，這麼軟，爹也軟，結果這一大家子，就咱們這一房過得不好。您看看爹，和大伯、二伯一比，爹都老成什麼樣了？您再看看弟弟、妹妹，哪個不是又瘦又弱？弟弟可是您唯一的兒子，是咱們房的希望，您就任著那些人這麼苛待他？」

羅春齊是家中男孩子最不受重視的一個，穿衣永遠是堂哥穿舊的衣服，吃東西也是，都是前兩房分完了，剩下的邊邊角角才能給他，很多時候都輪不上他。

羅春齊也是孫子，她想想都心疼。

如果不是羅春齊腦子是真聰明，爹當初又求了奶奶好幾次，那時候羅春齊未必能去讀書。

「唉，不管怎麼說，那是妳奶奶，是家裡的長輩。」

孫氏弱弱地回答，羅紫蘇卻是深深吐了一口氣出來。

算了算了！她早就知道的，還這樣置什麼氣？這對父母的性子，恐怕再過三百年也扳不回來，她還費這個神做什麼？

羅紫蘇不再廢話，又和孫氏聊了幾句無關緊要，就抱著小妞兒、帶著大妞兒回房間。她住的是自己出嫁前的房間，孫氏給換了換被褥，重新鋪了一床粗布也就成了。

羅紫蘇打了水，讓兩個小的洗臉、洗手腳，兩小隻乖乖地就這樣睡了，她自己洗漱好，沈湛這才從堂屋回房。

羅紫蘇幫著給他打了水，沈湛動作快，洗漱好躺到了床外側。

羅紫蘇倒了水，順著床腳往上爬，卻被沈湛半路劫到懷裡。

「媳婦兒。」沈湛帶著幾分笑，摟著自家媳婦兒的腰不放，小腰纖細，不盈一握，順著衣襬進去，入手一片溫熱滑膩。

「幹什麼！」羅紫蘇瞪眼裝厲害，沈湛卻不管，硬是木著臉，從頭到腳把羅紫蘇啃了個遍。

羅紫蘇眼睛都快睜不開了，軟軟地搭著沈湛的肩膀。

沈湛輕嘆了一口氣。

「媳婦兒。」他的聲音還帶著幾分嘶啞，手掌撫著羅紫蘇柔軟光滑的頭髮，黑髮披肩，掌下滑溜柔軟。「剛剛，爺爺的意思，是想讓我幫個忙，供著家裡的兩兄弟讀書。」

「唔。」羅紫蘇眼睛已經睜不開了，在閉目沈睡前，她恍惚聽到沈湛的聲音。

供兩個讀書人？哦，供就供吧……

見鬼的供就供吧！

在作了兩個嚇人的夢後，羅紫蘇被夢中震撼的場面弄得清醒過來，腦子裡瞬間想起昨晚沈湛說了什麼。

供兩個讀書人？呵呵，羅存根你怎麼不去搶！

羅家的子弟讓人家沈家供著？有沒有搞錯啊！

天還沒亮，沈湛就起了。他聽到院子裡有響動，一看，是羅存根要帶著人去地裡，他跟著去，羅存根也沒和他客氣。

羅紫蘇起來時，家裡的男丁，包括羅春齊都去了地裡，農忙時鎮上的學堂給了十天假，讓學生們能在家幫襯一二。

羅紫蘇洗漱好了，看看大妞兒、小妞兒還睡得香，她關上房門去了灶房。

灶房裡，孫氏正在生火燒水，看到羅紫蘇連忙讓她回房去。「這天還早著呢，妳再回去睡睡，一會兒娘喊妳。」

「我不睡了，幫您生火吧。」

的。

整個羅家，永遠是孫氏起得最早，睡得最遲；而羅宗平，也是那個活幹得最多，話最少的。

孫氏不想讓羅紫蘇幫，可看女兒懂事地不肯走，隻手偷偷地擦淚，繼續生火。有羅紫蘇幫著，活幹得很快，等金氏和劉氏帶著兒媳婦們過來時，三個灶都生好了火，一個燒水、一個熬粥、一個熱雜糖饃。

「紫蘇怎麼起得這般早？看看，這麼勤快，不愧是我羅家的閨女！」金氏一邊說一邊笑，還狠瞪了兒媳張氏一眼。「以後好好和紫蘇學，別沒得就知道吃吃睡睡，和隻豬似的！」

張氏像隻小雞似的只點頭，半聲不敢吭的。金氏看不上這麼個軟塌塌的兒媳，不過她也不傻，娶個厲害的回來也是自己生氣，因此欺壓張氏差不多也就行了。

罵完痛快了嘴，金氏讓張氏快去揀了蘿蔔鹹菜出來，切一切、拌一拌。劉氏不管大房婆媳兩個鬧騰，帶著自家的兒媳木氏洗菜、切菜，把蒸好的饃放到一旁的筐上，用棉布蓋好保溫，這邊刷刷鍋就開始炒菜。

粥熬好了，金氏又讓羅紫蘇用小鍋給小妞兒熬點小米粥，從小罐子裡抓出一小把小米給羅紫蘇時，臉上表情別提多肉疼了。

羅紫蘇自是不會被熬粥難倒，因此熬了小米粥又去幫著孫氏收拾著，等到滿灶房都是小米粥的香氣時，羅奶奶才醒了。

洗好了臉，羅奶奶肅著一張臉，在堂屋裡坐著。

「姊，奶奶喊妳！」羅甘草抓著羅紫蘇的手往堂屋走，羅紫蘇心中思量著，跟在羅甘草的身邊。

「紫蘇啊，」羅奶奶坐在堂屋正位，羅存根坐在另一邊，兩位老人的身上，都是一臉的諂媚。「昨兒晚上和妳女婿商量著出錢給妳堂哥、弟弟上學的事，可是妳家女婿沒回答呢，這到底是出多少錢呢？」

「什麼？」羅此蘇一臉的迷惑。「有這事？昨兒相公也沒說什麼，回屋就睡了，看樣子東倒西歪的，莫不是喝多了？」

羅存根和羅奶奶的臉一下子刷了下來。

昨天吃晚飯時，一家男人分著喝了一點點，也就是小小一杯而已，怎麼可能喝多了？簡直就是開玩笑！這是紫蘇丫頭她不想掏銀子！

羅存根與羅奶奶瞬間懂了。

等沈湛他們都洗了臉手，準備吃飯時，羅存根臉色極難看。

眾人不太清楚羅存根和羅奶奶這是怎麼了，不過也猜得差不多，左右不過就是錢鬧的。心有些虛的劉氏自是知道的，這錢啊，自家真是占了個大頭。

還沒等吃飯呢，羅存根先把沈湛和羅紫蘇一同叫到裡屋。「昨天的話還沒說完，孫婿就回房了，現在咱先把話說明白了。」

羅存根也不客氣，他想著，怎麼沈家也比羅家好，光從沈家送來那十兩銀子的聘禮就可見一斑。

沈家肯定有錢！

聽著羅存根、羅奶奶直截了當的話，沈湛看了眼羅紫蘇，羅紫蘇搖搖頭。

「爺爺、奶奶見諒。」沈湛嘆了口氣。「想來爺奶不知道，我們沈家在我成親第二天就分了家，我吃喝都沒有，都是借來的銀錢。現在家中要供弟弟讀書卻沒有束脩，要不這樣，先讓小舅子到我家去，好歹我也能指點一些。」

沈湛當年書也念得好，甚至差點考上秀才的事情羅家爺奶是有些印象的，一時兩人臉色難看地對看一眼，不吭聲。

沈湛想了想，又道：「爺奶要是還不放心，等來年我把欠的債都還上……」

「不用！」羅存根直接擺手，他臉色極黑地站起身來，看著沈湛的目光帶著不屑。「你們堂妹也要訂親了，家裡有困難，你們要不就把分子先隨了？」

沈湛一怔。羅存根也有些年歲了，沒想到做事居然這般毛躁？沈湛哪裡知道，羅存根平常還好，只是一牽扯到他的乖長孫，立即就無法平常心了。

沈湛也不多說，又看向已經發怔的羅紫蘇，羅紫蘇快速從袖口裡拿出半分銀子，遞到沈湛手裡，沈湛放到桌上，羅奶奶一看，臉黑得如同鍋炭一般。

「既然分子都隨了，就不留你們了，你們回家去吧！」

聽到這話，即使沈湛素來沈著，也忍不住臉色一變。

羅紫蘇的臉色如冰，雙眼緊盯著羅存根、羅奶奶，雖然心中早有準備，卻還是忍不住會心痛。羅紫蘇，這就是妳的親人，雖然沒有血緣，可妳也曾把她們當成妳的依靠、當成妳的家人。而如今，她們要不賣了妳，要不利用妳，利用不成，就連個早飯，都是不讓妳吃的！

「爺爺、奶奶，既然如此，那我和相公就回家去了，以後家中的事，我們夫妻就不摻和了！」

羅紫蘇咬著牙，站起來，卻聽到堂屋那邊孫氏急切地喊叫。「公公、婆婆！」

孫氏本想過來問問要不要擺飯，誰想到居然聽到這些話，心裡又急又憂，顧不得其他人上來阻止。「你們兩個也真是，家中沒餘錢，好好和妳爺爺、奶奶說就是了。」

「不用了。」羅紫蘇冷冷地回道。「家中既然沒準備我們的飯，我們留在這裡做什麼？」

這羅家，若不是她一直受前身的感情影響，早就丟下不管了，現在正好，她樂得輕鬆！

「爹、娘你們保重，以後沒大事女兒也不會回來了。」

羅紫蘇動作極快，沈湛都有些反應不過來，她快步回房間，轉身時看到淚眼汪汪的羅甘草和一眼怒意的羅春齊時，只是搖搖頭，接著回房抱孩子，收拾東西。

還好昨兒個太晚了，包袱還沒打開，今天收拾也輕省，直接拎著就能走。喊醒大妞兒、包好小妞兒，羅紫蘇與沈湛一人一個孩子，直接告別眾人走了。

羅宗平本還囁嚅地想和羅存根求情，卻被怒意充斥的羅存根一頓大罵；不只如此，今早的飯壓根不給三房吃，讓三房都自己回房去。

羅春齊氣得額頭青筋都起來了，卻被自家爹娘拉著回房。

「他爹，你說公公怎麼這麼狠的心啊，紫蘇幫著忙活早飯，連口熱水都沒喝上……」孫氏一邊說一邊抹淚，羅宗平木然地呆坐著沒吭聲。

羅春齊卻已經再也控制不住，他瞪大了眼睛。「他根本就沒把姊姊、沒把咱三房當人看！姊夫腿剛好，日子還沒過好呢就算計上了，這麼大年紀他也好意思！」

「畜生！」羅宗平本是木然坐著的，一聽羅春齊的話，只覺得一股怒意湧上胸口，站起來伸手就是一巴掌，打得羅春齊臉頰登時就腫了。

兒子臉上紅紅的巴掌印子，讓羅宗平呆住了。

「他爹，你幹什麼啊！」孫氏悲呼一聲，上前扶著兒子查看。這小兒子她看得如眼珠子一般，如今被丈夫給了一巴掌，只心疼得不知如何是好。「春齊，臉怎麼樣了，疼不疼？甘草，快去打水、拿巾子，給妳哥哥敷臉啊！」

羅甘草眼淚都下來了，她哽咽著應了一聲就快跑出屋去打水。

羅春齊只是低下頭，不再吭一聲，眼神黑幽幽的，也不知道在想什麼？

羅宗平心裡後悔極了，他只這一個兒子，又怎麼不疼？可是剛剛羅春齊那話，哪裡是讀書人能說的話？讓人聽了，這輩子別說去府試了，考秀才的資格都沒有的！

只是他嘴笨，又拉不下臉來，吭哧半晌，硬是不知道說什麼，直到小閨女打了水來幫著羅春齊敷臉，他也沒能再和兒子說話。

別看三房飯沒得吃，活還是要幹的。

羅奶奶吃好了飯，氣多少順了些，叉著腰站在院子裡吼。

「老三！老三家的，都裝什麼死人！現在正是忙的時候，你們好好的犯什麼懶，都出來幹活！一個個一說吃飯睡覺比誰都跑得快，養得什麼閒！」

「誒，來了！」羅宗平應了聲連忙往外走，孫氏也忙忙出房門。

只有羅春齊，還是坐在椅子上，半晌沒動，也不知在想什麼，羅甘草看著羅春齊的樣子，只覺得心裡發寒。哥哥從來沒這樣過，這是怎麼了？

不過羅甘草心底也清楚，家裡長輩不待見他們這房，小時候沒少被欺負被打，可是被爹打，這可是頭一回，估計是有些想不開了。

羅奶奶又在院子裡罵上，羅甘草連忙擦了臉上的淚跑了出去。奶奶可是個兇悍的，再看不到她出去，定是一通打。

羅奶奶叉著腰在院子裡分配活計，羅宗貴、羅宗顯還有羅宗平，都和羅存根下田去種地；當然，還有羅春齊也要去的，三房的孫兒輩，一直都是羅春齊幹農活的。

而媳婦們，羅奶奶讓金氏打豬草、砍柴，劉氏收拾院子、掃地，孫氏則是收拾灶房、洗衣服去。早飯就算了，晚飯開始，照樣是三個兒媳輪著做。

兩個孫媳婦，張氏在家看著孩子，木氏繡活好，帶著羅百合與羅甘草在家裡做針線貼補家用。

把家裡的閒人都安排了，羅奶奶的心情總算是滿意了，拍拍手，她扭身回房去把羅紫蘇給的半分銀子放好。

一邊放一邊罵著討債鬼，給個禮分子也不知給多些，這麼點兒東西，看著就寒磣。

不同於羅家的忙亂，這邊羅紫蘇憋著一口氣，氣得手都有些哆嗦。

沈湛看羅紫蘇情緒不對，也不多說，雇了牛車帶著孩子、帶著媳婦兒回家去了。

牛車到了桃花村的村口不遠處就停下來，沈湛付了車錢，羅紫蘇先讓沈湛去沈富貴家取家裡的鑰匙，她就不去了，改日去鎮上買些個點心、蜜餞的再過去。

沈湛心裡多少明白羅紫蘇的心思，因此也沒勉強，讓大妞兒下地自己牽著羅紫蘇的手走，他去二叔家取鑰匙。

沈富貴這兩日不太好，家裡沈安娘得了風寒，又是一筆銀子扔出去，就連趕牛車都沒心思了，守著女兒著急，看到沈湛過來討鑰匙，也沒多問，直接給了。

直到晚上富貴嬸子與他聊天他才回過神來。姪子和姪媳婦明明說了去雙槐村住一個月，怎麼才一個晚上就回來了？

而這邊，羅紫蘇抱著小妞兒領著大妞兒，剛走到自家門口時，就聽見院子裡面似乎有什麼動靜。
羅紫蘇一開始以為自己聽錯，因為之前聲音不太大，她心情沈悶著東想西想，一想到羅家就覺得心口難受。
這都什麼事！她想過，若是不答應羅存根鐵定就得不到好臉，可怎麼也想不到，羅存根居然一口氣都不歇的，直接把她們一家四口掃地出門。
不管怎麼樣，她也是羅家嫁出去的女兒啊，怎麼就能這麼狠？
而且，就算爺爺、奶奶因她沒有血緣關係，沒感情不喜歡她，那爹娘呢？之前嫁出她，左說右說沒辦法；而現在呢，他們也任由著她就這樣被掃地出門！
羅紫蘇不信，若是羅丁香也受到這樣的待遇，羅宗平能一聲不吭？
羅春齊要是被掃出門，羅宗平能一字不提？
她越想越心寒，只覺得那娘家真是讓她一點點的退路都沒了。
心裡正難受，就聽得院子裡「咚」一聲，接著一連串的咒罵聲從院子裡傳出來。
「他娘的，是誰放了個木桶在這裡？嚇死我了！」
她家裡這是招賊了？
沈湛走過來，就看到自家娘子正趴在大門縫往裡看，身下大妞兒也是一個動作，看著就惹人發笑。
沈湛皺眉。他耳目靈，已然聽到家裡有不速之客正在罵罵咧咧的。他直接上前，把鎖開了，伸手拉著羅紫蘇揣著大妞兒，怕她們摔了，才一腳踹開門。

院子裡一身粗布灰衣的漢子正在揉腿，麻臉，細眉吊眼，羅紫蘇倒是認識，這人是桃花村裡有名的癩子，叫蔣麻子。

平時偷雞摸狗敲寡婦門的，算得上是村裡的一害，現在這模樣，不用說，這是摸上門來偷東西了。不過，他是怎麼進來的？

羅紫蘇看著對方，又看了看緊挨著沈家的院牆，院牆下一個木桶已經倒了。這蔣麻子是從沈家爬過來的？

沈湛肅著臉，也不廢話，上去就是拳打腳踢，羅紫蘇見機拉著大妞兒跑屋裡去了。

院子裡一陣的鬼哭狼嚎，沈湛把人收拾得差不多了，才抓起來細問。明白因果後，他臉色肅然，二話不說，提著人，告訴羅紫蘇一聲就去隔壁了。

大妞兒有點兒嚇到，一進門就看到有人，自己爹還伸手就打的，又因早上還沒睡醒就被叫起來，有些懨懨的抓著羅紫蘇不肯放手。

「娘，我怕。」

「大妞兒乖，不怕。」羅紫蘇伸手撫了撫大妞兒蓬鬆的頭髮，看了看天色，抱了抱她。

「跟娘去做飯，娘給妳做好吃的。」

大妞兒本來沒精神的眼睛亮了，點點頭。

羅紫蘇把小妞兒放到炕上，用被子、褥子堆了一大半，把小包子隔到炕裡，這才帶著大妞兒去了灶房。

生火、燒水，羅紫蘇早做得駕輕就熟，動作極爽利。

家裡現在可吃的東西不多，大多都送去羅家了。看著還有幾個雞蛋，她把雞蛋打了，放上精麵、蔥花、胡椒還有鹽，開始攪拌，倒上水，打成麵糊，這才放到一旁醒著。

她把米淘了，熬上粥，又切了胡蘿蔔絲、馬鈴薯絲、辣椒絲、蔥絲，把材料都備好，開始刷鍋放油烙餅。

挖了一塊油放到鍋底，燒熱之後倒一勺醒著的麵糊，用小鏟子一抹，等一會再翻個面，一張餅就出鍋了。

羅紫蘇手腳極快，一盆麵糊一會兒就烙出兩小盆蔥花餅來，把蔥花餅放到一旁用棉布蓋上，她又挖了一些油放鍋裡開始炒酸辣馬鈴薯絲。

炒到一半，沈湛帶著一臉怒色回來，現在的他顯然比從前要多了幾分人氣。

「和里正叔說好了，過幾天我就重新選宅地，咱們搬！」

羅紫蘇聽完點頭，沒細問。沈家的極品和羅家的極品有得拚了，她大概猜得到這是怎麼回事。

「相公你去看看小妞兒，她快醒了。」

話音剛落，就傳來了小妞兒的哭聲，沈湛連忙去屋裡看小閨女，大妞兒就托著腮坐在小杌子上看羅紫蘇做飯，原來懨懨的神情終於有了精神。

羅紫蘇熬好粥，把飯菜都端到東屋裡，沈湛抱著洗白白的小閨女過來了。

小妞兒活潑得不行，睡得極香的她完全不知道自己怎麼一覺醒過來就回家了，不過熟悉的環境讓她更開心，沈湛抱著她想餵她粥，她搖搖頭對著羅紫蘇張著小手。

「抱！」

羅紫蘇極驚訝，雖然只是一個字，但小妞兒吐字清楚，表達得極正確。她抱過小妞兒，在沈湛略有些哀怨的目光中，開始餵她吃飯。

沈湛吃的速度極快，吃完後又強迫地抱著小妞兒過來餵，讓羅紫蘇快吃。小妞兒不樂意，可看著自家爹黑乎乎的臉，只好乖乖地張嘴了。

沈湛邊餵邊開口。「這事是沈福和蔣麻子勾在一起，跑咱家來偷東西了。」

「然後呢？那邊有什麼說法？」

羅紫蘇捲了個餅給大妞兒，大妞兒吃得香極了，看大妞兒接過去又大口啃了口餅子，她喝了口粥。說實話，從早上到現在，她完全沒胃口。

「放心吧。」沈湛沈聲說，臉上帶著幾分冷厲。「這一次有這個事，他們再不敢拿顧將軍的事情來說，若是再逼迫，就斷親！」

羅紫蘇點點頭，這才心情好些，一想到過不了多久就不用挨著這樣的人家住了，心裡更是開心。

她本就是外向人，天天和鄰居如仇敵般地住著，可真有些受不了。

「那咱們選個好地方，最好是離著河不遠。」

羅紫蘇提建議，沈湛搖搖頭，兩個人商量起來。

吃了飯，羅紫蘇腦子裡一直閃著羅甘草含淚的眼睛，與羅春齊憤怒得發紅的眼。

這對弟妹是她在羅家最後的牽掛了，也不知道以後會是個什麼樣子？

第十五章

沈湛又開始天天進山打獵，想著要在蓋房前多存些銀錢，就這樣一忙碌就是四、五天，一周以後，村裡人盼著的梅雨，終於落了下來。

大魏四月初旬開始，就會一直下春雨來潤澤莊稼，大概下上近一個月才會放晴，天氣會極快地變熱，迅速地進入夏季。

今年也是如此，梅雨一下就是四、五天，羅紫蘇覺得身上快長毛了，沈湛還想進山去打獵，被羅紫蘇制止了。現在雨下得這麼久，山上的泥地被雨水浸得透透的，路滑又危險，一個不慎跌落懸崖的事都是可能，她哪裡放心？

只是，沈湛因為羅紫蘇阻止，沒去上山打獵躲過了一劫，老羅家卻出了大事。

下了六天的雨，天雖然沒有放晴，但是雨倒是停了，天空還是陰沈沈的。羅紫蘇燒熱了炕，做好飯一家子正在吃，就聽到院門「啪」的響了一聲，接著又連著敲了起來。

「紫蘇妹子！紫蘇妹子開開門！」

門外的聲音很急切，羅紫蘇怔了下，放下筷子連忙快步出房去開門。自家裡招了賊，這院門就一直關著。

「林嫂子，怎麼了？」羅紫蘇一開門，就看到林嫂子一臉的急色。

「還怎麼了，妳不知道吧，妳娘家爹摔斷了腿呢！妳快回去看看吧！妳娘家都亂成一團了，我妹子過來走親戚時說的。昨天妳爹和村裡的獵戶上山去打獵，結果腳滑掉到山下，聽說可是摔得夠嗆啊！」

羅紫蘇一聽心頭一緊，她第一個反應就是這三房要完了，不過很快的，又立刻想到了其他的。

「多謝林嫂子，那我也不多留妳了，我收拾一下就回家去。」

「誒，和我還客氣什麼。」林嫂子爽朗地搖搖頭。「妳快回去看看吧，我走了。」

林嫂子走了，羅紫蘇轉過頭，看向站在屋門口的沈湛，沈湛抱著小妞兒，對著她點點頭。

「收拾一下，走吧。」

一家四口這頓飯也沒吃好，怕孩子餓，羅紫蘇拿了兩包點心放到背簍裡；沈湛在另一邊把前些日子打回來的獵物、醃的兔肉拿出來包好，要給老丈人補補。

羅紫蘇沒多說，給大妞兒加了件衣服，沈湛去沈富貴家裡說了一聲，一家人坐著他的牛車去了雙槐村。

雙槐村裡正鬧著呢。

前些天羅家不知怎的，把剛回家才一天的孫女和孫女婿都打發回家的事，讓雙槐村裡的人著實猜了一陣子。

那天大包小包的回來，這好好的，誰家也不會不管不顧的只讓人住了一晚上就攆走了啊，可老羅家硬是這樣做了。

村裡的人背後沒少嘀咕，不過當面卻還是不說什麼。沒兩天，羅家三房的羅宗平就在忙完農活後跟著村裡的獵戶進山去打獵，這讓村裡人的猜測更是沒譜。

誰也不知道羅家老三這麼拚做什麼？家裡的兒子還小，剛嫁了大女兒，小女兒離出嫁也要再五、六年呢，怎麼就這麼急了？

誰都還沒猜出個結果來，羅老三就出事了！

聽說是山裡路太滑，走路時一不小心滑了一跤，因為下雨，山裡的泥土鬆動，他從上頭滾到了山下頭，被抬回來時全身是血！

羅家立即就炸了，請大夫又找人給羅春齊帶信讓他回來，結果大夫說了，救不救得回不好說，這腿是廢定了！

羅紫蘇坐著牛車，順著濕滑的村路進了雙槐村，天空陰暗低沈，冷冽的風刺骨寒涼，小妞兒被厚實的小被子緊緊包著，大妞兒身上也穿著厚實的小棉襖和小襦裙，抓著羅紫蘇的手緊貼在她身上。

天氣太差，村裡路上沒幾個人，地裡浸透了雨水，一走就沾了一腳泥，因此能不出門的都在家裡做些輕省的活。

「紫蘇回來了！」住羅家東面的吳阿嬤正深一腳、淺一腳地往村外走，看到羅紫蘇一家四口坐在牛車上，連忙湊過來。「妳這是回來看妳爹是吧？離這遠呢，真是個孝順閨女！」

「吳阿嬤。」羅紫蘇強忍下心底的焦慮搜了搜原主的記憶，和對方打了招呼。「是呢，我聽了消息回來看看。您這是去哪裡啊？」

「快回家去吧，妳爹傷得挺重的呢！」吳阿嬤住得離羅家稍近，昨晚聽到羅家那邊的爭吵聲，有心想提點幾句。

「妳家齊小子昨兒個也匆匆回來了，妳奶奶想是覺得你們三房的男丁，如今能幫上家裡的只有齊小子了，好像不想讓他去鎮上讀書，鬧得兇呢！」

羅紫蘇一聽臉色不變，只是對吳阿嬤感激地笑了笑，從背簍裡拿出一包點心遞了過去。

「阿嬤別嫌棄，只是小小心意，上次走得急都沒過去看看您。」

吳阿嬤笑得臉上登時成了一臉花，只是嘴上一個勁兒地推辭，直到羅紫蘇再三讓了幾次，這才接過來。「看看，妳這丫頭怎的這般客氣，下次可不興這樣了。」

又說了兩句，吳阿嬤看出羅紫蘇眼底的急切，連忙快步走了。

羅紫蘇一行人也下了牛車，和沈富貴打了招呼，一家人回了羅家。

羅家院門大開，院子裡空無一人，院子裡的地上被春雨潤得透透的，一踩一滑。

堂屋裡，羅家一家人正襟危坐，除了躺在床上的羅宗平，還有照顧著的羅春齊及在灶房裡熬藥的羅甘草，其他人都齊了。

一屋子人正說著什麼，就看到羅紫蘇走進堂屋裡，孫氏連忙站起來。

「紫蘇、女婿，你們怎麼也回來了？」說著忍不住抹了抹眼淚。

「是。」羅紫蘇點了點頭，和沈湛喊了一遍爺奶、長輩，這才和沈湛帶著大妞兒抱著小妞兒先去了西面的屋子。

堂屋最西面是羅宗平的房間，羅紫蘇和沈湛一同走進去，就看到床上羅宗平正對著另一邊的羅春齊瞪眼睛。

「爹！」羅紫蘇一家四口走進來，原本就不是太大的屋子立即擠滿了。

羅春齊背對著門並沒看到羅紫蘇一家子，聽到聲音回過頭，瞪得通紅的眼睛立即紅了。

「姊、姊夫！」

羅紫蘇看小少年眼眶、鼻子都紅了，這是要哭的節奏啊！那一臉的委屈與憤恨，讓她的心立即軟了，連忙把懷裡的小妞兒往沈湛懷裡一塞，過去拉住弟弟。

「春齊這是怎麼了？爹，您的腿怎麼樣？」

「還不就是這樣了！」羅宗平臉色晦暗，因失血而慘白的臉透著青灰，剛剛和羅春齊之間的不快讓他透支了全部的體力，他已經沒了說話的力氣，軟軟地往後倒下去。

「大夫來看過，說妳爹的腿即便好了，以後也下不了地，幹不了重活；還說要調養這腿，必須要五十兩銀子，不然恐怕以後不良於行。」孫氏邊哭邊說，看自家夫君往後倒，連忙上前扶著他躺下。

羅紫蘇的視線落在被層層布條包裹的羅宗平的傷腿上，即使包裹著層層的布條，依然還有血液滲出。

「銀錢花就花了，怎麼也要把人保住才行。」羅紫蘇鬆了口氣。只要人在，還怕什麼？手裡抓著的羅春齊卻猛的一抽手。

「要不是他們，爹根本就不會受傷！」羅春齊恨得雙眼通紅，剛剛看到姊姊的委屈轉為想到那家人的憤怒。「都是他們！」

「什麼他們！」躺在床上的羅宗平有氣無力，卻很是憤怒。「那是你的親祖父母！你這個不孝子孫！」

「相公！」孫氏連哭都嚇忘了，失聲驚呼。「你說什麼呢！」

「春齊，」羅宗平自知失言，喘了兩口氣，這才說道：「不管如何，那是你親爺奶，你不看別人，看你爹娘這麼多年盡孝跟前，也不能這樣說他們，他們夠疼你了。」

「什麼疼我？」羅春齊眼神陰霾。「當初是說好了，三房各出一個兒子去學堂，以示公平。後來二堂哥不想讀了，去了他舅舅家學本事，這才只有我和大堂哥兩個人去學堂。」

「書本都是大堂哥剩的，我練字的紙都是大堂哥用過不要的廢紙，我用的筆都是大堂哥用舊了後，爹您又找了筆頭給我重新製的。這些年我讀書，除了每年幫我交束脩他們付出過什麼？我每年的束脩是五兩銀子，爹您每年打短工就能賺回來六、七兩銀子，更不要說一年到頭只要有活，爹哪時候躲過？家裡人就數爹幹的活最多！」

「你、你！」羅宗平指著兒子硬是氣得說不出話，羅春齊卻不管那些，他心裡憋得快爆炸了。

「爹，您肯定說打工回來把銀錢交公是應當的，因為還沒分家，那為什麼大伯就不用年年農閒出去打短工？爺爺、奶奶硬是說他身體弱，他身體哪裡弱了？

「二伯也出去做事，可是我怎麼知道他光私房就存了好幾十兩？這個家裡，拚死拚活做事的是我們三房，一門心思把銀錢全部交公的是我們三房，可是我們吃的最差、用的最差、穿的最差、住的最差。爹，您孝順，我不想說什麼，可是這一次，他們未免太過分了！」

羅春齊想想就齒寒。「姊，妳知道為什麼爺爺、奶奶這次非逼著爹上山打獵，明明下雨天山路滑濘，都不肯鬆口？其實不過是不想讓我再去上學，就藉口家中近日難過，說是大姊成親掏空了家底。

「真是可笑！真相不過就是因為前段日子大嫂抱著祖哥兒回娘家時，祖哥兒被大嫂村裡的秀才誇了兩句。那秀才聽說有些才華，大嫂就想讓祖哥兒去拜那秀才當師傅，可那秀才收徒束脩極高，一年要十五兩銀子不說，還要自備筆墨紙硯。

「這樣一來，家裡可不馬上要吃緊？我這個讀書費銀子的就礙了人家的眼，爹不捨得我就這樣回家種地，這才冒險進山想給我賺束脩。」

羅宗平指著羅春齊想說什麼，卻怎麼都說不出話，而羅紫蘇也終於明白了羅奶奶和羅存根老兩口子突然如此抽風，一定要讓他們掏銀子的真相。

小兒子一家羅奶奶是不稀罕的，這大孫子卻真真是羅奶奶的心尖子，更不要說這大曾孫子羅耀祖了，他可是羅奶奶的心尖肉！

想想羅耀祖都快三歲了，可是都沒下地走過幾回路，一沾地羅奶奶就罵大堂嫂懶，要累著她大曾孫的小腳，如此寵溺孩子，羅紫蘇在羅家住著的那段日子可是看得真真的。

為了羅耀祖，羅春齊真就不算什麼了。

羅紫蘇深深吸了一口氣，又嘆了一口氣，拉著羅春齊搖搖頭，這才轉過頭。

「爹，大夫給您開了幾服藥？需要多少銀子？」

話音剛落，羅甘草端著冒著熱氣的藥碗走進來，她走得極慢，孫氏連忙過去接過來。

「小心燙。」

羅宗平沈默地喝了藥，對著回娘家的女兒，即便他心裡有火，也不可能再像之前那般罵羅春齊。羅紫蘇心疼這最小的兩個，他心裡門兒清。

「姊姊、姊夫你們回來啦！」羅甘草笑咪咪的，伸手摸了摸一直抱著羅紫蘇腿的大妞兒的腦袋，又伸手接過小妞兒。「快把外甥女給我抱抱，喲，睡醒了。」

小妞兒早就醒了，不過睜著眼睛看著羅宗平與羅春齊來回說個不停，忙得一雙大眼睛都快不夠用了。羅甘草一抱她，她歪著頭看了看，對著這個似乎有那麼點熟悉的陌生人露出笑容。

氣氛剛緩和些，張氏站在房外喊了一聲。「三嬸、春齊兄弟，奶奶讓你們去堂屋那裡聽聽，家裡人有事情商量呢。」

什麼商量，哪次家裡的事三房有置喙的餘地？都是羅存根、羅奶奶一聲令下，三房立即照辦。

羅春齊臉上帶了幾分冷意，卻被羅紫蘇在胳膊上重重捏了一下。

「笨小子。」羅紫蘇氣不過，又伸手掐了一把。「你無論心裡在想什麼，千萬不要表現在臉上。你是讀書人，名聲大過天，不為別人想也要為爹娘想，再不樂意，也不能讓人看出來，若被人指責你不孝，你這輩子就完了！」

羅春齊呆了呆，臉上的神色收斂起來，儘量讓自己平靜下來。

羅紫蘇示意沈湛。「你留這兒幫忙照看著爹，我陪著娘過去。」

「好。」沈湛點頭，回答極簡練。

羅紫蘇和羅春齊一左一右，跟在孫氏的身後回到了堂屋。

剛走進堂屋，就聽到了金氏尖銳的聲音。「那怎麼行！娘啊，那不是五兩銀子，是五十兩啊！」

「閉嘴！」羅奶奶喝斥。「這錢是公中出的，喊什麼，妳個敗家娘們！」

「娘！」金氏極委屈，她忍不住心想，本想著能省下羅春齊的束脩，卻怎麼也想不到賠得更多！

羅紫蘇陪著孫氏走進來，羅春齊看到這一大家子，臉上神色更冷淡了。

堂屋裡，小一輩的都回了房，只有羅存根夫妻與羅宗貴、羅宗顯兩家子，只是臉上都是極難看的。

羅紫蘇被羅奶奶的話嚇了一跳，有些驚訝，不過很快就明白過來。這個奶奶再怎麼不待見，爹爹羅宗平都是她懷胎十月生的，怎麼可能不管不問。

金氏聽了羅奶奶的話不敢再說話，只是委屈的眼神卻落到一旁坐得極穩的羅宗貴的身上。

「娘，您給三弟治病治腿都是應該的，三弟是我的骨血至親，是您的嫡親兒子，兒子和您媳婦是沒意見的；只是，三弟這腿，只怕五十兩未必就能好全呢。」

羅宗貴話說得漂亮，只是羅紫蘇卻是不抱什麼期待。這個大伯就一張嘴甜，要不也不能讓羅奶奶這麼偏愛，只是，他本性卻是個極自私又貪心的，恐怕他還有後話。

果然，羅宗貴話音落下，看羅奶奶的臉色緩和之後，他又接著道：「娘，您說說，若是花了五十兩，老三的腿還是沒有全好，要再花五十兩時，這錢還花不花？若是再五十兩也不夠呢？」

羅存根與羅奶奶互看了看，一時有些啞然。

這五十兩捨出來，他們也是心疼的，甚至比誰都心疼。可是羅宗平再怎麼也是家中的老三，平日裡偏心，在這村裡已經是招人閒話了，羅紫蘇兩次成親，都被雙槐村裡的人背後說道不休。

羅家三房不受待見、羅家三房老實還總吃虧，這樣的話在雙槐村已經算不得什麼稀奇了，羅存根和羅奶奶總要顧忌一些。

這老三傷了，村裡多少雙眼睛看著，若是他們家不拿出銀子來，必會被人指謫！

羅奶奶的臉色因羅宗貴的話沈了下來，轉過頭，她有些擔憂地看著羅存根。

「阿貴他爹，這老三若是真好不了，可要怎麼辦？這可就真是無底洞了！」

羅存根不吭聲，伸手又把煙袋子拿出來，放到煙鍋裡點了火，深深吸了一口，沈默了一下，這才道：「家裡人，不管哪個受了傷，沒有不管的道理。羅家可不是狠心的人家。只是，家中這幾年只出不進，明哥兒和齊小子，月月讀書，年年交錢，不說別的，光筆墨就花了不知多少。這明哥兒聰明，書讀得又好，功課是不能停的。」

羅爺爺說完這話，後面倒沒說，不過意思已經表達得很清楚了，他不再吭聲，就是等著有人接話。

孫氏感覺到婆婆冷冷瞪過來的視線，不過她卻沒有開口接話的打算。

讓春齊回家來種地？這絕對不行！

孫氏一生，軟弱了一輩子，受氣了一輩子，只羅春齊一個拚命得的兒子，如同她的眼珠子一般，讓她主動說不讓羅春齊念書，那和她拿刀砍自己有什麼區別？

孫氏的嘴閉得緊緊的，固執地低頭不去看羅奶奶難看的臉色，一時間，堂屋裡陷入了一片沈默。

眾人的臉色並不好，若是往常，孫氏不應該哭著退讓嗎？

哪一次不是這樣？只要有事情發生，必是三房讓步，好事三房必定讓出來，難事三房必定擔下來，這在羅家已經是不成文的例事。可是今天，堂屋裡安靜得針掉可聞了，而孫氏，卻依然如同河蚌一般，閉緊了唇吭也不吭。

羅存根重重地把煙鍋子在桌子邊敲了敲，羅奶奶一臉不滿意地瞪著孫氏，高聲問：「老三家的，妳怎麼不說話？受傷的可是妳相公，妳在那裡當什麼悶口葫蘆！」

孫氏抖著唇，抬眼看著羅奶奶逼迫的眼神，又轉頭看了看羅春齊冷漠的表情，終於鼓起了全身的勇氣。「娘，春齊的功課可是比明哥兒還好！」

「妳放屁！」還沒等羅奶奶說話，一旁本來已經老實低頭不吭聲的金氏立即不幹了，她幾乎是從凳子上一蹦而起，粗重的身材砸得地面發出「咚」的一聲。

「哪個黑心爛肺往自己臉上貼金的不要臉的小賤人放的屁！誰說我家明哥兒功課不如齊小子？弟妹，妳作夢呢，我們明哥兒可是考過童生試的！」

金氏嘴裡竹筒倒豆子般的順暢辱罵讓羅春齊眼睛都紅了，對方意有所指的謾罵讓他再也無法忍耐，他上前一步就想說話，誰知卻被羅紫蘇搶先開了口。

「大伯娘這倒是好笑了，什麼叫往自己臉上貼金？春齊功課好是鎮上學堂的先生所說，大伯娘可要注意了，您這話傳出去就是辱罵師長，大伯娘也不怕大堂哥被人說不敬師長！」

金氏一怔，立即大驚失色，扭頭去看坐在一旁臉色青灰的羅宗貴。

「紫蘇丫頭，這是娘家的事，妳一個出嫁女，莫要管得太多了。」

羅存根陰陰地盯著羅紫蘇，眼神很是可怕。

「爺爺您誤會了。」羅紫蘇微微一笑。「孫女就是提點大伯母一句，畢竟，大伯母是咱羅家的長房長媳，莫要讓人知道了笑話。紫蘇是嫁出去了，可也關心著娘家呢！」

羅紫蘇的話讓羅存根一噎，明知對方狡辯，卻是無法再說什麼。

這孫女似乎變了很多？羅存根的眼睛微瞇，看著羅紫蘇的眼神裡帶著幾分深思。

羅家的堂屋裡，氣氛沈悶，一時間，無人說話。

羅春齊血紅著雙眼，他緊盯著在場的眾人。這就是他的親人，這就是他的骨血至親們！明明爹對他們做得仁至義盡，可是他們呢？

若是家裡沒錢，羅春齊不用人說，自當乖乖從鎮上回來，可是，不是這樣的！祖哥兒才兩歲多，再有三年，他不要說童生，考個秀才亦不是不可能，而且，家中田地的進項有多少，他又不是不知道！

羅春齊閉了閉眼，想說話，只是再一次被羅紫蘇攔下來。

「爺爺，我是出嫁女，本沒我說話的分，只是，我爹這傷卻是不能再拖了。早一天看傷，就早一天好，若是真耽擱得狠了，這以後不能下地幹活不算，再躺在床上，那可怎麼好？說得難聽了，若是您百年之後分了家，我爹誰養著？難不成一直跟著大伯、大伯娘？」

羅紫蘇看得出羅宗平的腿上只是胡亂綁上布條，因為包紮不得法，根本就沒止住血，只是這外傷她也不是太懂，哪裡敢動羅宗平的傷處。

「什麼？」金氏立即如羅紫蘇所想的炸了，她跳起來指著羅紫蘇想罵，又覺得不對，轉頭去看羅奶奶。

「娘啊，這三弟癱了憑什麼讓我們大房養著？我們大房可是不管的，我們家裡要供著春明考秀才，以後當舉人老爺；還有祖哥兒，那可是您的曾長孫，這大房用銀子的地方可多著呢！三房一堆賠錢貨，難不成都要大房出嫁妝？說出大天去也沒這個道理！」

金氏的聲音撕心裂肺的，餘音都足以繞上雙槐村裡一圈了。

隔壁的吳阿嬤聽到，搖了搖頭對著兒媳道：「這羅家啊，大房精，二房明，只有三房太傻了！妳看著吧，有得鬧了。這家不寧怎麼興？羅家不分家啊，好不起來！」

那兒媳微微抿嘴一笑，低下頭去不吭聲，吳阿嬤也不去管她，只是拿著點心哄孫子。

羅奶奶聽了金氏的話，心中氣得不行，可是又覺得對方說的有些道理。別的不說，孫氏和羅甘草、羅春齊，在她眼裡就是個外人，大兒子養著三兒子她沒話說，再養那三個外人就有些過了。

羅宗貴皺眉，他把目光落到羅存根的身上，看看他爹是個什麼意思？

羅存根也看著自家的大兒子，結果和對方的目光對上了，父子兩個明白了各自的想法。

羅宗貴不想多出銀子，羅存根也不想強逼著大兒子，畢竟，他們以後是要和大兒子過的。因此他眉頭皺得更緊，發了話。

「算了，不管別的，先給老三治傷吧！春齊先上著學，再看看。」

「相公！」金氏急了，看向羅宗貴的眼神都帶著幾分急切。

「閉嘴，先聽爹的！」羅宗貴瞪了金氏一眼，金氏只好不再說話，不過心裡也有底了。羅宗貴說的是「先聽」爹的，想來，相公是有些成算。

羅存根明白大兒子的意思，看了眼羅宗貴，眼睛裡帶著幾分失望。這長子，太像他娘了，自私的性情。

羅春齊卻不管自家大伯和羅存根的眉眼官司，他上前低頭一揖。「多謝爺爺。不過孫子不孝，之前和先生請了假，想先照顧著父親。」

「那怎麼行！」羅存根皺眉。「萬事有你娘在，你個大小子，不上學就下地！」

「你這孩子，」孫氏嚇一跳，連忙說了羅春齊。「你爺爺讓你上課你還不回去？家裡有娘在呢！」

羅紫蘇心中知曉，羅宗平初受傷，無論為了名聲，或是為了羅宗平這個兒子，羅存根都不可能馬上把三房如何。她鬆了口氣，她怕的是羅宗平的傷拖延得久了，真會有什麼大問題。

不過，恐怕她也沒什麼機會幫著羅宗平治傷。

回了房裡，羅紫蘇這才想起，自己還帶著東西回來呢。羅紫蘇把背簍拿出來，給了孫氏。

「娘，這是我帶回來的醃兔肉，給爹做些，咱家裡人都補補身子。」羅紫蘇指了指，孫氏苦笑著點點頭。

這時還沒分家呢，這兔肉啊也僅夠大家吃。羅春齊只是看著，眼睛帶著幾分狠厲。

床上的羅宗平臉色灰暗，剛剛在堂屋裡的話他大部分沒聽到，可是金氏大嗓門，卻讓他把話聽了個清清楚楚。如今他受傷在床，兄嫂居然如此，他的心有些涼。

「紫蘇啊，天色不早了，妳和女婿早些回去吧。」

羅紫蘇又看了看天色，本想待一會兒就走，可是，羅春齊這個孩子，明顯是有些鑽牛角尖了，若是不好好引導，弄不好就要出問題。

「爹，我們再等等，爺爺讓大伯去請大夫了。」

剛剛在堂屋本是讓羅春齊去請的，誰知羅宗貴自動請纓，羅紫蘇正想和羅春齊說幾句話，就拉著羅春齊回了這邊。

大夫很快就過來了，幫著羅宗平包紮傷處，又開了藥，看著一臉灰暗的羅宗平，他規勸不已。「羅家老三啊，既然已經傷了，就好好養著，我還當你爹娘狠心，真不肯給你治。現在把我請來，看著是要好好給你治傷的意思，你可莫要再多想些有的沒的。」

羅大夫算來也是和羅存根一個輩的，看著羅家老三這些年為了羅家累死累活，心裡自是有桿秤。他多年行醫，病患心裡想什麼，他是比誰都清楚，現在他看著羅老三的目光，就知道對方這是鑽牛角尖，想不開了。

羅宗平強打起精神謝過羅大夫，那日他受傷雖然昏昏沈沈的，卻知道羅大夫提起診金時自家大嫂就把人家給攆出去的事，便好好給羅大夫道歉。

羅大夫搖搖頭，那日若不是金氏發瘋，就是不要診金他也要幫著處理羅家老三傷勢的，只是沒機會。

羅紫蘇讓羅甘草揹著藥箱，跟羅大夫去取藥，而她拉著羅春齊回他的房間。

「春齊，你想什麼呢？」

「姊，」羅春齊眼睛一直都是紅的。「妳看看爺爺他們，昨日爹全身是血，他們卻為了診金吵成一團，大伯娘還把羅大夫趕出去，我恨他們！」

「春齊，你怎麼能這樣想！」羅紫蘇讓羅春齊坐好，這才坐到他對面，看了眼屋裡破敗的桌上，放著一張字已經被淚水湮得模糊不清的紙張，羅紫蘇心裡都是酸澀。

「現在爺爺他們不是給爹出了診金麼？你讓人看出你心懷怨恨，大家都會說是你不知足、不孝順。你一心想讀書不就是想讓家裡日子好過？若是你名聲不好，是不能科舉、不能入仕的，到時你要怎麼辦？」

「可是明明是他們不對，我們三房一直被欺負、一直被無視，他們還這樣對爹對我！我們不是羅家的子孫麼？」

「是啊，你也說了，是羅家的子孫。俗話說得好，一筆寫不出兩個羅字，既然成了一家人，就不能像對待別人一般，看不慣就不交往。要知道，這宗族，不是你想捨就能捨的，若是你以後真的有了前程，你想過沒有，有哪個上位者是沒有宗族、沒有親人的？」

羅春齊不吭聲，低頭思考，羅紫蘇連忙再接再厲。

「你好好想想，丞相門裡還有幾個窮親戚，你還是連秀才都沒中呢！他們做得不好，你現在是沒能力改變，可是，不代表你以後不能讓他們改變，你看看是不是這個理？即便你心中有怨，也不能表現出來，讓人看出來。

「為人處事，你以後當要讓人說不出什麼來，如此，才能深藏不露。你若是表現得讓人一眼就能看透，那你以後也莫要去考什麼舉人，只考個秀才，家裡免免賦稅也就是了。」

羅紫蘇沒有把話說得太透徹，不過，現代和古代的官場相比也不差什麼。哦，差別也有，現代得罪了上位者或是被陷害，也就是把牢底坐穿、一無所有，古代搞不好要誅九族……

所以，羅春齊若是一點城府都沒有，那麼這個官不當也罷。

羅春齊沒再說話，羅紫蘇說完該說的也打算離開，於是回西屋去和羅宗平夫妻道別。

羅紫蘇和沈湛回了桃花村，可是，羅家三房的人卻是還未平靜。

喝了藥、吃了晚飯，羅宗平躺在床上，看著小心翼翼幫他擦拭傷處附近血漬的孫氏，又看著為了省油燈，而在他房間桌前拿著本捲了邊的書苦讀的羅春齊，他小心地把書本捲邊處輕輕壓住認真地看著，那模樣讓他從心底發酸。

其實春齊沒說錯，羅家，他們三房是最吃虧的，羅宗平知道。

「相公，你快睡吧，傷還疼嗎？」孫氏擦了擦眼睛，裡面的淚似乎永無停歇似的。

「是我拖累了你們。」羅宗平的聲音沙啞，無力地閉上眼睛。如今他是有些絕望了，腿壞了，以後弄不好還要癱在床上，那妻子和孩子怎麼辦呢？

他是憨厚，可又不是傻子，這一傷，三房以後真不知會如何了？原本他一心為了羅家，盡力孝順爹娘，因為他身強體壯，多吃些苦，多幹些活也沒什麼，可是這一傷，他卻覺得這三房已經快沒路了。

「說什麼拖累，相公你別多費心思亂想了，這個家啊還要等你痊癒了做主呢！」

孫氏說著眼眶通紅，眼淚又是一串。

一旁的羅春齊放下手裡的書本，轉頭看著孫氏的眼睛忍不住道：「娘，您別哭了，就是您哭瞎了，難道爹的傷就好了？您好好照顧著爹，咱三房還有我呢！」

「有你？」羅宗平沙啞地嘆了口氣。「春齊，你也不是小孩子了，有些事情你應該懂的。有些事，別人做得，你卻做不得，不然，就是害了你一輩子！今天爹有些急，你莫要怨恨爹。」

羅春齊的眼睛一下子紅了，他低下頭，又把羅紫蘇的話想了一遍，最後離開時，沈湛拍著他肩膀時說的話，他還記得。

「阿齊，你是頂天立地的男子，怎可心胸狹窄？即便是心懷怨恨，也要無愧於心，更要心有城府，你即使不入官場，做人也不可一是一、二是二，如此怎能成大事？」

羅春齊終於明白為什麼羅紫蘇說現在的他不適合當官了，一個想什麼都讓人一清二楚的官，想也知道下場不會好到哪裡去。

另一邊，羅存根也正和自己的長子羅宗貴說話。

「老大，你到底是怎麼想的，你就和爹直說吧！」羅存根問。

羅宗貴聽了也不想客氣，畢竟是事關自己家的利益。「爹，這事真不是兒子不念兄弟情，可我也有自己的家，還要奉養您和娘，可不能因為老三，連這些都不顧了。」

羅宗貴的話讓羅存根心裡滿意了些，一旁的羅奶奶也鬆了口氣。她就知道自己的大兒子沒那麼狠。

「只是……」羅宗貴幫著羅存根往煙桿裡放煙絲。「我今天也問過羅大夫了，老三的傷啊，難著呢！外傷藥還有喝的治內傷的藥，恐怕就要五十兩銀子，再有就是養傷、養氣血的補藥，那個更貴，恐怕沒有個七、八十兩銀子都下不來。」

「怎麼會！」羅奶奶臉色變了。家裡的存銀其實並不太多，羅家地多，可人口也多，又養著兩個讀書人，羅春齊雖然花不了多少，可羅春明卻是真費銀子，一年沒個二、三十兩是下不來的。

羅家這地一年出息大概是六十兩，在這村裡也算是多的，可是，架不住花銷大。扣除兩個讀書人的費用就只剩下二、三十兩，一年到頭的人情往來、一大家子的嚼用，還有偶爾的徭役盤剝，這可都是錢！

所以現在羅奶奶的手上，公中也不過僅有一百多兩銀子而已，即使加上羅奶奶的私房，也只堪有二百多兩，如今一聽給老三花銷就得一百多兩，可能還不一定夠，立即炸了。

「這可不行！」羅奶奶是真有些猶豫後悔了。「老頭子啊，這不是要把我們的棺材本都貼出來嗎？」

羅存旺皺起了眉頭。「你問明白了？」

「都問明白了。」不然羅宗貴也不會搶著去請大夫，就是為了要問清楚才去的。

「羅大夫說了，老三的腿失血太多，這又耽擱了一晚上，恐怕即使治好了，他的腿也是吃不上力的，地裡的活不用想了，就是輕省的活，恐怕也要養個一、兩年後才能做做。

「而這段時間，都要用人蔘、阿膠等金貴的藥物來養著。爹，您看看，咱這個家，明哥兒最遲明年就要去考秀才，若是個有出息的，恐怕會直接去考舉人也說不定呢。到時，可不是二、三十兩銀子就夠的事情；祖哥兒人家也說了，最好三歲就開蒙，這樣孩子才有大出息。

「爹，不是我不近人情，可是明哥兒、祖哥兒可都是為了咱老羅家光宗耀祖，才這樣不管不顧地讓他們念書啊！」

羅宗貴的話，讓羅奶奶和羅存根互看一眼，原本有些浮的心終於落了定。

「老大，你就說吧，老三這事情要怎麼辦？我先和你說了，若是做得太過，把老三淨身攆出去，這事情咱老羅家是絕對不能做的，不然明哥兒以後就真是一點前程都沒有了。」

羅宗貴終於聽到他爹娘鬆口，這顆心終於放下了。「爹，看您說的，不管如何，老三是我親弟弟，這家業他也是出了力的，我不能太過分不是？您看看，要不就把這治傷的五十兩銀子給他們，再把公中剩下的銀子分成三份，給他們應得的那份。不過，爹，這現銀給得多了，地可不能再那樣分了，不然，我倒不說什麼，老二可是不會樂意的。」

羅存根與羅奶奶對羅宗貴的話滿意地點了點頭。

而羅宗貴看著羅存根滿意，心裡鬆了口氣，這下面的話就好說了。

「爹，按村裡的規矩，雖然兄弟分了家，長子隨著父母過，可是其他的兒子還是要給養老錢的。老三傷成這樣子，齊小子還不大，估計這地裡也沒多大出息，要不，這老三的養老錢就不拿了。不過，這老三以後的藥錢、補藥什麼的，咱也就一分都不承擔了，您看怎麼樣？」

這話倒是金氏說的，她知道，羅奶奶雖然不喜歡羅宗平那一房，不過對羅宗平倒也是有幾分母子情，生怕羅奶奶把私房銀子填到那無底洞去，所以才提了這點。

羅宗貴心中也是有些擔憂，在他看來，羅奶奶他們老兩口的私房錢本就是大房的囊中物，因此，寧願不要那一個月二百文的養老銀子，也不讓羅奶奶倒貼。

羅存根與羅奶奶自是知道了大兒子的意思，也都點頭同意了。

羅紫蘇回到桃花村後就沒怎麼再回羅家，梅雨又飄飄灑灑地下了段時日。這些日子，羅紫蘇也不讓沈湛上山去打獵，而是托了沈富貴，去鎮上時，三兩日就買一些肉回來，換著樣的給家裡人做。

不到十天，小妞兒和大妞兒就不說，白嫩嫩的小包子更圓了，就連沈湛，精氣神也不一樣了。

被雨困著，沈湛天天在家裡找活幹，時不時地去地裡放放積著的雨水，就這樣，十天轉瞬即過。

天氣開始放晴，羅紫蘇收拾了東西，打算再回娘家看看羅宗平。十天了，傷勢是不是也好多了？該死的古代教條啊，女人不能太勤回娘家！

大包小包地收拾著，雖然明知這一堆東西，三房得的恐怕也就九牛一毛，不過羅紫蘇想著，自家爹是個傷員，羅奶奶也不能苛待，多少吃到些也能補補。

揹著背簍，羅紫蘇帶著一家子，浩浩蕩蕩地往娘家去了。

自村口下了牛車，沈湛揹著背簍，抱著小妞兒，和羅紫蘇帶著大妞兒往羅家走。只是，還沒到家門口，就遇到了出村口的吳阿嬤。

「紫蘇，妳又回來看妳爹了？」吳阿嬤熱情極了。「妳恐怕還不知道吧，你們家分家了，你們三房啊，被分出去了！」

「什麼？」羅紫蘇震驚不已，她知道早晚會有這一天，只是，這一天未免來得太快了！

「真的嗎，吳阿嬤？」

「當然，就是妳回家後的第二天，妳爺爺奶奶做主，把妳爹和妳二伯都分出去了。」吳阿嬤認真地道。「不過分家不分房，先不搬家，只是扯了牆把你們隔了，妳回去看看吧！」

羅紫蘇聽了心頭發堵，匆匆和吳阿嬤道了別，快步往羅家去。

果然，幾天沒回來，家裡已經是大變樣。

原本敞亮的院子，用籬笆分成了三家。右面這邊，羅甘草正低著頭用小泥爐子熬著藥，聽到聲音抬起頭，看到羅紫蘇繃著的小臉，露出了笑模樣。

「姊姊，妳回來啦！姊夫好，小外甥女好！」

羅紫蘇疼愛地上前，一眼就看到羅甘草燙得紅紅的手背。「這手怎麼燙著了？咋不抹藥？」

「沒事的。」羅甘草把手掌往回縮了縮。「端藥時燙到了，不礙事的，姊妳快進屋。」

孫氏聽到聲音也從右廂的第一間屋子裡走出來，看到羅紫蘇，紅紅的眼睛露出笑模樣。

「紫蘇和女婿回來啦！」

「娘，爹的傷怎麼樣了？」

羅紫蘇和沈湛打了招呼就跟著孫氏往屋裡走，大妞兒不肯跟進去，在院子裡看羅甘草熬藥，羅紫蘇搖搖頭，拉著羅甘草。

「相公，你幫妹妹熬藥；甘草，帶妳外甥女進屋玩去。」

孫氏登時不讓了，這女婿來了，哪能逼著幹活？之前丁香女婿回來，大嫂就讓他幹活，讓孫氏羞臊得不行，這紫蘇女婿再回來幹活，這羅家的閨女都不用成親了！

「沒事，這藥罐子太重又燙手，娘您看甘草手燙的。」

羅紫蘇心疼得不行，埋怨了孫氏一句才拉著妹妹的手往屋裡走。

孫氏這些日子照顧著羅宗平已經是熬得夠嗆，哪裡顧得上小女兒手被燙了？一看羅甘草的手也是心疼不已，一家人進了屋子。

羅紫蘇看到羅宗平躺在床上，灰白著一張臉，閉著眼睛沈沈睡著，那精神狀態居然還不如之前，嚇了她一跳。

「娘，沒給爹請大夫？」

「請了。」一說這個孫氏又哭。「妳爹第一天喝上了藥，本也挺好的，誰知第二天中午。正熬著藥，妳大伯突然說什麼要分家。妳爺做主，從公中拿出五十兩當做妳爹的藥費，又分給咱家二十兩銀子、五畝水田、四畝旱田、六畝沙地，還有這五間房。妳大伯娘說了，這五間房只是暫時讓咱住的，老宅子都歸長房是規矩，等過幾日天放晴，讓我們自己蓋了房子搬出去。」

孫氏想想就覺得無助又茫然，哭得眼都快瞎了。「妳爹自從知道妳爺把咱三房分出去後就呆了，等里正過來寫了字據又讓妳爹按了指印，妳爹之後就再也沒說出一個字來，連藥都不喝了。」

孫氏哭得嗚嗚的，羅紫蘇氣得不行。「娘，爹都這樣子了，您怎麼不讓人給我捎個信！」

「我……我、我沒想起來。」孫氏哭得更急。「這幾日都是給妳爹把藥灌下去的。紫蘇啊，妳說說，妳爹這是怎麼了？」

還能怎麼？估計是打擊太厲害，一時回不過神唄！羅紫蘇嘆氣。

羅宗平一直對羅家老兩口孝順，恐怕他也沒想到，有一天親生父母會在自己受了傷、最無助的時候把自己踢出家門吧？即使給了銀子、給了地又如何？還不是相當於把羅宗平一腳踢出門去？

羅紫蘇嘆了一口氣，坐到床邊，看了眼羅宗平。羅宗平極瘦，嘴唇泛著幾分青紫，臉色白中透灰，看著讓人驚心不已。

孫氏拿了分家文書給羅紫蘇看，那上面清楚寫明了從此以後不讓三房養老，但也不會再與三房有任何的銀錢往來等等，羅紫蘇更是嘆了口氣。

這分家文書估計在羅宗平的心上補了最後一刀。

「爹啊，」羅紫蘇輕聲在羅宗平耳邊勸說。「這家分就分了吧，也不用想太多，早晚，這個家不得分啊？您把傷養好了，不比什麼都強？您這樣不吃不喝不說話，傷了身子最後出了事，除了娘和我們當兒女的，有幾人能真正的傷心？

「您就放開些得了，這和爺爺、奶奶分了家，對娘、對春齊和甘草都是好事！您想想春齊，他可還沒成人呢；再想想甘草，若您真出了事，丟下娘和兩個沒成人的弟妹，您放心嗎？」

羅宗平睜了睜無神的眼睛，卻又緊緊閉上，羅紫蘇看出羅宗平有些動容，連忙再接再厲。

「爹，您想想啊，您不吃藥，是不想活、不想拖累了這一家子。可是我娘一個弱女子，我也是出嫁了的閨女，管不得娘家事，離得又遠，以後，我娘這性子不得讓人欺負死？我看您受了傷，分了家，丁香都沒上門，估計也是不打算再管娘家的事，這春齊和甘草，以後還不定怎麼被人欺負，您就真忍心？」

羅宗平睜開眼睛，看著羅紫蘇不吭聲，沈湛端進來藥碗，羅紫蘇直接接過來，一勺勺地餵羅宗平。

羅宗平終於喝藥了，孫氏喜得不得了，又想哭了。

羅宗平喝了藥、喝了粥，閉上眼睛沈沈地睡了。

羅紫蘇起身，不管坐在一旁抱著小妞兒和大妞兒玩的羅甘草，她問孫氏在哪裡做飯？

「先在院子裡用小泥爐子。」孫氏小聲道。

羅紫蘇嘆了口氣，沈湛聽了，直接把背簍裡的東西拿出來後出了門，不一會兒就不知從哪裡搬回來一堆的碎石、大塊石頭、樹枝還有泥草，在院子右邊開始壘灶。

羅紫蘇這邊先把帶回來的肉切一些，打算炒個菜，這中午不能只喝粥啊！

羅紫蘇簡單做了個白菜炒肉，那邊沈湛動作極快，不一會兒就壘好大灶，又拿柴刀去了後山，一趟一趟地搬砍了一堆樹枝和茅草，抖開茅草開始曬，又用樹枝做支架，想搭個棚子把灶給遮上，這樣下雨就不怕了。

羅紫蘇把帶回來的東西交給孫氏，給羅甘草拿幾塊點心，讓孫氏把東西收好了。見天色已經晚了，羅紫蘇帶著大妞兒和小妞兒，又和沈湛回桃花村去。

「明天我還來，把曬的茅草鋪了。」

沈湛和羅紫蘇說，羅紫蘇點點頭。「你明天先來，我要去鋪上給我娘她們買些別的。」

分家時可沒給什麼鍋碗瓢盆的，倒是能借了大房的東西用，可是金氏沒個好臉色，羅紫蘇想著這不是個事，還不如買了呢，以後搬走也是要用的。

沈湛盯著羅紫蘇看，搖搖頭。「一起先去鎮上。」

羅紫蘇不太想帶著沈湛一起去，不過後來她很慶幸沈湛是和自己一起去的鎮上，不然真是惹上了大麻煩。

第十六章

羅紫蘇與沈湛坐著沈富貴的牛車到鎮上時，天剛亮不久，城門處站著一群人，正圍著布告議論紛紛。

羅紫蘇和沈湛下了車，與同車的林嫂子道別，這才往城門裡走。

守門的衛兵上下打量著沈湛，手一揮，硬是讓他過去上下摸索了遍，又把沈湛和羅紫蘇的背簍搜看了一遍。

羅紫蘇自來這裡，還是第一次遇到如此陣仗，她有些茫然；沈湛的臉色肅然，很是不好看。

「你們這是進城裡做什麼的？」守門的兵鼻子不是鼻子，眼睛不是眼睛的。

「進城裡來買東西，我們是桃花村的。」沈湛一邊說一邊熟練地自袖口拿出一把銅板，塞到了那人的手裡。「兵爺辛苦了。這是怎麼了？」

「怎麼了？」那守門的冷哼。「顧氏謀逆，家中有餘孽逃出，正搜城呢，你們沒事就快走吧。」

「是這樣，謝謝兵爺！」沈湛努力讓自己的表情不僵硬。「我們家中有人上山受了傷，就想著買些肉給他補補。」

「去吧！」那人不耐地揮手，接著雙眼放光，往沈湛身後一個穿著粗布衣裳的小媳婦那走去。

羅紫蘇被沈湛拉著，走進鎮子。

與鎮外的肅然不同，鎮子裡依然還是一片繁華喧鬧，沈湛跟著羅紫蘇往西市走，臉色始終難看。

「相公怎麼了？」羅紫蘇猜測對方的臉色和剛才聽到的顧氏餘孽有關係。

「城裡入夜恐怕就會全城搜捕。」沈湛一臉冷靜，只雙眼露出幾分焦急。

羅紫蘇看著這滿街開張的鋪子與叫賣的人，有些無法相信。「怎麼會？這不挺正常的嗎？」

「城門處，只進不出，街上熱鬧，卻無人查問。」沈湛又恢復了少語寡言，羅紫蘇恨得牙根癢。

「外緊內鬆麼？」羅紫蘇恍然。

兩個人一起去西市買了些肉，又買了些米麵雜物、碗盤用具，沈湛揹著背簍，羅紫蘇挎著籃子，兩人出了熱鬧的集市，往城門處走去。

「相公，我還想買幾包點心還有紅糖、大棗、枸杞。」羅紫蘇剛剛忘記了。

「走吧。」沈湛語音簡短。

「還是分開吧，兩個方向呢。」羅紫蘇看看天色。「一會兒我們還要早些回家呢，大妞兒她們在富貴嬸子家，我怕安娘費神。」

今天一早她帶著兩個孩子時，沈富貴提議把孩子放在他家裡，沈安娘身子好了一些，羅紫蘇想著沈安娘身子虛，恐怕還是要補補才好。

病了幾日，原本就身體虛弱的沈安娘更顯出幾分瘦弱，羅紫蘇想著自己空間裡還有一些桃膠，再買些紅糖、大棗等物，給她送過去好好補補。

沈湛也看看天色。今日鎮上有事，他本不想與羅紫蘇分開，可看著天色，再去雙槐村，再幹些活計，恐怕要來不及，只好點頭。

羅紫蘇鬆了一口氣，兩人分開，沈湛往雜貨鋪子去了，羅紫蘇去了賣點心的三盛齋。

羅紫蘇正往三盛齋走，卻看到一個眼熟的人正鬼鬼祟祟地走在街上。

沈大姊小心地四處看了眼，又轉過頭緊盯著走在前方的一大一小，小心地隱著自己的身形，時不時地注意著不被人發現她的異常。

羅紫蘇有些奇怪地跟在沈大姊身後，發現她時不時地四顧一圈又緊盯著前方，她看過去，是一個身形窈窕的女子，一身粗布衣服，懷裡抱著個大概一歲多的小男孩。

那女子似乎生了病，時不時地停下來咳上幾聲，走了幾步後，進了一個店鋪，沈大姊站住了，猶豫了一下，並未跟上去。

沈大姊轉身走到路邊一個賣胭脂水粉的攤子旁，一邊與那攤主說著什麼，一邊指著那女子剛剛進的店鋪，也不知想要做什麼？

羅紫蘇莫名地就想到了剛剛入城時，那極嚴格的盤問查看，又想著沈湛的表情，正好那女子進的店鋪在三盛齋旁，因而乾脆先去買點心。

三盛齋在這青華鎮上也算得上是比較有名的點心鋪子，裡面的桃酥很是有名，羅紫蘇一邊看一邊讓夥計包上幾樣點心。

只是，羅紫蘇雖然買著點心，心裡卻始終覺得很不安定，再三考慮後，她乾脆拎著點心，去了隔壁那個女子進的鋪子裡。

那是個漆器行，裡面的漆器擺得錯落有致，有兩個小娘子正拿著個小巧的妝奩匣子，與店裡的小夥計說著什麼。

羅紫蘇這還是第一次來到這樣的地方，桃花村也好，雙槐村也罷，村子裡的人哪裡有這般講究，家裡的器具等物都是原色，偶爾有個大件塗了漆也都是多年前的物什，新擺設是一個都沒有的。

而今，置身在這裡，鼻端全是漆液與桐油混在一起的味道，不濃，但也有幾分淡淡的刺鼻感。

「這位小娘子要看什麼？咱們店裡新出了幾樣時新的妝奩匣子，還有小巧的漆盒與漆罐。」

羅紫蘇搜索了一下記憶，發現這時的漆器還沒到防水的地步，店裡擺設的大多是桌椅、箱籠，大件亦有古樸的屏風，偶有小巧的也是些托盤、妝奩、小盒子與罐子罷了。

羅紫蘇對著小夥計點了點頭。「我就是先看看，過幾日家中翻新了房子，想添幾樣擺設。」

「那小娘子先看著，看中了哪樣再叫我。」小夥計也不惱，看到又有個客人進了門，對羅紫蘇交代一聲就迎上去了。

羅紫蘇低頭看著店裡的各樣漆器，幾步就被這些精緻的器用吸引了。這時的東西和現代那些東西的噴漆技巧是沒辦法比的，可是這些擺設的圖案卻要比現代的精緻古樸上許多。

羅紫蘇邊走邊看，時不時地低下頭來瞧瞧箱籠上精緻的雕工和描金的紋路，直直走到那屏風之後，正看著，就聽到一陣輕巧的腳步聲，接著，一個小包子重重地跌到了她腿上。

「呀！」胖乎乎的小包子喊了一聲，一跤跌趴到羅紫蘇的腿上，羅紫蘇注意力不集中，差點被絆倒，連忙伸手扶住撞到腿上的小孩子。

小男孩抬起頭，一張小臉白嫩嫩的，唇紅齒白，頭髮烏黑，抬頭看到羅紫蘇，原本咧著想哭的小嘴巴彎起來，含著淚水露出一個笑容。

「娘。」

羅紫蘇一呆，這時，又一陣急促的腳步聲，一身深色粗布衣服的年輕女子自店後跑出來，看到小男孩後鬆了一口氣，連忙走過來。

「言哥兒，你怎麼亂跑？」

小男孩轉頭看了眼那女子，接著轉頭專注地看著羅紫蘇，伸手把她的腿抱得緊緊的。

「娘，抱抱！」

那年輕女子本想過來抱走小男孩，卻在看到羅紫蘇後倒吸一口氣，臉上如同見了鬼一般地後退了一步。

「夫人，您沒死？」

羅紫蘇有幾分莫名其妙，小孩子認錯人倒是很平常，可是這女子是怎麼一回事？

只是，沒等她反應過來，就聽到門外一陣喧鬧，羅紫蘇轉頭，順著屏風的縫隙間看到了幾個衙差快步往這店鋪裡走來。

那女子的臉色一變，再顧不得其他，快走幾步上前，在衙差進店來盤問夥計與那幾個客人時伸出手抓住羅紫蘇。

羅紫蘇一呆，接著就覺得手腕一涼，一個足銀的鐲子套到她的手上。

「求這位娘子救救這孩子。」那女子顫音悄聲說完，滿臉祈求地看著羅紫蘇。

羅紫蘇還沒反應過來，那女子乾脆一把抱起小包子塞到她手裡，接著把羅紫蘇推到靠牆的幾個擺櫃與箱籠的間隔中。她沒再說話，只是留戀地看了眼孩子，一轉頭快步跑進店後，腳步聲急促。那幾個衙差聽到聲音連忙呼喝了幾聲追了過去，因有屏風的遮擋與擺櫃的夾角掩飾，衙差居然完全沒注意到羅紫蘇和孩子。

那店鋪裡的小夥計臉色也變了，轉頭就想跑，卻被後來一步的衙役一把捉住。羅紫蘇覺得不太妙，連忙抱著孩子走出來，站到那兩個看妝奩的小娘子身側。

那兩位小娘子嚇得臉色全白了，站在那裡瑟瑟發抖。衙差上前盤問，那兩個小娘子聲音都在抖，另外兩個衙差很快就注意到抱著小包子的羅紫蘇，直接站過來。

「妳是誰？懷裡的孩子和妳是什麼關係？」

「我、我是桃花村的羅氏，今天進城裡給孩子買些點心。」羅紫蘇說著一隻手抱著小包子，另一隻手晃了晃手裡的點心包。

「小崽子！」一個衙差一臉兇相。「她是你娘？」

小包子呆呆地看著那衙差，接著嚎啕大哭，伸出手抱住羅紫蘇。

「娘，怕怕，嗚嗚嗚！娘，有大熊！」

那衙差的臉色登時黑了，旁邊傳來的嗤笑聲讓他氣得不行，一伸手，他指著羅紫蘇對旁邊的差役道。

「都帶回去，好好查查，在這店裡，誰知道是不是同黨！」

那幾個衙差自是知道他是惱羞成怒了，不過帶回去也好，等家人來贖時還能得些好處，上前就要拿人。

「等等！」

正當羅紫蘇緊張得心臟都快跳出來時，沈湛的聲音響起，他一臉肅然地走進來，直接站到那衙差的面前。

「這位官爺，不好意思，孩子還小，不懂事，您大人有大量。」

一邊說著，沈湛一邊把碎銀往那衙差的手裡塞，一人一塊，又說了幾句好話。那衙差本就是沒事找碴，看沈湛識趣，那小崽子也不亂說話了只是哭，冷哼一聲，揮手讓他們快走人。

沈湛拉著羅紫蘇快步出了漆器鋪子，也不說話，只是快步往城門那邊走，一連走了四、五條街又拐了兩個小巷，這才停了下來。

「怎麼回事？」沈湛指了指小男孩。

羅紫蘇把剛剛遇到的事說了一遍，看著眨著淚眼摟著自己的小包子，心中有些無奈。

「相公，可怎麼辦？這孩子是誰我也不知道，那女子的身分也弄不清，半路就被塞個孩子，你說這要怎麼辦？」

看那衙差兇神惡煞的樣子，羅紫蘇著實沒辦法把小包子丟下，她一看可愛的小孩子就心疼，這是上輩子留下的遺憾，她自己也是沒辦法。

「我看看。」沈湛一把將孩子抱過來，小包子換了人抱也不哭，睜著濕漉漉的大眼睛看著他，歪著頭啃手指。

沈湛早就心有疑惑，在伸手拽出小包子脖子上掛著的羊脂玉佩後，心中的懷疑得到了證實。

「這孩子，我們養著。」

沈湛原本是打算入夜後潛入鎮上來找找的，現在倒是得來不費功夫，只是，剛剛那女子不知是不是將軍的遺孀？

「那剛剛那女子？」

「晚一些時候，我過來看看。」

沈湛平靜地說，羅紫蘇點了點頭，兩人一起往城門走。

「等等。」走到一半，羅紫蘇突然想到不對又停下來。「這抱著孩子去坐富貴叔的車子，會不會……」

「沒事。」沈湛搖搖頭。「不坐三叔的車子，妳一會兒在城門等我。」

羅紫蘇在城門裡等了一會兒，沈湛出城門先和富貴叔說了兩句話，這才回來，又找了找，有往雙槐村去的牛車，他們一人交了兩個銅板，坐了牛車往雙槐村去了。

車上的兩人閉口不語，卻是各有心思。

羅紫蘇想的，是剛剛那女子看到她時震驚的表情，及失口說出的「夫人」兩個字；再有剛剛沈湛看到小包子脖子上的玉佩時眼中的如釋重負；接著想到之前在城門時，城衛口中的顧氏餘孽。

小包子的身分，不言而喻。

那女子，應該不是小包子的娘親，小包子的娘親應該已經不在世上了。

想到這裡，羅紫蘇忍不住緊了緊手臂，被她抱到懷裡的小包子昏昏欲睡，在感覺到羅紫蘇手臂的力量後勉強睜開眼睛看了看她，往懷中蹭了蹭，接著又閉上眼睛睡著了。

羅紫蘇無奈地嘆了口氣。

只是進鎮想給娘家買些東西，怎麼就抱了個孩子回家呢？而且，現在這個時刻，恐怕，這孩子不好養。

想也知道，這孩子抱回雙槐村，怎麼和爹娘解釋？抱回桃花村，又要怎麼解釋？

越想越頭疼，羅紫蘇輕輕嘆了一口氣。

回到羅家時，羅甘草正在抹眼淚，金氏叉著腰，正在院子裡開罵。

「真不知是造了什麼孽，好好的家怎麼就遇到了個敗家精，我的盤子、我的碗，妳說打碎就打碎，真真是好大的脾氣！身為長輩說幾句就給我使性子，看妳以後怎麼嫁個好人家！」

孫氏含著淚從房裡出來，顫著聲道：「大嫂怎麼這麼說甘草，她還小，不是故意打破妳的碗，我們賠了就是了，大嫂還至於因一個碗就罵她。」

金氏聽了冷笑：「怎麼就不能？平時也不見她打破碗，我說她幾句，這碗就碎了，不是發我脾氣是什麼？虧了她小，這要管教了才好，弟妹這般寵孩子可不成。」

「不就一個碗嗎？」羅紫蘇進門聽到金氏的話，氣得夠嗆，她就知道，總是借碗一定會有這事。「大伯娘別氣了，我們賠。」

說著羅紫蘇把懷裡睡著的小包子給沈湛抱著，從籃子裡揀了個新碗遞過去。

「哼！」金氏把碗拿到手裡細看了看。「不成，這個碗可比我的碗小多了！我的雖然是粗瓷，可是是個大湯碗呢！」

「好，給您兩個，這總成吧？」羅紫蘇又拿出一個。失策，她真就沒買湯碗。

「這還差不多。」金氏占了便宜，心裡舒服了些，一轉頭對著羅甘草哼了一聲，教訓道：「甘草丫頭以後少這麼大的氣性，得虧了我是妳大伯娘，不跟妳計較，要是妳婆婆，妳這般發她脾氣，還不得給妳一頓好打！」

「大嫂妳說的什麼話！」孫氏氣急。「甘草才多大妳說什麼婆家的，到底想幹什麼！」

「不幹什麼，妳有好女兒給送碗，以後就不要再來借！」金氏自知失言也有幾分心虛，轉頭扭著屁股走了。

羅甘草哭得眼睛都腫了，羅紫蘇連忙抓住安慰了幾句。

孫氏抹了抹淚，不過注意力很快就落到了那小包子的身上。

「二郎，這孩子是？」

「昨日我從前軍中同袍送信，家中蒙難，他重病不治，妻子也已改嫁，留下孩子無人照顧，我昨晚去抱回，不過多雙筷子。」

沈湛的謊話說得流利，羅紫蘇聽得也是目瞪口呆，不過看他說得如同真的一般，只好在孫氏看向她時連連點頭。

孫氏嘆了一口氣。這是女婿家的事，她雖然不太高興，可是卻也無法置喙，畢竟，現在她們這房是立不起的。

沈湛進房和羅宗平打了招呼，就出來院子裡開始幹活；羅紫蘇把睡著的小包子抱到自己原來的屋子裡，放到床上蓋好了被子。

孫氏跟著進來，臉上帶著幾分不滿意。

「紫蘇啊，」孫氏嘆息。「妳怎麼能讓女婿把這孩子帶回來？這可是個兒子，養大了還不得給他娶妻抱子？他家中又不是沒有孩子，已經有兩個閨女了，這可好，又弄來個兒子，妳這以後的日子可怎麼過？」

孫氏說著悲從中來，忍不住哭開了。

「說起來也是我和妳爹沒用啊，沒辦法給妳做主，妳兄弟又小，要不也不能讓妳如此被人欺侮。」

「沒這麼嚴重的。」羅紫蘇頭疼。「娘，您不用想得這麼複雜，別說一個，再來兩個孩子我們也養得起，您就別管了。」

「我沒法管，我是替妳難過啊！」孫氏哭得更傷心了，又怕沈湛聽到，只是哽咽著抹淚，羅紫蘇深深地嘆息。

「別說那些了。娘，您以後不用去大伯娘那邊借什麼碗筷的，我都買回來了，還差什麼您看看，告訴我，我再從鎮上買回來。」

「不用不用！」孫氏直擺手。「妳都是出嫁的人了，可不能這般貼補娘家，二郎是個好的，不然早就休了妳。」

「娘，那他到底是好還是不好？您剛剛不還說他欺侮我嗎？」

「妳這丫頭！」孫氏氣道：「娘這不是心疼妳嗎？再說妳這樣貼補娘家，這好時倒也罷了，等有一天你們兩人吵架，這可就是把柄！」

「知道啦，娘放心吧！」

羅紫蘇轉頭喊羅甘草。「妳幫著我看著孩子，我去做飯收拾一下。」

羅甘草腫著眼睛走進來應了一聲，羅紫蘇連忙去打水給羅甘草冰了冰眼睛，這才和孫氏出了屋子。

羅紫蘇在院子裡把已經晾乾的灶點起來，另一邊，孫氏在小泥爐上開始給羅宗平熬藥。起灶，燒火，羅紫蘇把新鐵鍋架上開始燒水，又把新碗盤、筷子等物都丟到鍋中用熱水燙煮一下，讓沈湛幫著把碗盤刷洗乾淨。

金氏透過堂屋裡往三房這邊看著，眼裡又羨又嫉。這羅紫蘇雖然是個繼室，又有便宜孩子要養著，不過，倒真是過得不錯的樣子。

這鍋碗瓢盆的，都給娘家買回來，看那沈二郎傻乎乎的還挺樂呵，早知道還是等等再分家才好。

金氏心裡想著，眼裡嫉恨之色漸濃。

羅奶奶從自己的屋子裡轉出來，就看到金氏看著三房那邊眼冒紅光的模樣。

「妳能不能有些出息！」羅奶奶氣得不行，剛剛金氏罵街時她就想出來給這女人一巴掌了，罵的都是什麼話？傳出去以後羅家的女兒都不用做人了，她再怎麼不待見那些賠錢貨，那也是羅家的女兒！

「娘，您看看那邊。」

羅百合對著三房那邊努努嘴。劉氏早就看到了，也不作聲，只是瞪了自己的閨女一眼。

「有什麼好看的？」

「怎麼沒有！」羅百合恨恨。「她倒是嫁得好了，一女兩嫁，丟死人了，前些天三叔一受傷，結果村裡傳得也是沸沸揚揚的，我若是嫁得不好了，定不會放過她！」

「妳啊！」劉氏恨得伸出手點自己閨女的額頭。「妳也不小了，怎麼就記吃不記打，上次怎麼說妳的不記得了？妳到底想怎樣？」

「娘，怎麼也要選個和姊夫一樣的人家，不然我可不嫁。」

羅百合指的是她親姊姊羅半夏訂的親事，對方是鎮上開糧行的馮家，家境殷實，訂的是對方的幼子，自幼飽讀詩書，聽說明年就要下場考秀才。

「真是不知羞的丫頭！」劉氏也拿這閨女沒辦法了。罵也罵過，打也打過，就這樣子，她也不打算再管了，找個老實的人家嫁過去就算完了！

羅紫蘇把背簍裡的東西一樣樣往外拿。

六個碗、八個盤子、八雙筷子、一個小些的鐵鍋；二十斤粗麵、二十斤粗米、十斤細麵、十斤細米、五斤菜油；以及鹽、醋、醬。本來大醬是家中有的，分家時並沒給三房，羅紫蘇直接買了。

孫氏的眼睛在羅紫蘇每拿出一樣時就瞪大一分，最後瞪著眼睛直接呆住了。她知道女兒、女婿給買了東西，可怎麼這麼多？再看那五斤五花肉、兩斤肥肉、三斤瘦肉，更是直搖頭。

「紫蘇，這可不成，東西太多了，妳不是把自己家的家底都貼補了吧？這二郎真是好脾氣，怎麼不說妳？」

「拿回去！」一直沈默著不吭聲躺在木板床上的羅宗平突然開口，嘶啞的聲音極難聽。

「相公！」孫氏喜極而泣。自分家後，羅宗平情緒低落頹廢，再沒開口說過一句話，如今居然開了口，她別提多驚喜了。

「快拿回去！」羅宗平的臉色脹紅。「這個家最對不起妳！」

聽到這話，一種酸澀難忍的感覺湧上眼眶，羅紫蘇拚命地眨了眨，把那股淚意忍下去。前身腦海裡的情感，對羅家的人還是怨恨居多的，只是剛剛，那種混合了酸澀痛楚與一絲深切的哀傷和遺憾的感情，來得是那般強烈。

那是羅紫蘇無法捨棄的矛盾痛楚，和羅紫丹無關，卻讓她在這一刻深切地感覺到。

羅紫蘇一直以為，前身對這個家除了怨恨與怒其不爭外沒別的感情，而現在，她了解到了之後，也下了一個決定。

之前她只是把對羅春齊與羅甘草的感情認真以待著，而現在覺得既然接手了對方的身體，那麼，她的家人，她也許不應該只是流於形式的伸把手而已。

「爹，您放心吧，這些大多是相公主動買的，我心裡有數。您好好養傷，不要想太多了。」

「那也不好！」羅宗平固執地又道：「我會好好養傷，妳好好在自己家裡，相夫教子。女婿為人寬厚，妳卻不能太過分，這貼補娘家，還是要有個度！」

羅紫蘇只好連連應了。這病人固執起來，她還是不要硬對上了。

孫氏也連連勸慰，一副她做了天怒人怨之事的模樣。

羅紫蘇為了自己的耳朵著想，連忙轉移兩人的注意力。「娘，家中蓋房的事情，您想過沒有？」

「這……」孫氏怔了怔。

而另一邊，羅宗平卻接口道：「我想過了，等我再養養傷，能下床了，就去找里正說說，去把村口靠著青山口的那片地買了，就在那裡起房。」

孫氏一呆。「相公，那片地是不是離村裡太遠了？」

「離得遠些，事少。」羅宗平簡單的一句話，讓羅紫蘇和孫氏頗有幾分無語。

「那裡也好，雖然離村裡遠些，不過那邊的地便宜一些。」羅紫蘇搜索了下腦海中的記憶，想明白了那地在哪裡，倒也明白羅宗平的想法。

村裡的宅地都是有數的，雙槐村是大村，近四百多人，把村裡的宅地占得都差不多了，再修房，要不就是往村口這邊，要不就是往村裡，無論哪邊都不便宜。

反倒是羅宗平說的那地方，因靠山腳太近，離著不遠，又是一大片荒地，反倒沒人買。

「既然定了那裡，就早些找里正說說，看看要多少銀錢才夠？」羅紫蘇想了想，怕羅宗平的銀錢不夠。可是她買些東西，爹娘就嚇得不行，這要再借銀子，估計她是別想回娘家了。

「過段日子再看看。」羅宗平沙啞地道。

孫氏收拾著東西，羅紫蘇出去開始做午飯。一邊熬粥一邊刷了鍋，先把肥肉切了一些熬出油來放好，又把五花肉切成小塊，做了紅燒肉，接著炒了青菜，烙了玉米粗麵餅子。

一陣陣肉香與飯菜香氣在院子裡飄散，羅紫蘇盛出一碗肉來，喊了羅甘草，讓她把肉給羅奶奶送過去。

這一個院子裡住著，對方又是長輩，有好吃的可不能吃獨食。羅紫蘇又盛了一碗給二房送過去，最後盛出兩大盤肉，收起一盤讓孫氏晚上再熱了吃；她把炒青菜與紅燒肉放上桌，而羅宗平的是單獨盛了飯菜送過去房裡。

這時，房裡傳來小包子嚶嚶的哭聲，羅紫蘇連忙進屋裡，就看到小包子撅著屁股，正在往床下小心地滑，一邊滑一邊哼哼唧唧的哭。

小包子腿短，就看他小心地用小腿滑啊滑的，往旁邊晃，只是腿卻怎麼都踩不到地，正怕著，聽到腳步聲，委屈地轉頭看過來。

淚汪汪的眼睛，長長的睫毛，羅紫蘇的心登時就軟了，上前一把抱起眼瞅著要掉下床的小包子，托在手裡掂了掂。「不哭了，咱們要吃飯呢。」

「娘。」小包子奶聲奶氣地喊了一聲，小臉對著羅紫蘇的胸前拱過去。

「呀！」羅紫蘇嚇了一跳，連忙把小包子抱遠。小包子顯然是餓了，看著一向喜歡自己的娘親把自己往外推，委屈地噘嘴。「餓！」

餓了我也沒辦法餵你！

羅紫蘇的臉黑了黑。這小包子明顯比小妞兒大多了，可是他居然還沒斷奶！

小包子拚命地往羅紫蘇前胸湊，一邊湊一邊淚汪汪地喊著餓，羅紫蘇可沒這個經驗，就連小妞兒都是早早斷奶，一提吃的就知道用匙子來餵的。

「你別過來！」羅紫蘇一邊說一邊把小包子抱得更遠，小包子仍掙扎著往前拱，兩個人都是急得一頭汗，正亂著，沈湛進了屋。

「臭小子！」沈湛伸出手臂一把將小包子拎到手裡，瞪著他。「那是我的！」

羅紫蘇大羞，伸手對著沈湛狠狠擰了一把。「胡說什麼呢！」

沈湛嘶嘶抽了口氣。自家媳婦兒下手真是疼啊，可是這話得說清楚。「本來就是我的！」

沈湛再次聲明，不只這樣，還流氓地伸手捏了一把。

羅紫蘇本來是臉紅，結果這下好了，連脖子都紅了，被對方輕捏一把的地方如同火燒一般。她氣狠了，上手捏住沈湛手臂內側的肉，使著勁兒地擰。

「讓你亂來，這還有孩子呢！」

「媳婦兒放手！」沈湛疼得臉色都變了，連忙求饒。「我錯了，不亂來了，哎哎放手！」

小包子本來正委屈著娘親不讓他吃奶，結果還沒等委屈完，就被人拎著脖領子提起來，正不樂意想要大哭呢，結果那兩個不著調的鬧起來了。

他好奇地看著，歪著頭，雖然不太明白怎麼回事，但是妥妥是自家娘親被欺負了！他張大嘴，對著提著他脖領的大手狠狠咬上去。

沈湛呆怔了一下，就連羅紫蘇都鬆開擰著沈湛的手看過去，兩人面面相覷。

「這……他、他是太餓了？」沈湛猜。

吃過了飯，沈湛扛著鋤頭說是要去羅宗平家分的地裡去看看，和羅宗平打了招呼，羅甘草幫著沈湛領路，去了地裡。

「二郎是個好的。」孫氏又想哭，卻被羅紫蘇勸了。

「娘，可別哭了，您要真哭得瞎了，這個家可真就完了。」羅紫蘇對於孫氏佩服不已，是誰說的女人是水做的來著？

羅紫蘇安排著把羅春齊的房間挪到中間的廂房去，最靠南是羅宗平兩口子的房間，然後是羅甘草的，緊挨著是空了個房間留著家中有人來留宿用，羅春齊原本的房間，現在收拾了放些碗筷、水缸、糧油等物。

羅紫蘇幹活快又俐落，孫氏在一旁幫著邊弄邊聊幾句，活做得快，一會兒就收拾得差不多。

孫氏嘆了一口氣。「前兒妳姥爺派人捎了信過來，甘草回來這麼久，妳姥爺他們有些不習慣，想把甘草接回去，只是妳也知道的，這家裡離不得人，只能讓妳姥爺他們先等等了。」

「娘，春齊還不知道家裡分家了吧？」

「是啊，」孫氏點頭。「他走時情緒不太對，我就沒敢讓人給他捎信，不過再有幾天就沐休，他回來自然就知道了。」

「也是。」羅紫蘇收拾完了，打了水洗手。「娘，爹的傷一時半刻也好不了，我是想著，這家裡馬上也要蓋房了，得想個法子給家裡添個進項，不然咱這房子要蓋起來，可就要欠債了。」

那片宅地再便宜，恐怕最少也要十兩銀子，再蓋房子，還要添些物件，這都是錢。而且，距離秋收還遠著呢，這家裡吃什麼、喝什麼？

羅家分家看著挺公平，可是鍋碗沒有，糧食菜肉也沒有，這一家子要挺到秋收，怎麼也要上百斤糧食，還不算菜什麼的。再有就是羅宗平現在受了傷，身子也要補養，這都是花錢的地方。

「等妳爹再好一好，娘就開始繡些荷包。」孫氏也想過，只是她一個婦道人家，平日裡也就是繡個荷包貼補家用罷了，也想不出別的。

「過幾日看看，若是我那邊需要人手，您就讓甘草過去幫我，就當是雇人，給甘草按月開錢。」

羅紫蘇的話音剛落，孫氏立即搖頭。「那可不行，自家人怎麼還能給錢？妳有活，讓甘草過去幫妳就是了，妳給錢，女婿不得不高興？」

「娘，您這話說得不對，若不是甘草幫我，我也要雇別人呢；而且我想著這活讓外人看了不好，自家人才靠得住。您就別推了，現在家裡都這樣了，我那法子若是能賺錢，就給甘草些錢；若是不賺錢，我也沒辦法給甘草錢呢。」

羅紫蘇的話讓孫氏沈默起來，她只好諾諾應了，心裡卻想著還是要與相公商量一下再說。

沈湛動作快，這邊羅紫蘇和孫氏說完話，他也扛著農具回來了，羅甘草跟在後頭，手裡拿著一個小竹籃。

「娘，這是吳阿嬤給的雞蛋。」羅甘草把小竹籃遞過來，裡面放著十多個雞蛋。「吳阿嬤說這些給爹補身子的。」

「這怎麼好！」孫氏驚了一下，頗有些受寵若驚。

在這雙槐村裡，羅家三房好欺負是出了名的，也因有這名聲，等閒人家雖然不會與他家交惡，但也都是敬而遠之，因而有人送東西來，這還是頭一遭。

「沒事。」羅紫蘇安慰。「等過幾日，娘看到吳阿嬤家的小孫子，給他拿包點心就是了，不用馬上回禮，反倒不美。」

孫氏點了點頭，羅紫蘇看天色也不早了，連忙抱起了小包子，和沈湛回桃花村。

小包子極乖，老實地被羅紫蘇抱在懷裡，羅紫蘇和沈湛往桃花村走，路上和沈湛說起了沈大姊。

「我跟了她一路，總覺得這事和她有些關係。」羅紫蘇之前就覺得沈大姊是告密的人，只是又覺得沒什麼證據，可是現在把小包子抱回去，萬一沈大姊看到了呢？會不會有什麼麻煩？

沈湛停下腳步，思考了一下。

「之前和爹娘說的話，有一半是真的。」沈湛指的是小包子的身世。「的確有個軍中同袍，家中蒙難，一家人都去了，之前沈原和我說過，就前陣子的事，正能對上，我想與他走一趟。」

只要小包子有了正經的來路，那其他的話就不用說了，沈大姊再懷疑，也沒什麼證據，先把小包子的戶籍落下來，那麼其他的事情就都好說了。

「若是能成倒好。」羅紫蘇明白沈湛的意思。

「走吧，先送你們回去，我和沈原出去一趟。」

羅紫蘇點了點頭，沈湛接過小包子抱著，兩人快步往家中走，進了村裡，兩人先去了沈富貴家中接孩子。

剛進院子，大妞兒就跑了出來。「娘！」

結果一臉笑的大妞兒被羅紫蘇懷裡的小包子嚇了一跳。「娘，他是誰？」

「這是弟弟。」沈湛簡短地道。大妞兒懷疑的目光看著小包子，接著臉色一下子變了，有些害怕地指著小包子，傷心不已。

「爹和娘有了弟弟，以後就不喜歡我和妹妹了，我們以後會天天沒飯吃沒衣穿，有幹不完的活，還會在我們長大後把我們賣掉！」

大妞兒大哭起來，而羅紫蘇和沈湛哭笑不得。

「這都是什麼跟什麼？」羅紫蘇上前一步抱起來大妞兒。「誰和妳說有了弟弟就對妳和小妞兒不好了？」

「是狗子說的。」大妞兒抽噎著道，眼睛裡淚珠不斷滴落，不過被羅紫蘇抱著，她又有些不好意思，她都長大了，娘還抱她呢，下次要不要再哭一下呢？

「別聽他的話。」羅紫蘇給大妞兒擦眼淚，又在大妞兒的臉頰上親了親。「娘最喜歡閨女了，兒子才不喜歡，乖，不哭了。以後弟弟長大了要保護姊姊呢，大妞兒聽話，別聽別人亂說。」

聽到大妞兒的哭聲，沈安娘以為有人欺負她，連忙和富貴嬸子一起從房裡出來，看到這一幕，有些擔憂，有些好笑。

「二郎，這孩子是怎麼回事？」富貴嬸子問。

「是同袍的孩子。」沈湛不習慣解釋，簡短地回了一句，就把在富貴嬸子懷裡看著她的小妞兒也抱過來。

小妞兒看到爹娘本來還笑著，不過在看到爹娘懷裡一人抱一個後就嘟起了小嘴兒。這她可讓誰抱啊？

沈湛單手伸過來抱她，小妞兒被沈湛抱到懷裡，眼睛緊盯著離她極近的小包子。

小包子歪歪頭，也看著小妞兒。

兩個小孩子，都長得白白嫩嫩的，只是小男孩明顯大一些，也胖一些，兩個娃兒瞪著一雙烏黑的眼瞳互看，簡直不要太萌。

羅紫蘇喜歡得不得了，不過也不敢再放下大妞兒，生怕小孩子想太多，真以為爹娘不心疼她了。沈湛和羅紫蘇向富貴嬸子及沈安娘告別，又把特別給沈安娘留的點心和紅棗、紅糖、枸杞都放下，這才回家去。

進了屋子，沈湛把懷裡的兩個孩子放下，這才覺得有些猶豫。

「我現在走，妳一個人行嗎？」

之前大妞兒自己能管自己，羅紫蘇只要看著點小妞兒就行，可現在可是兩個了，大妞兒還有些犯小性子，這他離開能行麼？可今天若是不把事情掃了尾，他又怕夜長夢多。

「不用管了，你走吧。」羅紫蘇當然有辦法。

今天她特別拜託了孫氏，幫著她用粗布縫了個小包被，有些仿現代的揹巾，把小薄被子角角相對，縫成個棉制的小口袋的模樣，寬窄正好可以放進小孩子，兩邊用寬布條結結實實的縫成帶子，這樣可以揹在後背，也可以抱到前胸，一點兒也不用擔心。

沈湛看了包被，也算放了心，這才走了。

羅紫蘇看看天色，把小妞兒放到包被裡，揹在背上。

小妞兒被羅紫蘇揹著，羅紫蘇又拿了條小被子包住小包子，往廚房走，大妞兒跟著，一邊走，羅紫蘇一邊逗著小包子。

「乖乖，你叫什麼？」

「言哥兒！」

小包子回答的聲音極大，羅紫蘇有些驚訝地挑挑眉。小包子看著也就一歲多不到兩歲的模樣，居然吐字清晰，而且理解能力似乎也比小妞兒要強上很多，看著就感覺得到是被人用心培養的。

「好，言哥兒，一會兒娘要去做飯，你乖乖的，知道嗎？」

小包子言哥兒眨眨眼睛，只是抬頭看羅紫蘇，往她胸前拱。「餓！」

「這個不行！」羅紫蘇的臉登時黑了。「這個堅決不行！」

把言哥兒用小被子包好放到背簍裡，羅紫蘇拿了小杌子讓大妞兒坐在一旁看著，她這邊就開始燒火點灶。

動作極快的她很快燒熱了一鍋水，淘米熬粥，蒸上紅薯，想想孩子們都喜歡紅薯蒸糕，又都蒸上。邊做邊想，做些別的點心應該也不錯，家裡小孩子多，這蒸糕也要多準備幾種，便順手把糯米泡上，打算把糯米磨成粉，多做些糕點。

蒸上三碗蒸蛋，洗菜、切菜，把家裡的肉也切了炒菜，也烙玉米雞蛋餅。飯都上桌了，沈湛也沒回來。

羅紫蘇給沈湛留了一部分飯菜，其他的分裝到小碗，讓大妞兒自己吃飯，她先餵兩個小的。

看大妞兒防賊一般地盯著她，羅紫蘇乾脆把椅子用小被子墊高，讓言哥兒自己坐著，用布條攔在木頭椅子上防止他下滑，抱著小妞兒，一人一口，兩個一起餵。

看羅紫蘇沒有丟下哪個先餵一個，大妞兒鬆了口氣，終於專心低頭吃蒸蛋。

羅紫蘇看出大妞兒的情緒，只是好笑地搖頭。這小丫頭啊，越來越古靈精怪了。

餵完了蒸蛋，小妞兒吃得很飽，抱著小肚子轉頭拱到羅紫蘇懷裡求抱抱。都一天了，娘才好好抱她，嗚嗚嗚，她是缺愛的小孩兒。

一旁還被半綁半堆坐在椅子上的言哥兒不樂意了。他看著明明屬於自己的懷抱被一個小丫頭占了，而且，那還是他的飯啊！

「娘，抱抱！」言哥兒對著羅紫蘇張開手。

小妞兒看到言哥兒的動作，登時危機感大增，立即把羅紫蘇抱得更緊。

這種兩個小鬼頭在爭寵的感覺，是怎麼回事？

言哥兒哀怨的眼神看著羅紫蘇的胸前，那一副渴望的樣子讓羅紫蘇額頭滴下汗來。

這副委屈得不行的表情是怎麼一回事？她可沒辦法餵奶，能用蒸蛋餵飽他就不錯了！

言哥兒怒了，直接往前撲，羅紫蘇狼狽地把差點摔出椅子的言哥兒托抱住，也摟在懷裡。

一旁的大妞兒不樂意了，上前就拽言哥兒。

「不要不要，娘是我們的我們的，弟弟壞，走開！」

小妞兒也張嘴哭起來，委屈尖銳的哭聲讓羅紫蘇耳朵快被震聾了。

羅紫蘇覺得自己生生地要被這三個小魔星分成三半了，真是，她好想哭啊！

第十七章

沈湛進屋時，看到的就是羅紫蘇一手一個，半抱半揣著兩個小的，大妞兒則是站在牆角，一臉泫然欲泣。

「爹！」看到沈湛進房，大妞兒算是看到親人了，一臉悲憤委屈地想要撲過去，卻在羅紫蘇一道眼神射過來後又乖乖地轉過頭，對著牆壁思過。

「怎麼了？」沈湛原本是很疲累的，可是看到這一幕也忍不住從心底生出一股笑意。

大妞兒一身粉嫩嫩的小襦裙，歪著腦袋，一臉委屈，不明所以地看著牆壁的表情讓人覺得可愛得不行。

「相公你回來了。」羅紫蘇鬆了一口氣，手裡抱著的小包子已經不再哭了，不過白皙的臉頰上還殘留著紅色的劃痕。沈湛看到那兩道有些深的抓痕，臉色有些嚴肅。

「這怎麼弄的？」

「小孩子打架了。」羅紫蘇倒沒當回事，不過小孩子打架往臉上使勁兒可不行，因此才罰了大妞兒面壁。

一旁的小妞兒在炕上爬過來爬過去，時不時地趴到羅紫蘇的懷裡求抱抱。

她雖然年紀最小，可是心眼卻是最多的，剛剛姊姊被罰她知道，看著羅紫蘇的臉色一會兒湊過來，一會兒又自己爬著玩。看羅紫蘇還在她過來時哄著抱她，知道自己很安全的小妞兒玩得別提多開心。

「那就好。」沈湛鬆了口氣，把懷裡一張紙遞給了羅紫蘇。「已經在衙門裡留了底子。」

羅紫蘇拿起來看，那是一張路引。

上面寫著小包子名叫沈言，是住在桃花山深處的獵戶沈青的兒子，因家中受難，只留了他，由村中同族沈湛收為長子。大概就是這個意思。

「已經落戶到咱家了。」沈湛想了想。「護著言哥兒的是原來顧將軍側室的丫鬟，沒被衙差追上，只是不知去了哪裡？」

羅紫蘇放心地點頭。不管怎麼說，人沒出事就行。

心裡一塊石頭落了地，羅紫蘇又想到了其他。「相公，你會做木活吧？」

「會。」

「那明日相公幫著我做個木質的嬰兒車。」

羅紫蘇想了想，現代輕便的嬰兒車是別想了。找了紙，羅紫蘇在灶房裡燒了根木棍來當炭筆，開始畫起來。

沈湛吃了飯，一邊坐在炕邊哄著兩個小的，一邊看羅紫蘇畫畫。羅紫蘇忙了會兒，看天色不早，連忙開始哄著兩個娃娃睡覺。

小妞兒其實是個很乖的小閨女，一下子便自個兒睡了，讓羅紫蘇挺省心。

羅紫蘇抱著沈言哄，沈言其實很睏了，不過卻固執地歪著頭看羅紫蘇，小手不安分地想要摸摸，被羅紫蘇抓著後委屈地癟嘴。

「乖。」羅紫蘇把沈言不安分的小手放回包著的小被子裡，一旁的沈湛看過來落井下石。

「小小年紀，不學好！那是我摸的！」

沈言委屈極了，淚汪汪的抓著小被角，就差沒咬在嘴裡了，羅紫蘇拍著他的小屁屁，一下一下的哄著輕掂，過了一會兒，沈言太睏了，還是睡著了。

羅紫蘇終於鬆了一口氣，洗漱之後躺回炕上，卻被沈湛一把拉進被子裡。

羅紫蘇是被小包子拱到被子裡的小腳踢醒的，小傢伙睡得橫過來了，張著紅紅的小嘴睡得香甜，天光半亮，村裡的雞鳴聲一聲又一聲，又是一天的開始。

羅紫蘇起來後發現放在桌上的圖紙不見了，沈湛也沒個影子，她恍惚地想起昨晚在迷濛間，似乎聽到沈湛說今天早上要上山去砍木柴回來。

洗漱了，羅紫蘇把灶上淘空的鍋添上涼水，重新燒起來，洗了菜，她和了麵打算做麵條吃。

剛把麵和上，沈湛已經走了進來，他看著羅紫蘇正在忙灶房裡的事，連忙把手上的木材往院裡一丟，沈重的聲響讓羅紫蘇走出來看，看到那粗大的樹木枝幹，羅紫蘇有些佩服地看向沈湛。

「相公，這樹是你砍的？這麼大棵的樹，你自己一個人拖回來的？」

「對。」

「你力氣真大！」羅紫蘇驚嘆。那樹幹大概得一個孩子環抱粗細，沈湛一個人拖拖回來，真是厲害。

沈湛走到羅紫蘇身邊，突然貼上了她耳朵輕聲道：「我力氣大不大，妳不知道麼？」

羅紫蘇呆了呆，接著面紅耳赤，昨晚的荒唐快意似乎還殘留在身上，她忍不住伸手去捏沈湛，卻被沈湛快兩步躲進灶房裡。

她不禁有些臉紅心跳。這個冷肅的男人，居然越來越不正經了。

「媳婦兒別惱，我知道妳最喜歡我力氣大，大點力氣妳才舒服。」

羅紫蘇又氣又羞，就在這時，房裡傳來小包子的嚶嚶哭聲，她連忙去看。

沈湛的唇角露出一絲笑。今天清晨時和沈原一起上山，沈原告訴他，沈石說昨日看到官差後來追捕一女子，那女子跑脫了，他還幫了個小忙。沈湛確定那個叫心柳的丫鬟真的安全了，心頭都輕鬆了。

洗了手臉，沈湛幫著羅紫蘇揉了幾個麵。之前羅紫蘇怎麼做麵條他都看過，倒也會了，乾脆起了麵餅，等麵餅薄厚正好時又用刀切成麵條。

羅紫蘇用小包被把沈言揹到了身後，走進灶房後開始煮麵條。沈湛有些不贊同地看著自家媳婦兒被布帶子勒住而顯出幾分突出的前胸，下定決心一定要盡快把媳婦兒要的什麼車做出來。

不然自家媳婦兒被人看到這副樣子可不行！

沈湛把木料放到院子裡曬著，羅紫蘇擺好早飯他就吃上了，正吃著，院門被人「砰砰」的拍響，沈湛出來，就看到沈大姊正叉著腰站在門外。

「大姊。」沈湛冷淡。

沈大姊心中發急，她一把推開沈湛，快步走進院子，直奔向屋子。在看到炕上只有大妞兒和小妞兒睡覺時鬆了一口氣，不過很快覺察出不對，出了屋子奔向東屋，在看到沈言後徹底地爆發。

「二郎，你到底知道不知道自己在做什麼！」

「大姊這話是什麼意思？」沈湛的聲音更冷。

「你說我是什麼意思？」沈大姊的手指指向小包子沈言。「這個顧家餘孽怎麼會在這裡？別告訴我說你不知道，這個小崽子我跟了兩天，早記得清清楚楚。」

「大姊，這孩子叫沈言，是咱桃花村族親的孩子，我軍中同袍的遺子。這孩子昨天已經落在了我的名下，戶籍都辦好了。」

「什麼！」沈大姊臉色慘白。若是沒辦戶籍還好，這已經辦了，她若再去告發，那麼不止沈湛一家子要遭殃，恐怕就是她家裡也落不得好。

「你、你居然真敢！這小崽子就是個禍根，你不知道？」

「是不是，不是妳說的。」沈湛極冷淡。「大姊妳想得太多，也管得太多了。人在做，天在看，有人做了惡事，自有天理。」

「什麼天理我才不信！」沈大姊直接撒潑。「你留下這個小禍根，以後若是連累了我們，別怪我無情！」

「放心吧。」沈湛神色更冷。「只要大姊妳別瞎說亂想，這孩子，是沈家人。」

沈大姊的臉色越發難看，卻不再鬧騰，只是狠狠瞪著沈湛，終於轉身走了。

羅紫蘇有些不太明白沈大姊怎麼在沈湛一說落了戶籍之後就老實了，只是抱著被嚇得大哭的沈言哄起來。

「相公，為什麼大姊一聽戶籍落了，就不敢聲張？我看著連大聲說話都不敢似的。」

「她怕連坐，收留欽犯是要誅九族的，她雖然嫁出去，卻也可能被連累。一般判了刑罰人家的女兒，都會被休或是退婚，少有嫁出去安然無事的。」

羅紫蘇這才恍然。對了，這裡是個一人犯罪全家頂著的時代啊！暈，她總是忘記呢。

沒一會兒大妞兒、小妞兒也陸續醒過來，羅紫蘇一一看著吃了飯，每個都餵得飽飽的。

沈湛看木料晾得還行，拿起來就拖去沈原家了。

沒辦法，家裡地方小，想要把木頭破成板子，要用的東西不少，只能去沈原家裡弄了。

等沈湛把木頭破成了幾塊長片的木板和成根的方木，羅紫蘇拿著沈湛放到東屋的圖紙，開始和他一一討論。

沈湛是個極聰明的，加上頭腦還算有幾分靈活，因此羅紫蘇要的嬰兒車和餐椅都做了出來，只是還得要磨一磨再上漆才行。

「相公，來幫我把罈子抬出來。」

羅紫蘇算了算，雖然釀酒的時間短了些，可卻不能再耽擱了，趁著這天終於晴了，要把山上還沒被雨打掉的花都採回來才行。

沈湛把手上半成品的木質嬰兒車擺到陽光斜斜曬到的地方，這才快步進了灶房。聽從羅紫蘇的話，把大罈子搬到東屋裡，拍開封好的泥。

罈口的泥碎裂掉落，又拿掉封口的紅布，幽幽的酒香伴著桃花的香氣，混成了一種說不出的味道，幽然靜遠，嗅一口，就覺得深深地透過鼻腔刺激到口腔，沈湛這個並不嗜酒的都有些想馬上嚐一口了。

羅紫蘇點了點頭，示意沈湛把罈子裡的酒倒出來一些。

粉紅的桃花酒，倒到雪白的粗瓷大碗裡，白得通透，紅得艷美，沁著動人的香氣，引人口內生津。

羅紫蘇與沈湛一人嚐了一口，因時間稍短，酒味清淡，不過口感極好，如果再醞上一段日子，估計會更加美味一些。

「有些淡，不過是好酒。」沈湛在軍中待過，軍中漢子還是喜烈酒的，不過這酒香氣馥郁，倒是上品了。

羅紫蘇點點頭，決定那幾罈再留著好好發酵一下，不過，摘桃花多醞一些卻是必須的。「相公，你去我娘家一趟，讓甘草明日來一下，幫著我幹些活。」

沈湛痛快應了，去找沈富貴到雙槐村送信。

羅紫蘇的目光落到剛做好的木質嬰兒車上。她把現代的嬰兒車做了些改變，因為是木頭做的，圓的地方大多改成了方方正正，也不好收折，看著沒有現代嬰兒車的輕巧，卻也算不錯了。

沈湛並沒完全按照著她畫的圖來做，而是把她畫的嬰兒車加大，分成了兩層，一層是小孩子坐著的，下頭還有空間，可以讓小孩子睡在裡面。

羅紫蘇上前伸手把上一層的擋板打開，就看到下層寬敞的地方，並排放兩個小孩子沒問題。

羅紫蘇去了西屋，找出沈湛從前的舊衣服，拆開後做了小墊子與布條，布條都縫得結結實實的，把小包子可能撞到的地方都用布條纏好，這樣就沒危險了。

羅紫蘇這邊正忙著，就聽到大妞兒喊娘的聲音，她放下手裡的活，快步回到屋裡。

大妞兒揉著眼睛，小心地看著羅紫蘇。昨晚被罰還是第一次，她有些委屈，不過更多的卻是害怕娘不喜歡她了。

看羅紫蘇快步進屋，摟住自己親了一口，大妞兒這才安心地笑出來。

「娘，我睡醒了。」

「乖閨女，娘給妳晾了些蜜水，喝吧。」

羅紫蘇拿了之前沏的蜂蜜水給大妞兒喝，喝完了讓她下炕來，另兩個小包子也醒過來，沈言乖乖地對著羅紫蘇張手。

「娘，抱！」

小妞兒一聽，一骨碌地爬起來，小身子動作極快，三兩下就爬到炕邊，一把抱住羅紫蘇。

沈言來了，讓兩個小閨女危機感極大，兩個緊霸著羅紫蘇不放。

沈言爬起來，坐在炕上啃著手指，看著小妞兒極得意地瞪了他一眼後，轉頭抱著羅紫蘇不肯放手。

羅紫蘇哭笑不得。這些孩子啊！

她把小妞兒塞進小包被，揹到背上，懷裡抱上沈言，手裡牽著大妞兒的手，走到院子裡看了看天色，該準備晚飯了。

這兩天沈言都是跟著吃蒸蛋的，只是心中極委屈，吭哧吭哧的有些鬧人。

羅紫蘇皺著眉頭，算計著是不是要買隻奶羊或是奶牛回來？不過，奶牛是不好碰的，奶羊倒是鎮上市集就有，可要蓋房子了，家裡的銀錢恐怕吃緊。

心裡想著事，羅紫蘇開始淘米做飯，這邊正忙著，沈湛就回來了，手裡拎著桶，裡面隱約傳來熟悉的味道。

「這是什麼？」羅紫蘇從灶房裡出來，沈湛忙把桶放下，伸手接過沈言。

「這是漆油，我去雙槐村的路上正巧看到幾棵漆樹，就劃開樹身接了些漆樹汁，明天去鎮上買些桐油，把這車刷上漆。」

羅紫蘇眼睛一亮，這倒是個法子，她可以賣這個嬰兒車啊！現在家中有孩子的不少呢，有些人家會看不過來，村裡人不用想了，可是鎮上絕對會有人買！

羅紫蘇想到這裡心中高興，和沈湛說了後沈湛也覺得此事可行。

「那我明天把這車子漆好，等乾了就去鎮上問問。」

羅紫蘇點了點頭，心中也打定主意，要把墊子、布帶也做得美觀一些，現在這樣，自己的手工可不行，布料也不行啊！

羅紫蘇連忙把之前買的半匹藍色細棉拿出來，打算等明日羅甘草來了，和妹妹一起做。在原主的記憶中，羅甘草的針線比她好多了！

第二日羅甘草來得極快、極早，羅紫蘇早知妹妹會來，昨晚就和了麵，一早便蒸了糖饅頭、紅薯蒸糕、棗花糕以及白糖糕。

大妞兒吃得極香甜，羅甘草看著大妞兒吃得鼓鼓的小臉，喜歡得不得了。

羅紫蘇讓羅甘草一起吃飯，這麼早過來，想是還沒吃早飯。
「這幾天爹的傷勢怎麼樣？」羅紫蘇問。
「好多了，不過咱奶說了農忙的時候，還是要哥去地裡幫忙。」羅甘草有些不開心地說道。
羅紫蘇也皺起眉頭，只是現在爹娘離爺奶住得近著呢，又都是一個村子裡的，低頭不見抬頭見，不幫忙也說不過去；可是幫忙，羅春齊才十四，這麼小怎麼幫忙？
吃了早飯，羅紫蘇先帶著羅甘草去了後山，姊妹兩個一人一個背簍；沈湛也跟著，他揹了個大背簍，還拿了兩個籃子，三個人把山上的桃花瓣摘下來。
近十多天的春雨，把山上桃樹的花瓣打落了無數，不過還好這幾天天氣好，新的花苞也綻放開來，估計是最後一茬的桃花了。
羅紫蘇與羅甘草一起在稍矮些的枝梢上摘，沈湛則是摘高的花枝，三人都是幹活俐落的，忙了半天就收穫滿滿。
把滿了的背簍揹回家裡去，倒到了院子裡早就擺好的乾淨木板上，一行人又上了山。
忙到了快午時，羅紫蘇招呼了一聲，家裡的孩子都送到了沈富貴家裡，拜託富貴嬸子幫忙看著。
幹活了自是要吃些好的。羅紫蘇早就準備了里脊肉，切成片，用粉與蛋清抓了，用調味料抓勻，放到一旁入味；另一邊她又把生的豆芽洗好，切了白菜片和馬鈴薯絲，做了清炒豆芽、白菜片炒肉、酸辣馬鈴薯絲，把早上做的玉米、精麵兩摻的饅頭熱了，熬了粥。

而沈湛托沈富貴去鎮上買的桐油也混到了漆樹汁中，放置一旁，打算吃了午飯就塗漆。做好了飯菜，羅紫蘇拿著籃子，裡面裝了她做的各種蒸糕，到沈富貴家裡接孩子。羅甘草乖巧地跟著，打算幫著姊姊抱小外甥女。

剛進沈富貴家的院子，就聽到富貴嬸子在哄大妞兒，讓她吃飯，大妞兒不肯，說是要等著回家吃，早上羅紫蘇答應大妞兒中午給她做些好吃的。

「嬸子，我來接孩子了！」

羅紫蘇在院子裡剛喊了一聲，大妞兒就快步跑出來，一頭扎到了她腿上，緊緊抱著。

「娘，您來接我了！」

「對，娘來接你們了。」羅紫蘇抱起大妞兒，重重親了一口，大妞兒咯咯笑起來，小辮子都在抖。

「紫蘇過來了？還想讓大妞兒她們在這兒吃呢！」富貴嬸子抱著沈言，沈安娘抱著小妞兒，從房裡走出來。

「讓她們回去吃吧，要不嬸子妳們也吃不好。嬸子、安娘，這是我做的蒸糕，妳們嚐嚐看。」

羅紫蘇把籃子遞過來，把孩子接過去，大妞兒乖乖的自己走；羅甘草過去接過沈言，沈言倒也不哭鬧，乖乖地抱著羅甘草的脖子。

「這孩子可真乖。」富貴嬸子疼愛地看了眼沈言，眼睛裡都是憐憫。「說到這沈青啊，可是個好人，他娘子也是個好的，怎麼也想不到在山裡會被狼群攻擊，就留下個孩子。當年大夥兒就勸過他，讓他別在山上住，搬下山來進村裡，他卻不肯。」

「是啊，還好這孩子命大。」羅紫蘇笑著應聲說，又閒聊了兩句，就抱著孩子回去了。

沈言的身世正如沈湛所編的那樣，沈湛的軍中同袍沈青與其娘子都是村裡的孤兒孤女，家中早無親戚。沈青本是獵戶，帶著娘子住在深山中，去年剛得了一個兒子，也不知怎麼回事，初春時全家被狼群攻擊，一家子死於非命，屍體都是殘缺不全的。

之前沈湛帶著沈原去了山中葬了沈青一家，房子燒了，回來時也是一片唏噓。不過沒想到這一慘劇，倒讓沈湛安下沈言的身世，不然也是無法自圓其說。

回到家，大妞兒看著一桌子的美食樂得尖叫一聲，洗了手，乖乖地坐在加了墊子的椅子上吃起來。

吃過飯，讓三個小的回炕上去，除了沈言要哄，另兩個躺下沒一會兒就睡了。等沈言睡著了，羅紫蘇帶著羅甘草去把桃花瓣洗了晾起來。

院子裡沈湛也拿著混好的漆開始動手，這時的漆不太好刷勻，沈湛來來回回塗了無數遍，這才把木色完全蓋住。

另一邊，洗完了花瓣，羅紫蘇揉了揉腰只覺得痠痛疲累，她早把東屋裡的床上鋪好了棉被，讓羅甘草也去躺著歇會兒。

到了第二天，羅紫蘇與羅甘草去了後山採桃花瓣，而沈湛早早地和沈原去打獵，直到中午才回來。

就這樣，羅紫蘇留了羅甘草幫著，費了近三天的時間，才把後山的桃花瓣處理好。桃花瓣基本上也都半乾了，而嬰兒車的漆也乾了，羅紫蘇鋪好棉墊子，又把布條攔好了，這才準備去城裡。

一則是把嬰兒車的設計圖紙賣了，再則是買些吃食與釀酒的罈子回來。

今天沈湛沒去打獵，天剛亮，羅紫蘇就起早，把嬰兒車放到屋子裡。

炕上睡得香甜的小傢伙還呼呼的呢，羅紫蘇把兩個小的抱起來，放進已經鋪上薄被的嬰兒車裡，被子挺大，四面多餘的地方搭到上方的嬰兒車四個木桿處，讓小傢伙們安心地睡覺，不用擔心被風吹到。

給小傢伙們蓋好被子，羅紫蘇又給大妞兒穿衣服，大妞兒半夢半醒地讓羅紫蘇換衣服，等羅紫蘇給她洗了臉，才徹底地精神了。

「娘，那是什麼？」大妞兒指了指小嬰兒車，眼睛裡閃過一絲渴望。

「那是弟弟、妹妹的嬰兒車，乖，等回來沒事了，讓妳爹給妳做個比這個好玩的啊！」羅紫蘇哄著，大妞兒聽了很是高興，笑咪咪地點頭。

羅甘草對這嬰兒車很是感興趣，她興沖沖地當了推車小幫手。羅紫蘇揹好背簍，沈湛卻一把搶過去，揹上之後帶著一家人去坐牛車。

今天去鎮上的人不少，花嫂子與另一個長著吊梢眉的婦人坐在那裡嘰嘰咕咕，看到羅紫蘇一家人走過來，她眼珠一轉，臉上露出一絲笑來。

「妳聽說了沒有？這沈二郎也不知道是不是個傻子，好好地竟幫著別人養了個兒子，最好笑的是那沈二郎的娘子了，本來兩個拖油瓶就不說，這又來個沒頭腦的，還是個小子，倒是讓她省事了，看她乾巴巴的瘦樣也知道，生不出個什麼來！」

那吊梢眉的婦人是村子裡有名的寡婦沈九姑，一連嫁了三個丈夫，都不到一年就死了，自此也歇了再嫁的心思，一個人住在死去的爹娘留在村尾的房子裡。

只是她不是個安分的，時不時地和村子裡的癩子閒漢東扯西拽的，在村裡也沒什麼名聲，聽了花嫂子的話立即來了興致，想到昨夜裡來她家鬼混的冤家一副對羅紫蘇垂涎三尺的樣子，嘴裡立即沒什麼好話了。

「妳看看那小娘子走路一扭一扭的就知道不是個安分的，那沈二郎指不定就填不飽她呢，水蛇腰，內裡騷，妳還不知道麼？聽說她在從前的婆家還勾搭自己的大伯子，也不知道這沈大郎讓她得手沒？」

說完兩個人笑做一團，車裡的其他婦人聽了眉頭直皺。這話也太難聽了，可又知道這兩人都不是省事的，即使看不慣、聽不慣，也只好挪挪地方，離得遠些也就罷了。

等羅紫蘇走近，一直注意著他們的花嫂子倒是先坐不住了，看著羅甘草推著過來的小木車，眾人登時稀奇了。

「二郎家的，這是什麼啊？」一個住在離沈家不遠處的阿嬤有些好奇地問。

花嫂子立即支起了耳朵聽。

「這是嬰兒車，用來推孩子的。」羅紫蘇含著笑點了點頭，與沈富貴打了招呼，沈湛伸手把嬰兒車往牛車上抬。

只是這木車因是想著坐兩個孩子的，所以有些笨重寬大，又占地方，放的時候擠到花嫂子放置在車中間的背簍，花嫂子立即不樂意了。

「喂，我說沈二郎，你放東西就好好放著，我這簍子裡還有雞蛋呢，打破了你賠我不成？再說了，往鎮上去，你推著這笨東西做什麼？小崽子你鎖在家裡不就得了，這麼點大的小東西，還能自己跑出去？」

「你們家的孩子才是崽子呢！」羅甘草先不樂意了。「我家的外甥我們自己樂意帶著走，和妳有什麼關係，再說雞蛋不是沒破嗎？」

「哎喲！」花嫂子登時惱了。「這是哪裡來的小蹄子，怎麼說話呢！沒家教的東西，不知道敬著長輩啊！」

「妳是哪門子的長輩？要是世上都是妳這樣把晚輩叫成小崽子的長輩，這世上的晚輩哪個也敬不著妳！」羅甘草自小跟著姥爺、姥姥長大，孫家人人都很是面軟，反倒養成羅甘草好強的性子，她看花嫂子不是什麼好人，自是一句不讓的。

「妳這個牙尖嘴利的小賤人，我讓妳和我頂嘴！」花嫂子尖叫一聲，伸手就對著羅甘草的臉抓過去，車上地方小，雖然防著花嫂子，可卻有些躲不開。

羅紫蘇一看不對，一把狠狠扯著花嫂子的手臂，伸手在她手臂內側狠擰了一把。

「哎喲，疼死我了！」花嫂子發出了一聲尖銳的慘叫。

羅紫蘇可不管，上了牛車擋住還想伸手的花嫂子，臉上帶著怒意。

「花嫂子妳什麼意思，我家妹子才多大，妳抓她的臉是想她破相不成！本就是妳出言不遜，被罵也是活該。」

花嫂子氣得想大罵，卻被沈富貴一聲斷喝。

「妳給我下車！」

花嫂子呆了呆，轉頭看向沈富貴，卻看到他和一旁站著的沈湛都是臉色難看。

「看不起沈家的孩子，以後就不要坐我的牛車！」

花嫂子這才後知後覺地想到，這牛車就是沈家人的。氣惱交加的她沒法下台，又氣沈富貴不給她面子，不想下去卻又沒人給她說情，臉似火燒一般地提著背簍下了牛車。

沈富貴讓沈湛坐上牛車，一鞭子抽在一邊，牛車慢慢動起來。

花嫂子臉色陰狠，一隻手撫著手臂內側，一邊陰沈沈地看著牛車漸行漸遠。這沈家合起夥來欺負她？看她怎麼收拾他們一家子！

牛車上的幾個婦人再不吭聲，一旁坐著的沈九姑卻很是不安分，因花嫂子空出位置，她就往裡坐了坐，誰知沈湛不坐在她邊上，擠到羅紫蘇旁邊。她有些嫉妒地看了眼羅紫蘇，眼睛情不自禁地落到沈湛俊朗的五官上。

沈二郎是村裡長得最俊的後生，這些年她早就聽說過，只是從前她出嫁前被爹娘鎖在家裡，出嫁後不斷死丈夫，她回桃花村正遇到沈湛服徭役，倒是沒見過沈湛長得什麼樣子，今日一見果然好相貌。

羅紫蘇即使坐在沈湛邊上，都感覺得到沈九姑熱情洋溢的目光，看到自家相公臉色越來越冷，羅紫蘇忍不住唇角含笑。

到了鎮上時天色大亮，溫暖的風吹拂過臉頰，帶著幾分融融的暖意。

沈富貴依然在城門處停下牛車，大家下了車各自進城。沈富貴看了看嬰兒車裡揉眼睛的小妞兒，問沈湛：「二郎，要不我用牛車送你們進城吧，帶著孩子呢。」

「不用了，二叔，」沈湛搖頭。「就是想進鎮子裡看看這車子能賣不？孩子坐著，我推進去才好。」

沈富貴點點頭，沈湛把嬰兒車搬下牛車，揹著簍子和沈富貴道別。羅甘草推著車子，羅紫蘇帶著大妞兒，沈湛揹著簍子，一家人進了鎮裡。

這時兩個小的睡醒了，正半坐起身好奇地看著小嬰兒車。

「先吃早飯吧。」沈湛說道。一家人找了家賣豆腐腦餅子的攤位，每人皆吃了碗豆腐腦又吃餅，兩個小的則是要了沖淡湯味的豆腐腦。吃過早飯，羅紫蘇想了想，先帶著一家人往西市去。

西市極大，裡面店鋪林立，羅紫蘇找了家賣家什的店，一家人走了進去。

從鎮上回來後，羅甘草一直處於極度茫然的狀態。

她以她十一歲的小腦袋怎麼想也想不明白，一個小木頭車子，居然可以賣出五十兩的天價！

五十兩啊，她從來沒見過，這輩子都沒見過！雖然她的這輩子剛過了十一年而已。

「傻丫頭，想什麼呢？」羅紫蘇正在把晾好的桃花瓣放入買回洗刷乾淨的罈子裡，看到羅甘草在發呆，不由得笑起來。

「姊姊，那錢妳可要放好了！」羅甘草覺得如果是她，她怎麼都別想睡了。那麼多錢，放哪裡安全啊？總覺得會被偷。

羅紫蘇聞言大笑起來。

姊妹倆忙碌了兩三天，終於把桃花酒釀上了。上次釀出的酒，羅紫蘇也讓沈湛幫著用細紗製成的布濾好，用精緻的小罈子裝好存放。

這酒再保存一段時間，最好在冬季時埋到雪地，過了一冬後，必定極醇厚。

把酒都弄好了羅紫蘇這才鬆了一口氣，正想著第二天把羅甘草送回家，順便看看父母，里正娘子卻來敲門，說是宅地沈湛已經看好，讓羅紫蘇帶著銀子去她家裡。

羅紫蘇早想著盡快搬走才好，聽到里正娘子一說，心裡倒是有些詫異，拿了銀子，讓羅甘草在家看著幾個小的，她快步隨著里正娘子往家走。

「嬸子，我家二郎相中的地是哪一塊啊？」羅紫蘇是真有些好奇了。

這桃花村是大村，村子裡上百戶人家，因家家都是能不分家就不分家，分家後就會占上一大片宅地。這樣長久下來，村子裡的宅地就越來越少了。

這桃花村因靠邊境很近，村子裡的耕地是絕對不可以改成宅地，若不是如此，也不會拖了這麼久還沒有選好地方。

「說起來啊，羅家小娘子妳可是個有福的！」里正娘子笑咪咪的。「那地方不說別的，定是合了妳的心意的，就是離村子裡有些遠了。」

羅紫蘇聽了有些驚訝，心頭一動。「嬸子這樣說，難道，他選的是靠著青山口的那片麼？」

「可不是！」里正娘子連連點頭。「我們當家的還勸他，說是那片地好是好，可是離咱村稍微有些遠。可妳家二郎說，這樣離妳娘家近，聽說妳娘家父母打算在青山口那邊建房？雙槐村的那片地說來和我們桃花村正挨靠著，這樣你們兩家人也能互相照應了不是？」

羅紫蘇只覺得心裡暖暖的，說不出的感覺湧上心頭，那是種混合了感動與柔情的悸動，讓她有些說不出話來。

直到進了里正家的青磚大瓦房裡，羅紫蘇心頭的感動才慢慢平緩下來，她拿著銀子進了里正家的堂屋，里正與兒子沈原正陪著沈湛坐在堂屋裡聊著。

男人在說正事，里正娘子等羅紫蘇把銀子給了沈湛，就帶著羅紫蘇往另一個屋裡去了，那裡有個小媳婦低著頭做針線，身邊有個大概兩、三歲的小女娃正睡著，她聽到有人進門的聲音抬起頭來。

「槐娘，這是二郎家的。」

「二嫂子好。」那槐娘大約二十出頭，長得極秀氣，皮膚白，雙眼不大但挺圓，這讓她整個人給人一種天真善良感覺。

「弟妹好！」羅紫蘇打招呼。「這是做針線呢？」

「是呢。」槐娘有些羞澀地笑了，手上是件兩個巴掌大的小衣服，針腳細密，羅紫蘇看了心頭一動。

「弟妹這是喜事上身了？」羅紫蘇猜測問道，看到槐娘羞得滿臉通紅的低下頭去，羅紫蘇笑起來看向里正娘子。

「恭喜嬸子、恭喜弟妹了啊，這可是大好事！」

「可不是！」里正娘子笑得很是開心。「從槐娘生了冬娘後就再沒消息，沒想到啊，這終於又有了好消息了！」

里正娘子盼著孫子可是盼了多少年，本來槐娘生的第一胎就是個孫子，可惜孩子體弱沒挺住，又等了一年才生了個小孫女冬娘，這都要三年沒消息，她還以為沒能抱上孫子了，結果兒媳婦又有了，真是讓她樂得嘴都合不攏。

三個人熱鬧地說了會兒孩子經，堂屋裡的沈湛已經把事情都辦好，在院子裡喊了一聲，羅紫蘇連忙和里正娘子與槐娘道別出來了。

兩個人相偕走出里正家。

羅紫蘇明明心頭有很多的話，可是一時間卻又不知道要說什麼才好？沈湛像是感覺到了羅紫蘇矛盾的思緒，他微抬起頭，臉色肅然。

「不用介意，村裡好的宅地少，那邊又清靜，沈言的事要保密。」

羅紫蘇聽著沈湛僵硬的解釋，一時間只覺得有些想笑。這個男人啊，明明做了讓人感動的事情，卻又找出一些僵硬無奈的理由，讓她心裡嘆息又好笑。

不過這也就是屬於沈湛的溫柔吧。

兩個人回到家，羅甘草正低著頭收拾東西。這幾日一直住在這邊，羅紫蘇姊妹愛爆發，一口氣給自家妹妹買了兩身新衣服、兩雙新鞋還有幾朵珠花。羅甘草覺得姊姊太敗家了，可是看姊夫卻一副「娘子怎麼都是對的，娘子萬萬歲」的樣子，她這個當妹妹的自然也是無語。

炕上小妞兒和沈言兩個小包子一左一右地坐著，人手一塊白糖糕，正在用小米粒牙細細啃著，一邊啃一邊看著自家姨姨疊衣服。

聽到羅紫蘇進門的腳步聲，兩個小包子一起抬頭，看到羅紫蘇一腳邁進門來，都第一時間把手上的白糖糕放下，一翻身趴到炕上，接著四肢支起，昂起小脖子，朝著炕沿就衝過來。

羅紫蘇快步衝到炕邊，正面迎擊兩枚小炮彈的投懷送抱。

羅紫蘇一直到懷中抱緊了兩團溫熱的小火爐，狂跳的心臟才漸漸緩下來，咬牙伸手對著掌下的小屁股就是一邊一巴掌。

「兩個小壞蛋！說過多少次了，不要往炕邊爬，再這樣不給白糖糕吃了！」

兩個小包子一邊一個，露出小米粒般的小牙對著羅紫蘇傻笑。

「娘！」

「娘！」

兩個人異口同聲，喊完還互相瞪一眼，羅紫蘇直嘆氣。這兩個小傢伙，從第一天到現在，怎麼都不對盤，原本大妞兒還幫幫小妞兒，可最近這兩天許是這兩個什麼都爭，什麼都搶的，鬧得大妞兒也不肯再管這兩個的閒事了。

「娘，您回來了？」大妞兒抱著個小盤子，裡面放著一塊紅薯蒸糕，與小包子不一樣，大妞兒這孩子還是喜歡紅薯蒸糕。

「是啊！大妞兒真乖，能自己拿盤子了。」羅紫蘇的誇讚讓大妞兒露出一絲羞澀的笑，她點點頭，把手上的東西放到桌上，這才拿起一塊紅薯蒸糕遞給羅紫蘇。

「娘吃！」

羅紫蘇咬了一口，誇獎地撫摸了大妞兒越來越黑的頭髮，大妞兒開心不已。

沈湛的臉色微微發黑。

閨女，這邊還有妳爹呢，怎麼就只給妳娘吃啊！我呢我呢？

羅紫蘇看著沈湛的表情差點噴笑出來，兩人相處得越久，羅紫蘇越能自對方木然冰冷的表情中看出對方的情緒。這是一種很奇妙的感覺，她也慢慢地發現，其實不是沈湛冷淡，是他有時候不知道怎麼才能表達出自己的情緒，於是就有些面癱。

「甘草，妳怎麼這麼急著收拾東西？」羅紫蘇柔聲問。

「姊姊。」羅甘草不好意思地笑笑，隨即把手裡的珠花拿出來。「這個我先不拿了，姊姊給大妞兒戴吧。」

羅紫蘇怔了怔。「這珠花妳不是很喜歡嗎，怎麼不戴？」

羅甘草不由得低下了頭。「因為……因為百合會不高興。」

在羅家那邊，孫女裡比較受寵的是大房的忍冬，忍冬出嫁後，二房的羅百合嘴甜又有眼色，很得羅奶奶的眼，最近這幾年一直很是受寵。

羅百合愛美，最喜歡戴各色珠花，她生性霸道，除了大房的忍冬外，哪怕是自己的親姊姊她也是完全不留餘地。平常她戴的珠花花色，絕對不許家裡的其他姑娘戴，如若不然，她定要生事。

羅奶奶偏心，最後倒楣的定是別人！

羅紫蘇一聽羅甘草的話就懂了對方的意思。甘草是怕萬一哪朵珠花與百合的重了，恐怕又要生事；而且百合是個「笑人無，氣人有」的性子，若是羅甘草戴了她沒有的珠花，她一定會搶到手再欺負甘草一頓。

想到這些事情，羅紫蘇嘆了一口氣。算了，她不在家裡，還是不給妹妹找不自在了。

「甘草，妳把珠花先放姊姊這邊，等家裡開始蓋房了，我們也搬到附近，到時再還給妳，妳隨便戴。」

現在還是算了，爹還受著傷，暫時先多一事不如少一事吧。

第十八章

第二天清早，羅紫蘇一家子早早起來，洗臉吃飯，把羅甘草的包裹帶上，又準備了豬肉與糕點，一行人回了雙槐村。

羅家這些天都是孫氏在伺侯著羅宗平，羅奶奶偶爾過去看看。看到羅宗平腿腳處的傷口太深，始終是不太好，羅奶奶心知這兒子的腿這麼久都不好，估計以後是真指不上了。

羅紫蘇帶著東西進了院子，照例分了一些給羅奶奶送過去，剩下的拎回房裡。

「娘，給您。」羅紫蘇把一個荷包塞給了孫氏。「這是這些天給甘草的辛苦錢，您收好了。」

孫氏拿到手裡就覺得有些沈手，連忙打開一看，白花花的五兩銀子，驚得孫氏差點跳起來。

「這這這……這不能收，這太多了！」孫氏一邊說一邊搖頭擺手，她哪裡見過這麼多錢，嚇得臉色都白了。「這可不行啊。」

羅紫蘇也不和孫氏說了，直接把手裡的銀子遞到靠在床上的羅宗平那兒。

羅宗平也搖頭，不肯收，羅紫蘇卻不管，直接告訴他們，她家也在挨著青山口不遠處買了宅地，過幾日就找人開始張羅，蓋房子。

羅宗平思慮再三，又有沈湛在一旁說著「這錢爹一定要拿著」，只得收了。

一家人正說著話，羅春齊卻臉色發白地回來了。

他神色倉皇，進屋裡先看了看屋裡的擺設，這才依次喊了人。

羅紫蘇看羅春齊臉色不好看，拉他到一旁說了分家的事情。

羅春齊剛剛被新隔出來的院子嚇了一跳，聽了羅紫蘇的解釋，腦子倒也轉過來了。

「分家就分了吧。」羅春齊看人眼色也看夠了，只要自家人不分開，怎麼都行。

羅紫蘇看羅春齊情緒平靜了，這才出去做飯；羅春齊留在羅宗平床邊，與他爹說了幾句話，這才出來。

「姊姊，這段日子辛苦妳和姊夫了。」羅春齊低著頭，走到羅紫蘇身邊悶聲道。「要不我想著，我先不上學了，等家裡安頓得差不多了我再去。爹現在躺在床上，家裡就娘和甘草，這哪能行？」

「你就別操心了。」羅紫蘇一邊說一邊把手上的雞蛋打散。「你是家裡唯一的男孩子，咱家的頂梁柱，以後你就得立起來。不過現在還小，多在學堂裡學知識，努力今年過了童試，那可比什麼都強！」

羅春齊重重應了，心裡倒也有了決定。

他一定要好好地學，先生已經說了他今年不錯，可以下場試試了！

羅春齊這邊正和自己較著勁兒，那邊沈家一群人也在較著勁兒呢。

自從知道了自家長子的真面目，李氏天天吃不好、睡不著的。雖然小兒子她喜歡，可是重視的卻是長子，畢竟，以後她們老兩口可是要和長子在一起過的。

也不管沈福怎麼說，那天沈福被沈湛收拾了之後就被李氏關在家裡。房門鎖了，天天讓周氏送飯。

沈福想要把門踹開，可惜四體不勤的他就是個超級大廢物，一腳把自己的腳踢得生疼，硬是沒勇氣再試第二腳。

至於絕食抗議讓李氏把他放出去，沈福倒是想過，可惜不敢試，他餓一會都不行，更不要說餓幾頓了，完全行不通！

天天被鎖在門裡，他心底更是怨恨沈湛。那個沈二郎，從小就是他的剋星，明明他是長子，可是卻是沈湛讀書、習字又習武。現在呢，不過是去他家裡轉轉，結果就被揍一頓丟回來，害得他被娘關在家裡，等他出去，一定讓那沈二郎好看！

李氏這幾日天天命周氏給大兒子遞飯菜，同時探看兒子如何？

周氏小心地回了，不過看李氏臉上極不高興的表情，心裡著實有些猜不透對方的想法。

這是怎麼了呢？

李氏天天臉色不好，一是自家的長子不學好，二就是沈大姊。

明明和沈大姊說了行不通，結果沈大姊今天大清早天沒亮就上門來，她氣得胸口發堵，可是更讓她心堵的是沈大姊要她想辦法，把沈二郎新抱回來的小崽子弄出去。她怎麼弄？她又不是拍花子，更不是拐孩子的拐子，這讓她怎麼幹？

心裡想著事情，臉上自然也是不好看，沈忠看著自家妻子臉上陰晴不定，乾脆問道。「妳到底怎麼回事？老大妳鎖兩天也就行了，那麼大的人，妳還要關著他一輩子不成？他不學好我收拾他一遍不就行了？」

李氏有些猶豫地抬頭看著沈忠，最後還是下定決心。「福哥兒他爹，你是不知道啊，這二郎家抱回來個孩子，聽玉姊兒說，這孩子可不是好來路的，萬一讓人知道了，恐怕就會連累我們沈家一門了。」

沈忠臉色立時變了。

他是了解沈湛的，那孩子自徵兵回來，一顆心要多冷有多冷，而他能抱回來孩子？

沈忠早就聽說了顧將軍一家子的事，這孩子是誰的他不用腦子想都知道，不由得恨聲罵起沈湛來。「這個喪門星，要真是抱個小喪門星回來，我真饒不得他！這是鬧著玩的？若讓人知曉了，我們沈家一大家子真是不用活了！」

李氏本是心裡打鼓，一聽沈忠的話她鬆了口氣。有沈忠做主，她再怎麼惹事也不怕的。

到了晚上，好不容易聽到隔壁有動靜，李氏連忙告訴沈忠，沈忠換上衣服就去了隔壁。

進門的時候，沈湛正把嬰兒車從牛車上往下搬，沒注意到沈忠自院門出來。

另一邊站著的沈富貴看到，白了自家兄長一眼，也不搭腔，等沈湛搬完東西，打聲招呼就走了，連羅紫蘇從屋裡快步出來拿的糕點都沒要。

看沈富貴走時情緒不對，沈湛轉過頭，這才看到另一邊的院門口處，沈忠正在那裡瞪他呢。

「老二，我有話問你，我們裡面說去。」

沈忠甩下一句話，依然大步流星往裡走，沈湛看了看沈忠，轉頭告訴羅紫蘇。

「先把孩子帶進屋去，我和爹去東屋。」

囑咐完，沈湛就快步跟著沈忠走進東屋。

羅紫蘇也顧不得他們。三個孩子都睡著了，她懷裡抱一個，車裡睡著兩個，還好，沈湛已經把嬰兒車挪到院門裡。

把門掩好，她抱著大妞兒先進屋子，鋪好被褥，放下大妞兒，又去把嬰兒車推進裡屋，車子裡兩個小傢伙互相鬧騰一天了，現在睡得比誰都香甜呢。

安排好了孩子，東屋裡的爭吵聲也大了起來，羅紫蘇聽了個清清楚楚。

「二郎，若是別的事也就罷了，這事豈能容得你胡鬧？這事若是漏了底，那可是誅九族的大事，你到底知不知道！」

「那有什麼的？」沈湛倒是滿不在乎。「我自家的事自然會處理，您害怕被連累就躲得遠些好了。」

「你、你！」沈忠氣得直喘氣，半晌才開口。「好，既然你如此冥頑不靈，那我們兩家就斷親！徹底地斷親！」

「好！」沈湛說話乾脆，也不給心裡發虛的沈忠反悔的機會，直接拉著沈忠去里正那裡寫下斷親書。

沈湛帶著斷親書回來時，臉上別提多滿意了。

「這回，我看她還能出什麼招！」

羅紫蘇一開始不知道沈湛口中的這個她指的是沈大姊，一直到過了兩天，羅紫蘇和沈湛商量著張羅蓋房子的事。

村裡現在屬於農閒時候，不少人都找地方打短工去了，如今沈湛一說要蓋房子，有不少人應了。

開玩笑，這二郎媳婦的做飯手藝是出了名的好，如今農閒，幹活去哪裡不是幹呢，正好順便嚐嚐沈二郎媳婦的手藝去！

沈湛很快就找好了人，羅紫蘇算計一下，村裡離宅地那邊可遠的，不如在那邊搭臨時的灶和棚子，她帶人過去，做完飯再回家裡，孩子就先托富貴嬸子帶著。

和沈湛商量後，沈湛也同意，離得遠，飯送到那裡也涼了，讓人家咋吃啊！

於是沈湛帶著沈原、小江還有大壯，四個人先行一步，在宅地那邊，蓋了個大灶又搭了兩三個結實的棚子，裡面擺上用木頭做的桌子、凳子，都結實著呢。

羅紫蘇把買肉的事托給沈富貴，第二天，她帶著豐盛的材料，和青娘、林嫂子還有菊花，一起去了那邊給幫工做飯。

蓋房用人自然不能白用，那些個漢子是一天二十五文，包一頓飯，而幾個幫做飯的嫂子一人二十文，只幫著做這頓飯就行。

羅紫蘇做飯實惠，紅燒肉、燉肉、滷肉、炒肉，葷菜的量都足足的，主食也是天天替換著，玉米麵、精麵兩摻的饅頭或者是精米、小米兩摻的米飯，吃得一群人滿嘴流油，一個勁兒幹活，只覺得少幹一會兒都對不起二郎媳婦給的這些肉啊！

眾人拾柴火焰高，只用了半個月不到，五間青磚大瓦房、兩個倒座房以及圍起的高牆都有了雛型。

平時，大夥兒都看著沈湛去山上打獵，收穫豐碩，也沒什麼想法；可是現在看著沈二郎的大房子，都開始傳，說是沈二郎真真好本事啊，天天上山打獵，就這樣攢了恁多的銀子。

這不，青磚大瓦房，還有一人多高的院牆可都是用這銀子蓋的。

眾人都覺得沈忠好好地和二兒子分家、斷親，想來也是個腦子不靈光的，估計是年歲大了，沒年輕時好算計。

沈忠一開始還不知道，後來聽到村裡越傳越邪乎，氣得病了一場。

羅紫蘇看著房子一天天起來，時不時地和沈湛商量，把房子依她想要的樣子改。沈湛知道自家媳婦兒點子多，多問問商量著一準沒錯。

因此這兩口子的感情有越來越升溫的趨勢，羅紫蘇與沈湛討論，把房子蓋成前面兩側分別是正房和客房，後面四間房分別是倉房、廚房、浴間還有茅房。

房子的廊簷極長，向外微翹而起，這樣下雨、下雪都能在簷下走而不用擔心淋濕，十分方便。

院子裡用青石板鋪好了，省得下雨天踩得一腳泥。羅紫蘇一邊想著一邊添，不久屋子終於要完工，開始上梁了。

上房梁是個大日子，哪家都是如此，這天通常會叫上一些人在新房處吃一頓，這都是不成文的規矩了。

羅紫蘇自然也是多少懂點，於是沈湛把桃花村裡交好的人家請了一遍，另一邊呢，又去了沈忠那裡請了一趟。

畢竟，即使斷了親，沈湛目前也只能對沈忠好，不能對沈忠壞，不然村裡的人估計又說得很難聽。

沈忠聽了沈湛的話，沒說去，也沒說不去。

李氏想了想，歪過頭說道：「二郎，別人就罷了，可你大姊你是知道的，小時候沒少帶你，你新蓋房子上大梁不請你姊姊，怎麼也說不過去，她弄不好也挑理，你還是請請你大姊吧！」

李氏說這些話時，心裡別提多窩囊了。依著她的性子，哪裡是被那個死丫頭拿捏得住的性情，偏偏那死丫頭握著證據到處走，時不時地就嚇她，她可不想家宅不寧。

看李氏臉上的忌憚和猶疑，沈湛心裡多少猜到沈大姊拿著李氏的把柄，他只是點了點頭，卻沒應下。

「那天就請爹娘並大哥、嫂子、三弟、弟妹再帶上幾個小的去吧！」

沈湛說完就走了，沈福聽到聲音，從房裡竄出來，對著沈湛的背影啐了一口。

沈湛的後腦像是長了眼睛一般，猛然回頭，冷幽幽的詭異眼神讓沈福嚇了個哆嗦，連忙縮回屋裡。

沈湛冷冷地抿了抿唇，轉頭走了。

一直到沈湛的背影看不見了，沈福才歪著身子探看了會兒，連忙去了堂屋。

「爹、娘，你們那天去嗎？那天我們一家子都去，吃死他們家！要是飯菜好，再帶回來一些。娘，咱去看看新房子，要是好了咱住上幾宿，讓您二老也享享福。」

沈福的事情最終還是讓沈忠知道了，聽說兒子包養戲子又出去賭錢，把沈忠氣得不行。可不管怎麼說也是自己的親兒子，怎麼能不管？現在長歪了，得想辦法正過來才行。

把沈福放出來後，沈忠把他兜裡的銀錢、房裡的銀錢，甚至是周氏所剩不多的嫁妝都收好，沈福這幾天可是憋得抓耳撓腮的，可惜卻沒有一點辦法。

聽了沈福的話，沈忠心裡多少舒服一些。

沈福看自己爹臉色變好了，連忙順桿爬。

「爹啊，您看，我這一個爺們，天天在家裡待著像什麼話？重活我也不能幹，我想著出去轉轉，看看有沒有什麼小生意做？」

沈忠其實心裡是知道的，自己兒子這純屬在胡扯，他在村子裡能做小生意？那真是天上都要下紅雨了！不過這幾天沈福憋得夠嗆他也知道，反正他是不會給他錢，料想也出不得什麼大事。

「你想出去就出去，說這些不著邊際的話有意思嗎？只一樣，你出去遛達我也不管，可別想我給你一個銅板。還有妳們，都不准給！」

沈忠指的是李氏和周氏，她們兩人應了，沈忠這才對沈福揮揮手，示意他出去。

沈福可是樂瘋了，這幾天他覺得自己都快被關傻了，這終於能出去，他也不管自己兜裡一個子兒都沒有，先去放放風再說！

沈福開始滿村地晃悠。

說來也巧，這村裡正在遛達的，除了沈福倒還有一人。

現在農事不忙，家裡但凡勤快點的漢子都出去打短工了，村子裡原本的閒漢子本就沒兩個，偏最近都沒人理會沈九姑了。

沈九姑有個相好是村東頭的李癩子，可這人前些天就沒了影子，也不知去哪裡胡混了，沈九姑只覺得房裡空得慌，待著沒事就出門晃了。

剛走到了村中那棵老槐樹下，除了幾家正在做針線說八卦的阿嬤、媳婦，愣是沒什麼人。

沈九姑湊過去，坐到一個上了些年歲的阿嬤身邊。

「阿嬤忙什麼呢？」

「還能忙什麼？做針線呢！我家的狗子最近天天出去幹活，這鞋啊就費，這不，都做了三雙了！」劉阿嬤眼皮翻了翻，對著沈九姑說話時帶著一股子瞧不起的味道。「妳別和我說話了，忙著呢！」

「可不是，我們可不比妳，每天閒著不用伺侯家裡男人，這天天啊，又是縫衣又是做鞋的，累死個人。」一個小媳婦似笑非笑的，眼睛裡卻全是輕視。

沈九姑的臉色不好，紅一陣白一陣，偏還有別人在那裡火上澆油。

「大後天是沈二郎家新房上大梁，有沒有請妳啊？說起來啊，這羅家的小娘子命可真好，一樣是寡婦，人家硬是找了沈二郎這個靠得住的下家，天天吃香喝辣就不說了，現在青磚大房的住著，以後指不定還要怎麼享福呢！」村裡一個有名的愛碎嘴的婆子說著，聽得其他人也不做活，就著沈家的新房說了一通好話，把沈九姑擠對得硬是坐不下去。

「那妳們忙著。」沈九姑知道村裡的婆子、媳婦都看不上她、防著她，生怕自家的爺們被自己勾了去，她不由得咬牙。

呸，就妳們那群貨色，手裡的爺們也不是什麼好鳥，老娘才不稀罕！

想到眾人嘴裡的羅紫蘇，那日坐在牛車上，唇紅齒白、膚嫩貌美，一雙眼睛能勾人的魂，也難怪那沈二郎稀罕得不行。

「哼！」

沈九姑心裡又恨又嫉，既氣村裡的人目光短，又氣羅紫蘇明明一樣是寡婦，偏混得比她好，讓她被人笑話，正氣呼呼地往家走呢，就和一個人撞到了一起。

「誰啊，長眼睛了沒有！」沈九姑氣得大罵。

「這不是九姑妹子嗎？一個人在這氣什麼呢？我看看，撞壞了沒有啊？」沈福一邊說一邊不正經地上前，伸手就去摸沈九姑的嫩肉。

沈九姑一把甩開沈福，瞪著他更氣。「你是哪個？也來占老娘的便宜！」

沈福憋了多天，要不往常也是看不上這沈九姑的。沈九姑哪裡都挺好，就是一雙吊梢眉，看著兇悍，讓人心裡覺得不舒服。

「我？我就是那些三姑六婆說的沈二郎的哥哥。」沈福剛剛早把沈九姑被擠對的樣子看得清清楚楚。「妹子是不是對我那二弟有什麼想法？走，哥教妳幾招。」

沈福說完伸臂搭上沈九姑的肩膀，手掌不老實地按揉了幾下。沈九姑想拒絕，可沈福哪裡給她這機會，直接拉著人半抱半拖，就往那沈九姑家裡去了。

沈九姑因房裡空了時日，沈福手段一施，半推半就成了好事，等完事已經是日落西山了。

沈九姑揉了揉腰，在炕上轉了轉身，抓起被子蓋在身上，只覺得全身累得慌。

「九姑，怎麼樣？舒服吧？」沈福笑嘻嘻的，涎著臉過來對著白粉的臉頰就親了一口。

很。

「滾。」沈九姑懶洋洋的，扭過頭不想說話。剛剛沈福要殺人似的，弄得她全身都累得很。

「真是，這般翻臉無情。我看妳對我那好二弟有些意思？要不要我幫幫妳？」

沈福不怕熱臉貼冷屁股，臉上帶著笑，只是笑意卻未到眼睛裡。

沈九姑沒作聲，只是看著眼前灰乎乎的土牆，腦子裡想著之前村裡三姑六婆們嚼的舌頭，心裡說不上是個什麼滋味。

若是她在那沈二郎受傷時不嫌棄地與他成了親，現在想來過好日子的就是她了！

沈福看沈九姑不吭聲、不理他，也不惱，把衣服一件件套回去，站在炕邊伸手捏了沈九姑一把。

「乖乖，妳要是什麼時候想了，就來找我，我自是憐著妳；妳若想當我弟妹，那我也能幫妳，就看妳想不想了。」

沈福懶洋洋地轉頭要走，沈九姑猛的轉過身來。

「你說幫我怎麼幫？再說，你們不是都斷親了？」

「傻子。」沈福聽了哈哈笑。「斷親也是我爹和他斷的，我是兄弟，不一樣的。再說即使斷了親，那也是虛的，他還是得孝順家中長輩，不然村裡人的唾沫都能淹死他！」

「這倒是。」沈九姑點點頭。「明天再說吧，今天我累了。」

「呵呵。」沈福聽了嚥了口口水。「明兒個哥早些來找妳，今天都沒稀罕夠妳呢。」

沈九姑白了沈福一眼。

想來是嘗了滋味，沈福也不嫌棄沈九姑的吊稍眉了，只覺得對方那一瞪一轉間有種說不出的意味，勾得他心裡發癢。

第二日，沈福怕他爹不讓他出去，乾脆連聲都沒吭，一早就翻牆出了門，跳出院子就直奔村尾。

他翻牆進了沈九姑的院子，敲敲房門，喚了沈九姑快來開門。

沈九姑居然還是昨天沈福離開那樣子，只用個小薄被子裹在身上，惹得沈福眼睛都綠了。

這邊，李氏想著沈湛家上房梁，雖然有讓沈湛告訴沈大姊，但還是她這邊也說一聲較有把握些。

只是，她怎麼也沒想到，天剛亮，自己的大兒子就沒了影子了！

門鎖得好好的，只在牆邊留下幾個腳印，氣得沈忠死命咒罵，呼哧帶喘地站在門口罵了半天。

沈福沒了影子，信還是要捎的，李氏乾脆自己跑一趟。

李氏聽說過沈大姊的夫君在衙門裡做事情，去了衙門打聽，才知道沈大姊的夫君已經升了官，當上典史，一時把李氏驚得怔住了。

沈大姊的夫君陳貴昌聽了手下的小吏來報，說是他丈母娘來了，一時有些發怔，不過還是迎了出來。

媳婦兒與娘家不親近，這從沈大姊出嫁後除了三朝回門，只年初二時回趟娘家就看得出。雖然不解是怎麼回事，可陳貴昌也不太看得上在村裡的老丈人和老丈母娘就是了。

「您來了，不知有事嗎？」陳貴昌直接把稱呼省了。

李氏只覺得心口窩火。明明這是自己女婿，可是看著心頭就堵著難受，連一聲娘都不叫，如此不孝，也不怕天打雷劈！「是這樣的，二郎成親後分了家，自己單過，日子過得挺紅火的，說是過兩日就是上房梁的大日子，特別過來告訴你們一聲，玉姊兒和女婿你有空就過去啊！」

陳貴昌應了，又連說了幾句客氣話，順便誇了誇沈湛日子過得紅火。

李氏聽了臉色一陣紅一陣白的，心裡別提多難受了。

心裡憋得喘不上氣來，李氏一甩臉，和陳貴昌告別走了。陳貴昌雙手抱胸，看著丈母娘離開的身影，唇角一抹輕蔑的笑。

分家只把沈二郎分出去，想也知道這中間有事，還想讓他們回去？這丈母娘指不定想出什麼么蛾子呢！

把李氏氣走了後，陳貴昌晚上回家和沈大姊說了此事，沈大姊一聽立即就決定，那天一定要過去，死活也要把沈湛勸得回轉心意！再不喜歡沈家，她也不想被連累。

沈福放開沈九姑後，兩個人都癱成了一團軟泥，在炕上半天才回過神來。沈福伸出手揉了揉沈九姑的腰，笑得得意極了。

「我的小九怎麼樣？舒服吧？」

沈九姑哼唧了一聲，伸出手捏了沈福一把。「你不是說幫我出主意？」

「這還不容易？」

沈福一肚子壞水。他最近缺錢缺得厲害，早就想著來點兒邪門歪道弄點錢，便趴在沈九姑的耳朵邊一陣嘀咕。

「這樣能行？」

沈九姑心裡有些懷疑。「就兩個丫頭片子，沈二郎還能為了那兩個休妻？」

「怎麼不能？」沈福眯了眯眼睛。「二郎這麼大了，就那兩個寶貝疙瘩，稀罕得和眼珠子似的。別看他不吭聲的，他回來時被我爹娘那麼折騰著，為了那兩個，不是都忍著了？我和妳說吧，我那弟妹也是個傻的，當個後娘勝過親娘的，兩個賠錢貨有什麼用，不如賣了掙點銀子呢！」

「好，那你到時候幫著我聯繫著，我先想想怎麼做。」沈九姑想了想又覺得不妥。「萬一他把媳婦休了，娶個黃花大閨女回來可怎麼辦？他日子現在過得這般好，村裡人可都盯著呢！」

「妳怎麼這麼笨？」沈福直搖頭。「看妳長得聰明相，怎麼想不明白？妳讓他嘗了甜頭，勾得他只想著妳，人不就是妳的了？」

就像他的阿紫！

想到這裡沈福的臉色陰沈下來，不過一想到羅紫蘇軟嫩白的臉，心情一下子就好了。哼，到時這個弟妹一被休，他就想辦法勾到手，一個再嫁的寡婦被休，還能有什麼好名聲？到時他再哄上幾句，還不就成了他的人了？

沒了阿紫，有個紫蘇，倒也不錯！

沈福的小心思沈九姑自然是察覺到了，不過她也不在乎，只是在心裡算計著怎麼做才好？

不過沈福有這腦子，也算得上聰明人了。

當然，沈九姑不知道，這辦法是沈福一次無意中聽到李氏和他媳婦兒說的，他覺得很好，就一直想著哪天用上，如今終於能派上用場了。

轉眼，就到了沈湛家房子上梁的日子。

天還沒亮，羅紫蘇就到新房，把菜米都洗乾淨收拾，該燜飯的燜飯，該切的菜都切了，要準備的都準備好。

等快到時辰時，客人都過來了，羅紫蘇挨個兒給塞著糖塊和瓜子、花生。還有小孩子從村子裡跟著跑過來湊熱鬧，羅紫蘇沒管大人在不在，一律給發糖和瓜子、花生，把那小兜一個個裝得滿滿的。

小孩子們樂得不行，拍著巴掌在一旁說吉祥話。

到了吉時，放了一陣鞭炮，上房梁。

外面男人忙著，灶房裡羅紫蘇開始炒菜，除了平時固定來幫廚的林嫂子等人，今天馮翠兒也過來幫忙了。前些日子馮翠兒回娘家去照顧她娘，整個人都瘦了一圈，臉色也是有些不好看。

今天人多，羅紫蘇也沒問，打算哪天人少時再問問。

今日客人上門，都送了東西。村裡沒太多講究，要麼是幾個雞蛋，要麼是大把青菜，關係好點的，就是一塊肉、半斤糖什麼的。村裡人給這個就是挺好的禮了，羅紫蘇也不挑，一一收拾了放好。

屋外擺了六桌，屋裡擺了四桌，開始上菜後明顯就再也沒人說話了，一夥人拿著筷子拚了命地挾菜吃，就連最愛喝酒的里正都顧不上喝酒了，不停地把菜放進嘴裡。

這大概是桃花村有史以來最安靜、最有效率的宴席，每桌都是十個菜，四個葷六個素，還有兩大碗湯，全部被吃得乾乾淨淨。

男人們直到桌上的盤子剩湯汁和幾口素菜時才停下了進食的速度，里正終於拿起了酒杯說話。

「今兒個是二郎家的好日子，大日子！以後二郎有了自己的新房，離村裡稍遠了些，可是大夥兒可不能因這個就疏遠了他，有事情都得搭把手才行啊！」

眾人哄然叫了聲「當然的」，紛紛笑了起來。羅紫蘇也忍不住，里正一邊說話，一邊尷尬地看著桌上盤盤清空的模樣真是夠逗的。

沈九姑無聲地坐在女人席的一角，也不和眾人說話；當然，也少有人搭理她，平日裡交好的花嫂子忌憚羅紫蘇沒來，因此她只是悄悄地看著羅紫蘇與沈湛二人的相處。

眾人吃得極盡興，沒啥事都回家去了，畢竟這兒離村子裡遠呢，家裡還有活要做。

只有幾個和沈湛關係好的，還在喝著酒。

羅紫蘇等人都走得差不多，留下的幾個嫂子開始幫著她收拾碗盤，這碗盤一大半都是向村裡各家借來用的，一會兒洗乾淨了要還的。

「二郎媳婦！」沈九姑沒走，悄無聲息地幫著幹活，等看羅紫蘇身邊人少了，就上去聊天。「這一天的累壞了吧？孩子呢，一會兒是不是得接回來啊？」

「是呢。」羅紫蘇一提三個小包子就想笑。「這些天啊忙，就把他們放富貴叔家了，一個個的都不高興呢，等這房子再晾上幾天，搬過來就好了。」

「小孩子啊一搬新家就開心了。」沈九姑陪著笑，手上動作麻利著，收拾碗盤放進大木盆，澆入鍋裡燒的熱水開始洗刷。「三個孩子妳自己照顧，能忙得過來麼？」

「還行！」羅紫蘇笑著道。

一旁的林嫂子過來，扯了羅紫蘇的手臂一把。「紫蘇啊，妳快看看二郎他們去，一個個的喝起來沒個完，我還著急回家呢，去，讓他們別喝了。」

「嫂子看妳說的，好不容易才好好喝一回的，妳還不讓喝！」羅紫蘇笑著搖頭拒絕。

「我才不去喊呢，二郎喝多了打我怎麼辦？」

「二郎打妳？」林嫂子笑得前仰後合。

馮翠兒也抿嘴笑著。

「妳別逗了，妳不打二郎二郎就燒高香了！那天嫂子可看見了，妳家二郎就說了一句不給大妞兒打那麼大的櫃子，就被妳掐了一把，這虧得他皮粗肉厚，不然不得紫了？」

「嫂子！」

羅紫蘇臉頰一紅，眾人笑得更兇了，一群人妻開始對羅紫蘇各種調侃。

說說笑笑活也幹得快，很快的，碗盤就收拾得差不多，眾家媳婦都一一道別。

羅紫蘇連忙把事先準備切好的肉拿出來，一家給了一塊。

「本來啊是想著有剩的肉菜再給大家帶些，可是沒機會。」羅紫蘇笑著把肉一人一塊地分了，大家推辭一番，還是都收下了。

村子裡天天見葷腥的，除了羅紫蘇這位敗家媳婦外沒人敢這麼幹的，因此這塊肉對她們來說已經是很重的禮了。

送走眾人，羅紫蘇又約了馮翠兒明天去自己家聚聚，這才轉身。

一旁，有話要說似的沈九姑正站在那裡。

「紫蘇妹子。」沈九姑有些小心地道。「我有些事想和妳商量商量。」

「什麼事？」羅紫蘇有些奇怪地問。她對沈九姑的印象算不上好，因上次在牛車上，沈九姑似乎對她有幾分敵意，如今一百八十度大轉變，她總覺得無事獻殷勤，非奸即盜。

「是這樣的，」沈九姑可憐兮兮地坐在凳子上。「姊姊命不好，嫁了三家，結果都是命不長的，白得了個刑剋的名聲，這輩子別說有孩子，想再找個男人都不可能了。姊姊看你們家中孩子多，想著能不能……」

「不行！」羅紫蘇立即滿臉的警惕。「這些孩子都是我的命，我可是誰都不給的！」

「不是，紫蘇妹子妳誤會了！」一看羅紫蘇眼中堅決，沈九姑馬上改了口。「姊姊也是女人，自是知道當娘的心，姊姊只是想著，妳家孩子多呢，妳若是看不過來，我偶爾能不能搭把手？我也不要什麼工錢，我就是喜歡孩子呢！」

「哦？」羅紫蘇看了看沈九姑。「姊姊的好意我心領了，不過我家以後搬過來，離村裡太遠，妳一個人來來回回的，也讓人放心不下不是？就不麻煩姊姊了。我知姊姊是好意，怕我忙不過來，真是多謝了。」

沈九姑一肚子的話就這樣被堵在肚子裡。她本想著先來幫著帶孩子，一是和孩子相熟，二來就可以藉口太晚，回村時讓沈二郎送送，路上以她的手段，怎麼也能成事。結果，就這樣被堵回來了。

不過沈九姑也不怕，心裡思慮一番後就笑著道別，羅紫蘇給的肉，她假意推辭幾句就痛痛快快地收下，轉身回村。

看沈九姑走了，羅紫蘇鬆了一口氣。

不知道是不是她的錯覺，她總覺得沈九姑看她和沈湛的眼神，莫名地讓她覺得不舒服，不管她存著什麼心，自己還是敬而遠之吧！

等沈湛那桌也喝完酒，收拾乾淨後，兩口子打道回府了。

剛抱著孩子出了沈富貴的家門，就看到沈大姊一扭三步地走過來。

「你們這麼晚，在道上幹麼了！」

還能幹麼？羅紫蘇黑線。

「大姊有事？」沈湛手上推著木質的嬰兒車，臉色冷淡。

嬰兒車裡兩個小傢伙張著眼睛好奇地看著沈大姊難看的臉色，一個自幼被冷待，一個驟然失怙，都有幾分會看臉色的聰慧，此時看著沈大姊，都帶著幾分不安地張手對著沈紫蘇。

「娘！」

「娘，兇兇好怕！」

沈言不只喊著怕，還用小胖手拍了拍胸口，唱作俱佳。

小妞兒不樂意了，伸出小手就是一巴掌。

「小妞兒住手！」

羅紫蘇連忙阻止，快一步上前抱起沈言。根據之前的經驗，這兩個要不馬上分開，定然會打成一團。

小妞兒看著沈言被親親娘親抱走，登時委屈了，嘴一癟就大哭起來。

沈大姊看著眼前的混亂，額頭的青筋都爆了出來。

「大姊過來，是不是為了言哥兒的事？」把兩個不省心的小傢伙安撫好，重新睡了，羅紫蘇正用水盆泡腳，好奇地問著沈湛。

剛剛孩子們一直在哭，沈大姊一扭身就走了，話都沒再留一句，看樣子是氣得不輕。

「是。」沈湛回了一句，低下頭擺弄著農具。這幾日天氣漸好，他也開始忙碌著地裡的活，等把地裡的草都除了，再上山打獵，畢竟馬上要搬家，地離得也遠些了。

「今年不弄了，明年把地租出去，再到架子山那邊開幾畝荒地。」

一邊敲敲打打修理著農具，一邊和羅紫蘇說著話，沈湛的冰冷氣息少了很多。

「也好。」羅紫蘇在一旁收拾著東西，兩人邊說邊聊，夜色漸深……

第二日，馮翠兒就來了。沈湛去羅家看望羅宗平夫妻，順便告知搬家的日子，只羅紫蘇和三小包子在家。

馮翠兒有些驚訝地看著羅紫蘇燒好水，幫著三個小傢伙洗澡，連忙過來幫忙。

「我從娘家回來就聽說你們家又收養了一個，原來是真的呢！」

昨日只顧著幫忙做飯收拾，兩人也沒聊上幾句，見馮翠兒神色憔悴，帶著幾分輕愁，羅紫蘇心頭擔憂。

「是呢，相公憐惜這孩子的身世，又說本是同宗，怎麼可以不管？」

「可是……」馮翠兒猶豫了一下。「妳不知道，這村裡的人都傳瘋了，都說是妳或是二郎沒本事，這才連兒子都收養別人的，還有些傳說……」

馮翠兒說不下去，只是搖頭。

「那話難聽得我都說不出口，就是說妳家二郎的，不是什麼好話。妳說這村裡這麼多人，沒有孩子的也不是沒有，怎麼你們二郎就這般乾脆？」

馮翠兒語氣帶著嗔怪，羅紫蘇倒也知道對方是好意。

「我知嫂子妳的意思，只是，我相公的脾性就是如此。聽說當年在軍中，沈原、沈青兩位與他最是要好，幾次遇險亦是捨命相救，如今沈青夫婦罹難，他哪裡能袖手？」

羅紫蘇搖搖頭，馬上把之前兩口子商量好的話說出來，不過除了小包子這點，這話一大部分都是實情。

「這孩子是個小子，放哪家能甘心這麼養個能分家產的外人？我相公怕這孩子再被薄待，養不活，那就真對不起沈青兩口子了。」

羅紫蘇把大妞兒洗乾淨，給大妞兒擦乾了，親了一口之後就換水洗下一個。

馮翠兒一邊幫著她倒水，一邊點頭嘆氣。「也是啊，這村裡人家雖然多，可是能真心養這孩子的，怕也只有妳家二郎和里正家的沈原兄弟。不過里正家裡家產多，雖然只沈原一個兒子，可是槐娘娘家是非卻多，爹娘也是爭強好勝的，必是不肯白養個兒子。」

「可不是。」羅紫蘇點頭，把小妞兒剝乾淨放進水裡，小妞兒興奮地用小手撲著水，一雙眼睛亮晶晶的，露出小米牙開始笑。

「小妞兒可是長了不少啊！」馮翠兒在一旁幫著羅紫蘇扶著小妞兒胖乎乎的小身板，小妞兒的小腿蹬得極有勁兒。「這孩子有了妳這個娘，可真是有福氣！」

馮翠兒將心比心，心裡清楚換成自己，未必真能把別人的孩子當成自己的孩子看待，更不要說養得這般白白胖胖。

看小妞兒、大妞兒和羅紫蘇如此親近，哪裡還有當初黑瘦可憐的模樣。

「哪兒的話啊。」羅紫蘇一邊幫著小妞兒潑水，一邊笑意盈盈。「這兩個孩子乖巧，惹人疼呢！」

一旁的沈言站在嬰兒車裡，趴在車沿看著小妞兒洗澡，流著口水，張手對著羅紫蘇一陣狂喊。

「娘，洗洗！娘，水水！娘，乖乖！」

馮翠兒這回真笑出聲，不過更多的卻是驚訝。「這孩子來沒幾天吧，怎麼和妳這麼親？這娘喊的。」

「是啊！」羅紫蘇心裡也覺得有幾分驚訝，畢竟頭一次見面就被喊娘。不過小包子年紀小，錯認也是有的。「這可能就是我和這孩子的緣分呢！」

「也是。」馮翠兒認同，兩人邊說邊聊，一會兒就給小妞兒洗好澡，擦乾穿上柔軟的小衣服，又換沈言繼續洗。

「這小木板車做得真好，放孩子正合適。」馮翠兒看著讚嘆一聲。她是有兩個孩子的人，自然知道，若是沒人幫忙，這一個人看兩個鬧騰的孩子是真有些吃力，尤其她家小郎身子骨還差。

「是啊，我不像嫂子，還有婆婆伸手幫襯。這三個孩子，大妞兒是最省心的，又聽話，就這兩個小的，鬧起來真是要命！」

兩人說著話，大妞兒乖乖地在一旁逗著洗好了的小妞兒玩。

有人幫忙，羅紫蘇很快做完事情。收拾木盆重新燒好了水，把孩子帶回房裡，馮翠兒幫著抱，倒也沒像往日那般鬧騰。

洗了澡小孩子們都累了，大妞兒、小妞兒不用哄，乖乖地躺下沒一會兒就睡著了，只有沈言，被羅紫蘇抱著搖晃，勉強睜著一雙愛睏的眼睛不肯閉。

羅紫蘇也不急，抱著他輕拍，慢聲與馮翠兒說話。

「嫂子，妳娘身子怎麼樣了？前些日子聽說受了風寒，病得很重？」

「唉！」馮翠兒嘆氣。「紫蘇妹子，妳不是個愛嚼舌根的，我就和妳說實話吧！什麼受了風寒，其實就是被我嫂子氣的！」

馮翠兒眼眶都紅了。「我哥人老實，當年家裡窮，娶了我嫂子時，就覺得她受了委屈，有事兒都避著她、讓著她，我娘也是，結果這家裡就成了我嫂子的天下了。」

「怎麼了？家裡過得不好？」羅紫蘇輕聲問，懷裡的沈言閉了閉眼睛又奮力張開，固執地看著羅紫蘇。

「可不是。」馮翠兒搖搖頭。「家裡日子不好，我十歲時嫂子進門，四年了都沒有娃兒，她就說是這個家讓她操持給累的。後來我成了親，聘禮是二兩銀子，我在娘家只帶過來一塊粗布，剩下的都給了她，結果，她還是不滿意，覺得我婆家窮，看不上。」

馮翠兒直搖頭。「等我相公走了，她更是怕我沾上她，天天對著我娘說酸話。這麼多年，我哥一個孩子也沒有，我嫂子去了大夫那裡看病，說是身子不好、虧氣血，是被家裡的活累的。這兩年，我娘和我哥兩人一起挺起家裡的活計，半點不讓她累著，可還是沒孩子，她就說是我命硬，剋的。」

說完馮翠兒落下淚來。這話在她心裡憋得難受，快讓她委屈死了。

「妳說我都成親離了家，她還說是我命硬剋親，我娘哪受得了？和她吵了幾句，結果她就鬧著要回娘家，我娘一氣就病了。結果我嫂子理都不理回娘家去住了，我哥接了幾次都接不回來，眼瞅著我娘越病越重，這才把我喊回去照顧我娘。」

這一席話說下來，羅紫蘇直搖頭。

「那現在怎麼樣了?妳嫂子回家了沒有?」

「紫蘇妹子妳別提了。」說起這個馮翠兒更是來氣。「妳不知道啊,我嫂子在娘家住得別提多開心了,但一聽說我回娘家照顧我娘了,想來是生怕我娘有私房給我或是幫襯我,沒幾天就回來了。我想著既然嫂子回家了,那我也回來吧,她就說我娘白養個白眼狼,病了也不照顧,結果我只好接著住,家裡的活她都推給我做,天天從天沒亮就開始做事,直到天色暗了才停。」

馮翠兒氣得不行。「等我娘剛好了些,就把我一頓酸話罵出來了,我也不能和她在娘家吵,惹我娘傷心,只好回來了。」

羅紫蘇都無語了,對這些個極品啊,她也真是沒辦法。

馮翠兒也就是發洩發洩心裡的怨氣,說完了,也就罷了。

「喲,終於睡了。」看沈言終於乖乖地閉眼睡沈了,她都幫羅紫蘇鬆了一口氣。

「是啊,睡了。」羅紫蘇把沈言放回炕上,用小薄被子蓋好。沈言有些不安地動了動,她連忙又拍了幾下,沈言動動小嘴兒,扭頭睡熟了。

「這孩子可真和妳親。」馮翠兒嘆了口氣。「我開始還擔心你們住得離村裡太遠了些,現在想想也好,村裡啊,人多嘴雜的,說啥話的都有。」

羅紫蘇明白馮翠兒的意思。

「對了,嫂子,以後雖然住得遠了,可也要常來常往,有個啥事妳就去找我,不能生分了啊！」

「看妳說的，哪兒能！」馮翠兒笑得安心，兩人又聊了陣，直到快午時，馮翠兒才急急回家做飯去了。

羅紫蘇這邊也開始動手做午飯。沈湛是不回來吃的，她給三個小的蒸了蛋，自己做了麵吃。

才剛做好，又有人拍院門，拍得很急，門板震天響。

第十九章

「屋裡有人嗎？」一個聲音有些急切的響起。

羅紫蘇怔了怔，連忙過去開門，只見沈大姊一臉怒色地闖進來。

「二郎呢？」

「相公有事出去了。」羅紫蘇跟在急步往屋裡走的沈大姊身後，卻被對方突然停下的動作嚇了一跳，差點踩到對方的腳，連忙狼狽地後退了一大步，好險沒摔一跤。

「出去了？去哪裡了？」沈大姊的眼睛緊盯著羅紫蘇，眼裡皆是蔑視。「真是沒禮數，連聲姊姊都不喊？」

「大姊。」羅紫蘇從善如流，不管心裡怎麼想，面上卻不想出大錯。「不知大姊有什麼急事？」

沈大姊有些語塞，停頓片刻後才開口。「算了，不想多說了，妳身為沈家的媳婦，怎麼連自己相公的事情都勸不了，天天就知道貼補娘家嗎？」

這人！

羅紫蘇原本不想與她多費口舌，不過沈大姊顯然不是位見好就收的。

「還怔著做什麼？把那個小孽種給我抱過來！」沈大姊厭惡的語氣直指沈言。

想來是她的聲音太大了，沈言一下子驚醒過來，睜著一雙迷濛的眼睛看過來，感覺到沈大姊眼神中的森森惡意，小傢伙直接扭身翻轉過去，屁股對準沈大姊，抓著小被子又睡了。

羅紫蘇看著沈大姊更加難看的神色差點忍不住笑出聲，勉強地忍下來，神色努力維持著冷淡。

「老二家的！」

今天注定了是個熱鬧的日子，這邊正堅持著，那邊李氏神色難看地站在了門口。

「老二呢？」

「他有事出去了。」

羅紫蘇回答，李氏的臉色更不好了。

「妳是怎麼當人媳婦的？當相公的糊塗，都不知道勸勸？沈家到底是怎麼娶到妳個攪家精的，天天除了跑娘家妳還知道幹啥！」

妳們兩個是約好的嗎？羅紫蘇無語的視線落到了李氏與沈大姊身上，看這兩個人關係好似有些奇怪，一副涇渭分明的樣子，誰也不看誰，好像完全沒關係似的。

那麼這對母女是怎麼回事？

只是，再怎麼煩悶，總不能把她們晾在院子裡，羅紫蘇只好請兩人進屋。

李氏和沈大姊一前一後走進房裡，屋子裡早已經不是之前的模樣。

雖然還是一樣簡陋，不過，卻已不再是之前的陰暗潮冷。牆壁的縫隙都補好了，窗子也糊了窗紙，還有塊粗布當成簾子，擋住雜物。

房裡打掃得乾乾淨淨，地面潔淨，炕上並排睡著三個小包子，房裡有陽光撒進來，照得一片溫馨。

沈大姊看了羅紫蘇一眼。前次匆匆來匆匆走，都沒注意到，這房裡已經是大變樣了。

李氏心裡思量著事，倒是沒管別人，這時院門又被叩響，一個聲音傳來。

「二嫂在麼？」

羅紫蘇呆了呆，轉頭出去，是沈九姑拿著個小籃子，俏生生地站在那裡，烏黑的頭髮，光滑的皮膚，雖然嫁了三次，卻依然帶著幾分動人。

「九姑妳來了！」

雖然沈九姑比羅紫蘇大，可是按桃花村的輩分來論，沈九姑是要喚羅紫蘇二嫂的。

「是啊，我想說自己一個人沒什麼意思，想和嫂子一起做做針線，還做了些糕給孩子吃。」

對於閨密一起做針線的生活，羅紫蘇完全沒興趣，她迫於無奈才會動針動線，針線活和廚房事務比，當然還是後者占上風。

「進來吧！」羅紫蘇笑，她倒要好好看看今天還能怎麼熱鬧？

沈九姑拎著籃子，扭著腰身走進去，故作幾分矜持，怎料沒看到心裡所想的偉岸身影，只有兩道眼神直直地瞪過來。

「妳來做什麼？」沈大姊自來看沈九姑就不順眼，對於她一連三年嫁了三家的行為很是看不上。「真是討厭，二郎媳婦妳怎麼和什麼人都來往！」

「老二媳婦，妳別什麼人都往院裡放，怎麼回事！」李氏恨恨道。

這個狐狸精，一直對她寶貝大兒子勾勾搭搭的，當她不知道麼？這兩天兒子心裡都長了草了，哼！

這兩個人這時還真有默契！

羅紫蘇忍著笑應著，請沈九姑坐。「九姑請坐吧。」

沈九姑臉皮再厚，對於這兩個人這般明顯的嫌棄還是有些受不住，她狼狽地把籃子裡的蒸糕拿出來放到桌上，快速說道：「原來伯娘和大姊都在呢，我家裡還有事就不多待了。二嫂，這是給孩子吃的，我走了。」

說完也不顧羅紫蘇的挽留，連忙快步跑走了

李氏的嘴撇了撇。「老二家的，好媳婦可不能什麼人的便宜都沾的！妳看看，妳家上梁那天，本來我們應該是全家都去的，是我們心善，想著這一大家子去了你們要破費，還是不去湊這個熱鬧。」

關於此事，羅紫蘇其實是知道真相的。那天上梁回來，在沈富貴的家裡就聽富貴嬸子說了，當時富貴嬸子可是目睹全程的。

沈忠和沈福一大家子說好要去沈二郎家裡狠吃一頓，一家子摩拳擦掌的，前一天晚上都一人少吃了半碗飯，就打算隔天要吃好料的。

可是誰也不知道，這沈福半夜就跑沒了影子。

天還沒亮呢，周氏就發現不對了。

周氏懷裡抱著大寶兒睡的，結果身邊人影早沒了，炕旁一摸，被子都涼手。

周氏心裡最是知道沈福其人的，這幾日沈福日日心不在焉，她哪裡不清楚，這不要臉的是又有人了！

在這村子裡能被沈福勾上的，無非就是那麼幾個！

周氏咬著牙起身穿戴好，把一對兒女放炕裡，用被子隔上，先去了沈小妹的屋門口敲門。

「小妹！」

沈小妹正睡得香，被吵醒了，老大不樂意。

「大嫂，一早上的天還沒亮呢，想吃席也早了點吧！」

李氏寵著沈小妹，周氏哪裡敢不看小姑子的臉色，此時連忙陪笑臉。

「小妹啊，妳大哥一早上不知去哪裡了，今天去二弟那裡吃席，我想著還是要去找找。孩子還沒醒，要不妳去我屋裡睡？」

沈小妹聽了更是不耐煩。「大嫂妳也是的，天天的自己家的相公都看不住，天天讓哥哥出去打野食，妳也是夠沒用的了！」

這是在閨裡的小姑娘說的話嗎?周氏氣得肝都疼,可是沒辦法,這裡是沈家,對沈家人來說,兒媳婦就是外人,應該讓沈家人欺負的。

「對不住了小姑,這不是妳大哥我也不敢惹嗎?」周氏咬著牙,陪著笑臉說。「求小姑子幫幫忙!」

沈小妹冷冷用鼻子哼了一聲。「知道了,我一會兒穿了衣服就過去。」

周氏鬆了一口氣,想去公婆那裡要家裡的鑰匙,沈福能跳牆走,她可是跳不出去,這公婆把家裡鎖得嚴嚴實實,也不知在防什麼?

周氏偷偷地去了公婆房裡,在堂屋處取了鎖匙去開大門。

沈小妹披了外衣走出來,看周氏做賊般地去開院門的鎖,哼了哼。

「大嫂去沈九姑那邊看看吧,昨兒個我可是看到我哥哥從她家裡出來呢。」

周氏眉心一跳,勉強地應了一聲就走了。

沈小妹看著周氏灰溜溜的樣子,眼角眉梢都是瞧不起。

周氏走在寂無一人的村路上,心頭越想越氣。

這沈九姑真不是個東西!當初沈湛摔斷腿,正逢沈九姑第三個相公又死了,婆婆想著把這兩人湊做堆算了,如果沈湛被命硬的沈九姑剋死了,那豈不更好?

結果沈九姑還看不上!

原來這個賤人惦記著的是她的相公!

周氏咬牙往前走，天色慢慢地放亮。沈富貴今天沒出牛車，打算去沈湛那邊捧個人場，扛著鋤頭往地裡去，看到遠遠一個人行色匆匆，仔細一看是大姪媳婦。

沈富貴沒理會她，直接去了地裡。跟在後頭拿著籃子追沈富貴的富貴嬸子也看到了，她心裡好奇，納悶這天沒亮周氏這是去哪裡？也不管沈富貴忘記帶著水的事，跟在周氏身後去了村尾。

村尾沈九姑家的房子單獨一間，裡面油燈正亮，顯得外面天色更是暗沈。

沈福調笑沈九姑的聲音清晰地傳來。

「小妖精妳當然是好的了，我家那個黃臉婆可是比不了，能生兒子有什麼用！」

周氏眼睛都快紅了，原本只是想著把沈福喊回去的想法全都不見了。

「開門，快開門！」

周氏死命地開始拍門，房裡調笑的聲音戛然而止，在寂靜的清晨，周氏敲門的聲音分外響亮。

房裡沈福連忙跳下炕，手忙腳亂地穿衣服；炕上的沈九姑倒是不怕的，笑吟吟地歪過身子看沈福。

「看把你嚇的！嘖嘖，你媳婦是不是天天罰你跪啊？」

沈福一聽，動作不由得慢下來，看著沈九姑紅紅的唇，心頭一陣悸動，再聽那如擂鼓般的敲門聲和周氏的聲嘶力竭，心裡厭惡不已。

「娘的，妳敲什麼敲，給我停下！」

沈福猛的一把拉開門，讓周氏差點晃得摔了，沈福一把揪起周氏，直接給了她一巴掌。

「回家去！」

周氏撫著臉頰驚得呆住了，看著沈福，一時竟然不知道要怎麼反應才是正確的，怔在那裡。

「還發什麼怔！」沈福臉色發黑。「一大早上的來做什麼呢？我忙著呢，妳回去！」

「可是、可是今天全家都要去二弟家裡吃席啊。」周氏怔怔的，呆呆地回覆。

「吃吃吃，就知道吃！妳一頓不吃肉就癢是不是？饞的妳！你們自己去吧，我忙著，不行一會兒我和九兒一起去。」

周氏在聽到九兒兩個字時回過神來，目光落到房裡靠北側的炕上。那炕上被褥凌亂，沈九姑半躺半靠地倚在那裡，似笑非笑地看過來

光裸的肩膀上，清晰的齒印紅痕。

沈福看著周氏的眼神不對，連忙上前半攔半拽著周氏。

「算了，我們先回去！」

沈福知道這事鬧開了可不好，因此眼神投向沈九姑示意一下後，拽著仍有些茫然的周氏，匆匆往回走。

「相公。」周氏呆滯了片刻，腦海裡被沈九姑那一片雪白與紅痕占據的腦子突然就清醒

了，猛的停住轉過臉，只覺得心裡頭空落落的傷心不已。

「你怎麼能這般對我！我給你生了一對兒女，你知不知道！我們大寶兒，可是沈家的長孫啊！」

沈福心裡本就因為沒洩火正悶著，拉著周氏都快走到家了，她卻突然開始發瘋，他滿心都是不耐。

「長孫又怎麼？是個女人都能生長孫！那是老子能力好！」

周氏氣得眼睛都在發花，如果說之前沈福那一巴掌打得她直暈，那這句話卻是讓她徹底清醒了。

她猛的跳將起來，發出一聲尖銳的嘶吼。

「你放屁！」

沈福沒想到一巴掌拍傻的貓瞬間變成河東獅，登時嚇得倒退了一步，周氏對這倒退的一步好似提醒了般，更大的聲音直接罵出來。

「你個不要臉的玩意兒，你知不知道我為你們沈家生兒育女，天天伺候公婆，哄著小姑子有多辛苦？哪個女人都能生？那女人嫁了三家了，生出個蛋沒有？」

周氏越想越不值，越罵聲音越大。原本寂靜的村裡登時有了動靜，不過已經急怒交加的兩人此刻已經顧不得了。

「妳伺侯公婆有多辛苦，那是妳應盡的本分，天天就知道吃了睡的，那是豬，母豬！」

「你才是豬，你們全家都是豬！一個個的，天天讓我娘家貼補著不算，還算計我的嫁妝，你要是個像樣的也就罷了，結果倒好，吃著碗裡看著鍋裡，玩完了戲子玩寡婦，你怎麼就什麼香的、臭的都要嘗嘗，你真是不要臉！」

「妳給我閉嘴！」在周圍的哄笑聲中，沈福後知後覺地發現，村路上已經不再是之前的寂無一人，家家門都開了，即使不全開的，也都半開了。

「回家去！」

「回家去做什麼？有什麼事咱們這裡說明白！」周氏才不管那些，叉著腰，她已經徹底地復活了，說誰都行，敢說除了她，別人也能生出她的大寶兒？真是作死！

「妳個臭婆娘，給我閉嘴！」沈福故技重施又是一巴掌，結果卻直接捅了馬蜂窩。

「沈大頭你敢打我！」周氏一蹦老高，一頭撞到沈福的身上，沈福被掏得身體極虛，一下子被撞到了地上，半天沒起來。「就你也敢打我？你個不要臉皮的，那女人都嫁了三家了你還上她的炕，你也不嫌髒！她可是剋了三個男人了，你不怕被她剋死！」

沈福的臉脹得通紅，看村裡人笑著看熱鬧的目光，只覺得那目光好似鋼刀刮在臉上，起了一片血印。

「妳這個潑婦，亂攀咬什麼！」沈福不承認。「我怎麼了我？」

「你說你怎麼了？小妹都說了，昨天就看到你從那寡婦家裡出來，你說說你昨天一清早就沒了影子，晚上才從她家裡出來，你們幹了什麼好事還用人說？」

周氏指著沈福罵，沈福氣得臉紅脖子粗。
「妳這個婦人真是沒得瞎說，小妹天天在家裡大門不出的，怎麼可能在村尾看到我？」
「怎麼不能？你那好妹子的相好不就是村尾住的秀才麼？」
周氏此話一出，登時一片譁然。
沈福與沈九姑也就罷了，都不是什麼好的，可沈小妹可是還沒許人家呢，怎麼與村尾的小秀才有了首尾？這可真是……大事情啊！
周氏話音一落就知道自己失言，再看沈福臉色鐵青，看著自己的目光凌厲，登時有些心虛，結果還不等她再說話，眼前一花，她又挨了一耳光。
不止一耳光，那人打了一個不解氣，又抓著她頭髮，狠狠地左右開弓一陣打。
「妳個口裡沒遮攔的小娼婦，我們小妹是妳親小姑子，妳安的是什麼心，這般壞她名聲！我打死妳！」
衝出來的李氏嘴上罵著手裡也沒停，一陣亂搧，周氏哪裡敢回嘴或是掙扎反抗，只是嗚哭著想躲，可是頭髮被李氏緊緊抓著，身子扭了幾下還是不敢跑。
直到周氏臉口全是血，沈福終於上前攔下。「娘，算了，回去再收拾她！」
李氏氣喘吁吁地停下動作，累得胸口起伏。剛剛有人報信說是老大和老大媳婦在村路上鬧起來了，她還以為是那人亂說，卻不料竟是真的！
這也就罷了，他們夫婦愛鬧騰就去，可是現在把小妹牽扯進來，她絕對不放過周氏這娘們！

李氏又恨又怨，狠抓著周氏又掐又擰了幾下，這才讓沈福拽著周氏歸家去了。

一家子怎麼鬧騰就不說了，什麼席也沒心情去吃，沈小妹哭得眼睛都腫了，李氏心疼得對著周氏又一陣打。周氏被打得和豬頭似的，眼睛都瞇成了一條縫，被關在柴房裡不准吃飯。沈福出了氣，又覺得這般也好，大家都關注著沈小妹，看不到自己的丟人事了，晚上自然又跑去找沈九姑鬼混。

這些事情都被富貴嬸子繪聲繪色地說給自己聽，羅紫蘇自然是知道的，只是富貴嬸子顧忌著沈九姑，沒有明說與沈福有了姦情的人是誰。

此時，李氏說著昨天發生的事情，又覺得心裡憋悶得難受，想到自家小女兒的名聲，別提多難受了。

這還不是最難的，而是事情一傳出來，那周秀才居然不想認帳！

她本想著先給兩人訂下親事，這般也就不算壞了名聲，結果那秀才娘一張口就是三十兩的嫁妝，他們家還沒有聘禮！

真是說笑了！

那周秀才難不成是個金雕像？這簡直就是在搶她的銀子！

可是昨夜沈小妹哭了一夜，李氏心疼得不行，這一晚上，眼睛哭得像個核桃般，讓人心驚。

若是再這般下去，小妹豈不是要哭瞎了？她就這麼一個貼心的小閨女，可不能這樣放任不管。

只是，現在事情鬧成這般，沈忠對她也是遷怒，覺得她既沒教好兒媳婦，又沒教好女兒，對她橫挑鼻子豎挑眼的，李氏在家裡待得氣悶，想著來這邊找找便宜，這才過來。

「二郎怎麼還不回來！」沈大姊看到李氏就心裡彆扭，也不等了，站起來吩咐道：「我先走了，二郎回了，讓他明天去我那裡一趟，我有話要和他說！」

說完也不等羅紫蘇回話，逕自地去了。

李氏不耐地看了看天色。「老二家的，去做飯，我在這裡吃了飯再走！」

聽了這話，羅紫蘇無語，不過也拿這人沒辦法。斷了親，在律法上雖然他們沒關係，甚至犯罪也不論處，可是在宗族上來說，只要沈湛一天不除族，那麼沈忠與李氏就是長輩，完全怠慢不得。

羅紫蘇輕吁一口氣，看看三個孩子睡得正熟，把水給孩子倒好，放在桌上，這才去了灶房。

羅紫蘇動作快，這邊剛做好了飯，那邊屋裡，小沈言的哭聲就傳來了。

羅紫蘇深覺稀奇。

她家裡三個孩子都不是愛哭的，沈言更是，睡醒了就會跑到窗邊對著灶房或是院落「啊啊啊」的叫，有人應了就乖乖坐在炕上等著，怎麼會哭了？

羅紫蘇心裡想著，動作不慢，快步回房，就看到沈言一臉的委屈，而小妞兒臉頰上紅紅的印子一片，小傢伙似乎被嚇呆了，只是盯著李氏不動。

「這是怎麼了？」

「哼！」李氏冷哼一聲，小妞兒盯著她的目光讓她有些不舒服。「一群小賤種。」

羅紫蘇的眉頭皺著，看了李氏一眼。

「婆婆，」羅紫蘇才不叫娘呢。「您這話說的，她們再不濟也是沈家的孫女，她們是賤種，公公是什麼？」

「放肆！」李氏大怒。

可羅紫蘇才不怕，冷笑著看過去，之前她不計較，可是涉及孩子，她絕對不會讓步。

「之前我就想說了，婆婆，怎麼著大妞兒也是您的孫女，一個好好的孩子，才多大，您怎麼還打她？看她身上傷痕累累的，您睡覺也安心？也不怕她娘晚上來找您！」

「我呸！」李氏氣得不行。

李氏大喝讓小妞兒的哭聲一下子響了起來，羅紫蘇連忙抱起來哄，小妞兒哭得別提多委屈了，完全被李氏嚇著了。

之前她雖然小，可是對李氏卻也算上是印象深刻了，這時被嚇著，她只覺得委屈。

不要不要，她要和娘在一起，她不要被抱走啊！

看。

看小妞兒哭了，一旁被沈言吵起來的大妞兒連忙過來拍著小妞兒的後背，沈言也過來看。

「妹妹不怕。」大妞兒一邊說一邊拍小妞兒的小手臂，用雙眼狠狠地瞪著李氏。

「妖怪！壞！」沈言小手指直指向李氏的臉。

「你個小雜種滾一邊去！」李氏兇悍地罵了回去。

「大伯母，請您出去！」羅紫蘇惱了，乾脆按族裡的輩分叫，連婆婆都不喊了。「我一個人看三個本就忙亂，您要麼就去吃飯，要麼回家去。我家的孩子，我自己還不捨得罵呢，您一個當伯奶的，打罵得著麼？」

「什麼？妳個不要臉的喊我什麼！」

「喊您伯母怎麼了？按律法，您和我們什麼關係都沒有，只是個陌生人，看在同族的分上喊您聲伯母，有什麼不對的？宗族再大還能大過律法？您要不要去官府問問？」

李氏啞然，看了羅紫蘇半晌，轉頭出去了。

「我吃飯去！」

這樣的厚臉皮！羅紫蘇都無言。

李氏卻不管羅紫蘇的糾結，自顧自地去了灶房裡。

羅紫蘇做了三個蒸蛋，燙了豆芽青菜，又切了蘿蔔絲鹹菜拌了。切了麵條擺好，炒了肉丁醬與雞蛋醬兩種醬，肉丁醬和雞蛋醬都是料足足的，肥瘦相間的肉絲，調味鹹淡適宜，一聞香氣撲鼻。

李氏完全不知道什麼叫做客氣，自己直接去灶房裡把麵條煮了，把醬一拌，一通狂吃，兩大碗醬，肉和雞蛋挑得乾乾淨淨，給孩子的蒸蛋也無恥地吃了，等羅紫蘇把兩個小的、一個大的都蓋好被子出房來，廚房裡已經一片狼籍。

李氏抹抹嘴，從灶房裡出來時嘴邊的油還沒擦乾淨。

她有些心虛地看了眼羅紫蘇，不過隨即理直氣壯。「老二家的給我沏壺茶，我有些吃多了。」

羅紫蘇徹底地無語了，如此極品婆婆，她還能說什麼？斷了親不假，可是在這個村裡即使斷了親也沒辦法完全不認李氏。

給李氏沏了茶，李氏正喝著。羅紫蘇看了眼兩個小的，乾脆把小的放進嬰兒車裡推到灶房去。不為別的，這婆婆真讓人不放心。

大妞兒穿好衣服，坐在炕邊，看到羅紫蘇把妹妹推走，連忙跟在羅紫蘇的身後。

「娘。」大妞兒皺著眉頭擔心地抓著羅紫蘇的衣角。「不送妹妹走。」

她很害怕，奶奶來了，娘會不會和爹之前一樣，把她們送到奶奶家去？她不要去。

「放心吧，不送妹妹走。」羅紫蘇知道，大妞兒看到李氏就會很不安，這是經年累月的陰影，不是一朝一夕能改變的。

大妞兒不安地看了看羅紫蘇，在羅紫蘇安穩帶著溫暖的眼神裡，慢慢安心下來，她掙扎地看了眼嬰兒車裡的沈言，想了想。

「唔，弟弟，弟弟也不要送！」

羅紫蘇忍不住笑起來。她一直知道大妞兒比小妞兒更排斥沈言的到來，小妞兒只是單純地不喜歡沈言黏著她，而大妞兒卻是實實在在地不喜歡家裡再有別的小孩子，尤其是男孩子。

「大妞兒不是不喜歡有弟弟麼？」羅紫蘇挺奇怪大妞兒會不讓送沈言走。

「奶奶喜歡偷偷打人，弟弟送到奶奶家太可憐了。」大妞兒同情地掃了沈言一眼，下定決心道。

羅紫蘇被大妞兒逗得徹底地笑起來，她把大妞兒抱起來，重重地親了一口。

「真是娘的好閨女。」羅紫蘇誇獎。

大妞兒羞澀地笑起來，她摟住羅紫蘇的脖子，靠在她的肩膀上，軟軟地親了親羅紫蘇的臉頰。

「娘是最好的娘！」

沈湛聽到這句話時，心裡一片柔軟。

「老二你回來了！」

李氏自窗口看到沈湛進了院子，直接衝出屋子開始抹眼淚。

「二郎啊，你別覺得難受啊，你爹和你斷親只是氣頭上，他還是認你這個兒子的！你可是娘身上掉下來的肉，哪裡就能不疼呢？你可不能因這個和爹娘生分了啊！」

「是嗎？只是一時氣頭上？」沈湛冷笑。

「是啊！那天寫下斷親書，你爹就後悔了，可他也是為了你好啊，聽說這孩子要不得的，你又何苦非要養著？」

「不用勸了。」沈湛簡短地回答。

李氏嘆了口氣，又道：「你怎麼這麼固執，你這樣子可真像你爹，算了。」

李氏意味深長地嘆氣，又抬眼看著沈湛。「二郎啊，現在不管別的，倒是你妹子的事啊，你說周秀才那個天殺的，居然要三十兩銀子的嫁妝，你從前可是最疼你妹子的，你可不能不管啊！」

「這個我沒辦法管。」沈湛的回答極乾脆，讓李氏直接噎了一下。

「村裡的人都傳成什麼樣子了？可是只要小妹風風光光嫁過去，也就好了。二郎，你家也是有女兒的，若是小妹壞了名聲，恐怕大妞兒、小妞兒也不用嫁了。」

即使斷親，在村裡人看來這也是一宗之女，怎麼都脫不開的事情。小妹嫁不出去或者是嫁得不好了，看大妞兒、小妞兒怎麼辦？

沈湛心裡一股暗怒上湧。雖然知道李氏說的是事實，可是卻也毫無辦法，都是沈家女，即使斷了親，除非帶著孩子去鎮上、縣上，不然恐怕……

沈湛壓下火氣，看著李氏眼中的得意貪婪，心裡氣恨交加。

李氏卻覺得捏住了沈湛的命脈。這兩個賠錢貨可是沈湛的寶，若有這兩個在，沈湛就怎麼也要保住小妹的名聲。想到這個，她的心徹底地定了下來。

這老二可是剛蓋好了大房，聽說那房子氣派又寬敞，怎麼也能賣些銀子，加上地，也就夠她們家小妹的嫁妝了。

「那您說說，這沈小妹的事情，我要如何管？」沈湛緊盯著李氏，一字一頓地問。

「那還用說麼？」李氏神氣活現。「當然是幫我們小妹出三十兩銀子的嫁妝，再打上兩套好頭面做我們小妹的壓箱，你媳婦兒手藝還好，成親那天不用說了，席面都是她辦了。你知道的，家裡這幾年花銷極大，真是轉不開了，你爹手裡可是沒一個銅錢啊！」

「家裡沒這麼多銀子。」沈湛對於李氏的無恥，認知到了一個新的高度。

「你不是有新房嗎？還有地，再不成把這房子賣了。我記得村口邊不是有個荒地，那邊有個茅草屋，是當年村裡人留下的，現在沒人住，你若是賣了房沒地方住，那就和里正說說，住在那裡吧。你與里正家的沈原那般有交情，想來里正定是要給你這個面子的。」

羅紫蘇簡直是驚嘆了！

這李氏是想得有多周到啊，連賣了房子後住在哪裡都給他們一家子考慮好了。

那片荒地的房子她早已看過，連屋頂都爛沒了，門板也被蟲子蛀空，真真是完全的家徒四壁啊！看李氏說得這般順溜，弄不好之前是想這二房分家時最好連院子也不給，直接讓他們一家過去？

一邊在心裡想著，羅紫蘇一邊看向沈湛，只看到沈湛完全無感情的，冰冷的臉。

「我看，你們是太異想天開了吧？」沈湛冷笑。「小妹的名聲與我們有什麼相干？我們斷了親的，算起來也不過是同宗，若是你們不顧小妹的名聲拖著這門親事，恐怕第一個容不得你們的，是村子裡的宗親。」

誰家沒女兒？沈小妹名聲臭了，沈家的女兒們哪個能討得好？

李氏一聽，得意的表情僵硬起來，她伸出手指著沈湛，氣得都在發抖。

「你、你就不怕嗎？哼，我告訴你，你想清楚了，這兩個賠錢貨的將來是什麼樣的？你真不怕她們嫁不出去就好！」

李氏心虛中又帶著幾分氣憤，她扭頭看向羅紫蘇，恨恨地罵道：「都是妳這個狐狸精，也不知道給老二灌了什麼迷湯，從前他多孝順！現在倒好，給自己的親妹子出個嫁妝都推三阻四的，妳是怎麼給老二灌迷湯的？不要臉……」

接下來的話還沒說完，李氏就被沈湛一聲怒喝驚得止住罵聲，沈湛雙目圓睜，瞪著她的眼神兇狠至極，讓李氏嚇得緊緊摀住嘴，退後幾步，臉色驚慌失措。

「趁現在，我還能忍住，您最好快些離開。」

沈湛一字一頓，李氏被沈湛殺意四射的眼睛徹底嚇住了，不敢再多說一句話，轉頭跑走了。

羅紫蘇還沒開口，就聽到大妞兒奶聲奶氣。「娘，妹妹醒了。」

羅紫蘇低頭看去，小妞兒揉著眼睛看過來，眼神帶著迷濛之色，一旁的沈言也被沈湛那聲斷喝吵醒，坐起來仰頭看著羅紫蘇發呆發怔。

「娘！」沈言的聲音清脆，雖然有些迷迷糊糊的，可是顯然已經醒了。「餓。」

「哎呀！」羅紫蘇這才想起來，一家五口的午飯都被掃進李氏的肚子裡了。她連忙讓沈湛幫著看孩子，她動作極快地忙碌起來。

這天，天色正好，羅紫蘇與沈九姑一起坐在新房子的院裡做著針線。

羅紫蘇一家已經搬到了新房子。自搬到這邊，沈湛家與村裡人少了往來，只有沈九姑天天過來與她聊天，在沈九姑的有心交好下，兩人關係倒是親密了許多。

「大妞兒好像挺喜歡吃蒸糕的。」沈九姑一邊說一邊看著大妞兒，小姑娘一身碧色棉布裙，頭上綠色的頭繩、粉色的小珠花，因為低頭咬著蒸糕而一翹一翹的小辮子，看著就惹人憐愛。

「是啊，」羅紫蘇點點頭。「大妞兒喜歡蒸糕，小妞兒喜歡炸丸子。」

小妞兒坐在嬰兒車裡，和沈言一起一人一個炸得噴香的南瓜丸子，兩個人一手一個，你看我、我看你，你咬一口，我也咬一口，你停下了我也不吃了，極有默契的互相監督。

沈九姑看得直笑。

「這兩個小的都是極聰明又有小心思的，真好玩。」

「是啊。」羅紫蘇認同地點頭。「這兩個鬼精鬼精的。」

「說起來，他們怎麼還沒到？」沈九姑一邊說一邊歪頭看了看外面。今天是羅家人過來串門的日子，沈湛很早就出去接人了，結果快兩個時辰了，居然還不見影子。「飯都做好了啊！」

「再等等看，想來是他們有些事情耽擱了。」羅紫蘇笑了笑，心裡卻也有些犯嘀咕。明明一個時辰就能來回的路程，這足足兩個時辰了都不見人，也不知是怎麼了？

沈湛去接羅宗平一家，的確出了些問題。

羅宗平受傷之後，人就有些頹廢，尤其在羅奶奶對他不聞不問之後，更是整個人都不對了。

雖然羅紫蘇發現端倪，勸慰過一番，只是人不是說放下就能放下的，雖然已經下定了決心離開村子，可是心裡卻無法絲毫沒有芥蒂。

沈湛和羅紫蘇選擇桃花村外緊臨雙槐村的地蓋房子，讓羅宗平驚訝之中帶著羞愧。

他對這個孩子是疼愛的，只是，對於羅奶奶的強硬他從來沒有反對過，即使他明知道羅奶奶做的事情對紫蘇來說有多不公平，卻沒有真正意義上的反對過。在羅宗平的心裡，孝道已經成了一種本能，而今，這種本能受到嚴重的自我質疑，他失望了，迷惑了。

如果羅奶奶已經放棄他們三房，那他還能說什麼呢？

自來偏心的羅奶奶讓他深刻地明白一點，就是努力也未必能得到什麼，尤其是父母的關心寵愛。

這是他原本早該明白，卻硬是晚了這麼久才懂的。

今日，沈湛一清早就駕著牛車到雙槐村，想要接他們與羅甘草去家裡。羅宗平現在走路還是不太行，沈湛把自己之前用的枴杖帶了過來，這樣他還能走上幾步。

羅宗平想著去女兒家裡可不能空著手，這段日子，紫蘇沒少幫襯著家裡；不過，家裡的東西大多是女兒帶過來的，難不成還要再帶過去？這成了什麼事了。

因此羅宗平告訴了孫氏一聲，孫氏特別回了趟娘家，帶了娘家特別醃的幾種小菜，從前羅紫蘇可是最愛吃的，放進籃子裡剛想走，結果大房那邊就開始鬧上了。

前幾日，本有個媒婆上門來相看羅百合，想說給繞山村的大戶劉家。繞山村正是孫氏的娘家，孫氏回娘家去拿小菜時被劉家看見，想到這孫氏不正是這羅家的媳婦麼，因而打聽了一下。

這孫氏的娘家爹孫夫子是位老童生，考了多年未果，只在村子裡當個教書先生，雖然沒有兒子，不過日子過得還成，為人有些迂腐古板，說話直來直去沒個拐彎兒。

劉家過來聊天，他哪裡知道要掩飾一二？因而把女兒在婆家的遭遇一一告之，他娘子邊聽邊點頭，還抹了眼淚。

劉家本想著這羅家算起來也是雙槐村的大戶了，哪裡想到羅家居然在兒子受傷後直接分家，把受傷的那房掃地出門，生怕受拖累。

這未免也太不厚道了！這樣的人家教出的女兒，莫不也是個刁蠻成性的吧？劉家又找了幾個嫁去雙槐村的小媳婦探聽，那羅百合個性要強，在村裡名聲也並不怎麼樣，因而哪裡受得住這般打聽？

一來二去的，劉家托了媒婆來說明，家裡兒子年歲太小，還要再等等。

羅百合本是滿懷憧憬等著嫁入劉家的，結果得來的消息讓她氣得直哭。有碎嘴的說起劉家曾經去孫夫子家裡打聽過才會如此，羅百合登時不幹了。

原本劉氏想著這事倒也與三房關係不大，自己女兒什麼樣子她還不知道麼？本就沒想著把她嫁到什麼富貴人家去，找個厚道老實的才好，因而並沒生事。

可她不生事不代表別人不生事。

大房的金氏自來就掐尖要強，這段日子看著三房天天又是肉又是魚，雞蛋不要錢似的由著羅紫蘇往家裡拿，結果只分給了婆婆一些，自己半分沒得上，心裡正窩著一股火。

之後羅百合的事一出，劉氏不肯出頭，金氏卻想著藉著這事狠踩三房一番，最好壓著要些東西才好！

婆婆分家後就變得有些小氣，她和婆婆在一起吃的，這段時日硬是沒見幾次葷腥，她早就饞了！

於是拉著羅百合跑到了羅奶奶面前一通兒地告狀，羅奶奶聽聞登時大怒。

這可是敗壞了羅家女兒的名聲！

這孫氏也太膽大了，孫家這不是欺負他們羅家麼？羅奶奶帶著金氏和羅百合，直奔三房去了。

沈湛這邊正扶著老丈人上牛車，那邊，羅奶奶氣勢洶洶地來了。

「老三，你們給我站住！」

羅奶奶氣呼呼地站在了牛車前，孫氏拿著籃子嚇了一跳，停下動作有些害怕。

「婆婆，這是……」

羅奶奶二話不說，上去就是一巴掌，打得孫氏立即懵了。

「妳個不要臉的，我讓妳敗壞我們羅家，你們孫家也太欺人了！怎麼，嫁進我們羅家妳還委屈了？那妳給我滾回娘家去！」

羅奶奶指著孫氏越說越氣，最後又上去撕打起來，羅宗平氣得臉都白了，哆嗦著喊了一聲。

「娘，您這是幹什麼，孫氏哪裡惹到您了？」喊了幾聲看羅奶奶不理會地抓著孫氏的頭髮撕打，羅宗平連忙對著沈湛喊起來。「快，快去拉開去！」

這時羅甘草拿著棉墊出來，就看到自己的娘被奶奶抓著打，一旁的大伯娘還抓著孫氏的手不讓她反抗，她臉色立即變了，丟了棉墊就衝上去。只是她力小人弱，哪裡是羅奶奶和金氏的對手，不止沒把孫氏拉開，反而被大伯娘金氏狠打了幾下。

沈湛臉色立即變了。

自家媳婦兒多稀罕這個小妹他自然清楚的，看著羅甘草臉上的指印他分外覺得刺眼，這媳婦兒要是知道他看著小姨子挨打，還不生氣？

沈湛上前三兩下就把孫氏和羅甘草攔到身後，羅奶奶婆媳二人登時氣壞，又上前動手撕扯，卻被不動如山的沈湛擋得嚴實，硬是抓不住那對母女。

「娘！」羅宗平用手上的枴杖敲地。「您到底是為了什麼，能不能說一說讓兒子明白！我們三房都分出來了，您還想怎麼樣？逼著我們三房一起去死嗎？」

這話太重了，即使是羅奶奶也不得不強壓下怒火看過去。

「老三你說什麼呢！誰逼你們了？這罪名你娘可擔不起！你怎麼不問問你的好媳婦兒？我們羅家也不知造了什麼孽啊，居然娶了這麼個攪家精！」

羅奶奶唱念做打地拍著大腿，一下子跪坐到了地上開始撒潑。「我自認我這個婆婆沒虐待她啊，結果呢？她居然回娘家不說好話，說什麼我天天虐待她，對她不好啊，還到處敗壞著我們羅家女的名聲。老三啊，百合怎麼也是你的親姪女，你們怎麼忍心啊！」

羅奶奶說著開始大哭起來，一邊的羅百合也應景地開始大聲哭泣，尖銳的哭聲讓已經圍上一些的村民都互相看了一眼，一些不知道的聽到聲音也過來，一時間，羅家門前堆滿了人。

羅奶奶看人多了更是哭得起勁，嘴裡連罵帶說的，把孫氏說得臉頰通紅發紫，整個人都抖成一團。

當兒媳的被婆婆罵成了這個樣子，孫氏簡直有種活不下去的感覺。

「娘！」羅宗平臉色脹得通紅，看著自己親娘的臉色紫如豬肝。「您這是真要逼死我們三房嗎？孫氏嫁到咱家這麼多年，您一共讓她回了幾次娘家？年年過年初二時，都是大嫂、二嫂回娘家，孫氏在家裡做飯侍候著您，她哪裡有過怨言？如今您也不知聽了誰嚼的舌根，就這樣逼她、打她，您這是想讓我們三房人都死絕了才安心，才不拖累您是吧？」

「你個不孝的東西你說什麼！我可是你的親娘，我可曾逼你什麼？」羅奶奶氣得臉通紅的從地上蹦起來。「你受了傷，我養老銀子都不緊著你要，你還有什麼不滿意的？我逼她？我逼她什麼了？」

「娘，您……」

還不等羅宗平說完，羅奶奶的嘴更是連珠炮一般地往外冒個不停。

「都說養兒子是給媳婦養的真是沒錯處，你說說我養了你這麼多年容易麼？給你娶妻生子，生生快要累折了腰，結果你倒好，有了媳婦就忘了娘啊！我就打了她兩巴掌，看看你心疼的，怎麼，我這個娘沒用了是吧？你有兒、有女、有媳婦，還理會我這個當娘的做甚是吧？」

羅宗平嘴笨，哪裡說得過羅奶奶？尤其還有這麼多人這麼多雙眼睛看著，他只覺得臉頰在冒火，整個人都快被怒火燒了起來，可是偏偏不知道怎麼發洩表達，全身都開始顫抖。

羅奶奶看到羅宗平赤紅的眼睛嚇了一跳。這個兒子自來老實嘴笨，懦弱溫和，從沒有過這樣的神情。她不知道泥人也是有三分土性的，她如此一逼，本就對她心生絕望的羅宗平，更是有一種整個人都要爆掉的情緒。

「娘，您不用說了！」羅宗平喘著粗氣，抖著手指了指自己。「我們三房拖累了娘，是我們不對，可是，有些錯我們認，有些錯我們卻是不會認的。孫氏對娘什麼樣，只要不是瞎子、不是聾子自然心裡清楚，我嘴笨不和您辯，只是，娘如今這般對我們三房，我這個當兒子的是您生的，沒辦法，認！可是孫氏可憐，她嫁到羅家沒享過一天的福，天天受苦，我看在眼裡，痛在心裡。如今，既然三房分出來了，以後，咱們各走各路！」

羅奶奶哪裡肯讓步，張嘴還想說話，卻被沈湛狠狠瞪過來的眼睛嚇了一跳。

「爹，把東西都收拾了，走！」

沈湛話不多，就幾個字，羅宗平已經明白了，他的嘴動了動，想要說什麼，卻被沈湛攔了。

沈湛也不多說，喊了孫氏和羅甘草，直接進房裡搬東西。

三房的東西並不多，大多還是羅紫蘇給置辦的，因此收拾被褥、幾件衣服、新鍋新碗木盆什麼的，將將的裝了一牛車。

村裡人都沒走，一邊看，一邊指指點點。

新鍋、新碗，被褥也都是新的，這些日子羅紫蘇來回折騰著，大家都看在眼裡。這羅家三房真是夠可憐的，給爹娘當牛做馬這麼多年，結果呢？鍋都沒分到一口。

村人的嗓門自來不小，羅奶奶聽得臉都青了，可是羅宗平一臉的絕望，完全不看她，只是盯著沈湛眾人收拾東西，等全部放上牛車，他十分乾脆地轉頭上車。

牛車裝滿了，沈湛讓孫氏抱著羅甘草坐在駕車的位置，他走路牽著牛車大步往村外走。

羅宗平在牛車走動之前看了羅奶奶一眼，囁嚅著要說什麼，但是最終，眼神還是歸於平靜，不再說話，扭過頭去，一家人就這麼讓沈湛帶著走遠了。

第二十章

終於在一片午後的陽光下，羅紫蘇迎接來的是一車沈悶的家人。沈湛臉色肅穆，孫氏與羅甘草一臉的掌印、指印，羅宗平臉色絕望，這幾人都是臉色沈重，情緒低迷。

「這是怎麼了？」羅紫蘇連忙迎上去，臉上都是擔憂。

「紫蘇！」看到女兒，孫氏的眼眶一下子就紅了，下車抓住羅紫蘇的手，眼淚成串地落下來。「娘還不知道怎麼回事呢，就被妳奶奶打了。」

孫氏十分委屈，不明白是怎麼回事，怎麼就被打了一頓趕出來了？這些日子她一心照顧羅宗平，又要看顧地裡的活，忙得腳不沾地的，哪裡知道羅百合與劉家結親不成的事，因此她是完全茫然的。

羅甘草多少知道些，因為羅百合不止一次在她面前顯擺過，要嫁到繞山村的劉家，劉家地多人好，也看到媒婆上門。誰知沒多久，就聽到二房那邊劉氏罵羅百合不知遮掩本性什麼的，她本就聰慧，多少猜到一些。

不過她怎麼也想不到，羅奶奶會把這事全部怪到她外家身上，她自幼在姥爺、姥姥身邊長大的，心自然是偏姥姥家的，因此對羅家，怨恨是一定的。

羅紫蘇看出羅甘草怨恨的眼神，卻沒多問，這種事情，想來不是一言半句能說清的，如今她更重視的，是羅宗平心若死灰的模樣。

之前她好不容易才勸好了爹，這又要從頭再來？

羅紫蘇上前扶住牛車，先和孫氏一起把羅宗平扶了下來，又讓沈湛幫著搬東西，還好新房子地方大，屋子多。

羅紫蘇讓沈湛把東西都搬到東面去，上前扶著羅宗平，笑著往屋裡走。

「爹啊，你們搬過來陪著女兒住可真好！您看看，這地方多偏啊，若是等你們蓋了房子怎麼也要兩個月後才能住進來，這兩個月女兒可不是要難過孤單啊，連個說話的人都沒有。娘，您說是吧？」

孫氏聽了看看四周，雖然房子大，院牆高，可是正如羅紫蘇說的，地方是偏了些。

「這倒是，看看，這地方可真夠偏的。」孫氏直點頭。

「這附近只你們一家人，是有些讓人擔心，除了女婿，就只有妳和三個孩子，白日女婿一走，家裡小的小，弱的弱，真是讓人不放心。」

聽了孫氏的話，羅宗平振作起精神轉頭四顧，心裡也肯定羅紫蘇說的。

地方好是好，就是偏僻了些。看著周圍，距離最近的房子也挺遠的，倒真應該過來陪陪女兒一家子。

「正好妳娘幫著妳看著孩子。」羅宗平一開口，羅紫蘇和孫氏就放心了。

「甘草，去幫妳姊夫把東西都搬回屋去，好好收拾一下，他心粗，收拾不好。」
「她一個孩子家家的會收拾什麼，還是我去吧。」孫氏不放心，拉著羅甘草去了。
羅紫蘇扶著羅宗平到正房的廳裡，讓羅宗平坐在她特別讓沈湛製的一個短木榻上，上面已經鋪好棉墊，坐躺皆可。
「爹，您休息一下，自己家不要客氣。」
羅紫蘇勸了一句，原本羅宗平還想坐著，可傷處有些隱隱作痛，還是聽了勸躺下，就怕萬一傷勢加重，豈不是又給女兒添了麻煩？
看羅宗平還算聽話，羅紫蘇放心了。
幫著給羅宗平蓋了薄被，又擺好竹枕，讓羅宗平舒服地躺下，就聽到了裡屋內小包子哼哼唧唧的喊娘聲。
「爹，您等等，我去把孩子們帶出來。」
羅紫蘇連忙進房去，把三個小包子收拾乾淨帶出來，讓大妞兒看著弟弟妹妹小心喝水。
大妞兒自搬了新家後就和在老房子有些不一樣，更懂事，也更開朗了，每天幫著羅紫蘇照顧著兩個小的，天天都開心，笑得唇角彎彎的。
現在睡醒了，自己先把衣服穿好，得了羅紫蘇的誇獎後開心不已，先羅紫蘇一步跑到廳裡。
看到羅宗平她也不怯怯的了，她記得，這是姥爺。

喊了人，得了羅宗平的一個笑，大妞兒乖乖地跑到桌子前，爬到了凳子上去拿水杯。

「姥爺，您要不要喝水？」大妞兒眨著大眼睛問。

「姥爺不喝。」看著大妞兒，羅宗平一陣恍惚。他還記得，當年羅紫蘇的樣子，乖巧又懂事，讓他喜歡又心疼，明明和丁香一般大，卻比丁香還要懂事又愛笑。

想到羅丁香，羅宗平心中一驚。也不知他們這般離了雙槐村，會不會影響到丁香？

想什麼來什麼，羅宗平正想著，就聽到了房子外，羅丁香氣急敗壞的聲音。

「爹！爹、娘，你們怎麼回事啊！」

羅丁香趕路趕得急，額頭一門兒汗，她匆匆趕來，身後跟著的是她的相公蔣順。

「丁香妳慢些說。」蔣順勸道，羅丁香卻白了他一眼，一把將他推到一邊。

「娘！」羅丁香氣呼呼的。「您和爹是怎麼回事啊？怎麼跟大伯娘和奶奶吵起來了？你們這樣不孝，讓我以後在村子裡怎麼立足？人家怎麼看羅家三房的女兒啊？」

這話一出，孫氏一呆，

羅紫蘇卻一點兒也不意外。在原身的記憶裡，羅丁香個性極為自私，從來不會為除了自己以外的任何人考慮。

羅丁香深怕羅宗平一房這樣離開，影響到自己，是再正常不過了。

孫氏有些難以置信，她看著自己自小疼愛的女兒，有些接受不了。「丁香，妳這麼急的跑過來，就是為了這事？」

「當然是為了這個！」羅丁香氣得不行。「娘您也真是的，奶奶就是那個脾氣，您不會服個軟，奶奶打兩下出個氣也就行了，您倒好，非要把這事鬧得這麼大，這樣子奶奶下不了臺，當然就只能讓你們走了。你們快趁著這事沒落定，爺爺還沒回家，您和爹回去磕頭認錯，跪上一個時辰，奶奶一定消氣！」

「丁香！」孫氏氣得胸口疼。「妳讓我和妳爹回去跪？妳爹腿傷了妳不知道嗎？」

「知道啊！」羅丁香不在意。「就是爹受了傷，估計跪一個時辰奶奶就會讓你們進屋了，多好！要不你們光跪奶奶一定消不了氣，這傷正好。」

羅宗平在廳裡聽著，臉色變幻著，說不出什麼話來，只覺得心頭堵得難受。

自己這個女兒，明明與紫蘇是一起養大的，可是為什麼卻是南轅北轍的性子？一個自私自利，一個軟弱善良，不過，好在紫蘇的性子變得強硬一些，羅宗平覺得這是件好事。一個女子，不能過於強硬，可也不能過於軟弱，他覺得現在的羅紫蘇，剛剛好。

「丁香，妳這樣說妳有沒有良心？」孫氏傷心不已。「妳自己說說，自妳出嫁，每次回娘家，不是要東西，就是拿東西，從來沒問過爹娘一句好不好。妳爹受傷到現在，妳回家裡看過他一次嗎？」

「還不是爹娘你們莫名其妙地就同意了分家！」羅丁香埋怨不已。「你們這樣分了家，我回娘家去哪房才是？明明大伯娘為人那麼好，奶奶也疼我，你們偏和她們分了家，這讓我怎麼辦？我也很為難啊！」

「羅丁香，從今以後妳不用為難！」羅宗平喘著氣站在廳門口，羅紫蘇在身邊勸著，可是羅宗平完全不聽。「明天我就去找里正和族長，把妳過繼到大房去，以後妳就認妳大伯娘當娘，妳大伯當爹，這樣妳就不用為難了！」

「真的？」羅丁香眼睛一亮。「那可好，大堂哥可是家裡最有出息的呢！爹，您真肯？」

羅宗平氣得說不出話來，他抖著手指了指。「對，我肯。妳回去與妳奶奶和妳大伯娘商量吧，若她們也同意，妳就讓順子過來告訴我一聲，我明天去找族長與里正，把妳過繼過去！以後妳就不用回三房了，既然看不起我們，我們又何必束著妳？」

「爹，您這話說的，哪裡是女兒看不起你們。」羅丁香這才覺得心裡過意不去。「這真不是，只是你們一直和奶奶她們鬧。您想啊，我小時候可是跟著奶奶長大的，自然和奶奶親近些。」

「妳說得對。」羅宗平只覺得疲累不已，點了點頭。「我們不束著妳了，只當當年只生了紫蘇就是了。」

羅紫蘇在一旁看得目瞪口呆，她是知道羅丁香自私，可是她怎麼也想不到羅丁香會這般極品。想來，前身還是沒能真的了解到羅丁香的境界吧？

看著羅丁香如此，孫氏淚如雨下，她抖著唇看著羅宗平，卻被羅宗平揮手止住話頭。

「別說了，我知妳十月懷胎，生了她養這麼大捨不得，可妳想想，這麼多年，她有沒有當妳我是爹娘？如此，倒是我們耽誤她了，就讓她該做什麼做什麼吧！」

羅甘草的眼睛一直緊緊盯著羅丁香不放，在聽到羅宗平的提議，而羅丁香居然是這個反應後，眼睛瞪得極大，無法相信之餘，更多的是憤恨不休。

羅丁香得了這事，哪裡還對羅宗平夫妻有半分不滿，笑吟吟地道：「那爹、娘，我回去與大伯娘她們商量一下，到時讓順子給你們消息。順子，走了。」

蔣順臉色說不上來是什麼，他有些茫然地看了眼羅丁香，又看向羅宗平。

「爹？這是……」

「順子，不用說了。」羅宗平搖搖頭。「我已經想好了，你和丁香好好過日子，不要因為我們耽誤了你們。」

蔣順還想說話，可是羅丁香卻已經不耐煩了，她一扭身狠瞪了蔣順一眼。

「我都要走了你還怔著幹什麼？怎麼，看到我紫蘇妹子捨不得了？」

「丁香妳胡說什麼呢？」蔣順的臉脹得通紅。

「你的心思我不知道麼？哼，吃著碗裡看著鍋裡，不是個好東西。」羅丁香罵完扭身跑了，蔣順連忙道歉幾句，追了出去。

看著那對夫妻跑遠，感覺到了沈湛望過來的視線，羅紫蘇回以無辜的眼神。

躺著也中槍……

羅宗平說完這些話，人再也堅持不住，直接往地上倒。一旁的沈湛連忙上前接住，半扶半抱地把老丈人送入房裡。

羅宗平躺在床上，喊孫氏進房，讓羅甘草也進來，說是有話說。

羅紫蘇覺得心裡有了不祥的預感，她快步跑進廚房，趁著沒人時進了空間，帶出一小盆空間的水，拿起杯子，裝了滿滿一杯去羅宗平的房裡。

羅宗平臉色一片死灰，整個人似乎都沒了生氣，羅紫蘇連忙示意讓沈湛去請大夫，她拿著水上前給羅宗平。

「爹，您別急，先喝了水。」

羅宗平搖搖頭，看著孫氏。

「以後，我要是走了，妳記得，就當丁香是抱來的，紫蘇是妳親生的，知道嗎？」

「是。」孫氏點頭，淚水不由得流下來，看著羅宗平臉若死灰的模樣，她泣不成聲。

「爹，您快喝水啊！」羅紫蘇大急，拿著水杯要餵給羅宗平，羅宗平卻只是搖頭，抓著羅紫蘇的手吃力地說話。

「紫蘇，當年爹對不起妳，嫁給沈二郎，本也是對不起妳的事，不想倒成了好事。沈二郎為人義氣，對妳疼惜，雖然有三個孩子要照顧，但是看著都是懂事乖巧的，爹也就放心了。只是，爹不放心妳娘……她性子軟，受欺負從不吭聲，妳要幫著爹……看……顧她。」

羅宗平吃力地喘了喘，接著道：「甘草、甘草性子急。妳弟弟現在有些……有些擰，鑽牛角尖，妳的弟妹們……交給、交給妳了……」

話還未說完，羅宗平已經暈了過去，孫氏看了只覺得心神俱裂，撕心裂肺地哭起來。羅甘草也哭了，羅紫蘇急得不行，喊了兩聲，孫氏只是埋頭哭，什麼話也不肯聽。

「甘草！」羅紫蘇急得直跺腳。「給我停下來！」最後一聲太過尖銳，讓孫氏和羅甘草都停止哭泣，兩人呆呆地看著羅紫蘇。

「爹只是有些背過氣了，快幫著我把水給他灌下去！」

羅紫蘇終於有機會說話，孫氏聽了呆呆點頭，三個人手忙腳亂地幫著給羅宗平餵水，剛喝下半杯，沈湛帶著大夫回來了。

沈湛看到羅宗平的臉色也是有些驚訝，羅宗平之前明明傷勢已經好轉，怎麼會突然就這般？

田大夫本是桃花村的走方郎中，被沈湛連拉帶拽地跑過來，整個人覺得氣都喘不過來了。

深吸了幾口氣，平復了些呼吸，他伸出手搭上羅宗平的腕脈，脈象讓他的眉頭深深皺了起來。

「脈象如此混亂。」田大夫皺著眉頭。「病人身體怎會虧虛如此嚴重？別看他是壯年，但是身體已經被掏空了，再不好好養著，恐怕就是短壽之相。」

田大夫的話讓羅紫蘇與孫氏皆倒吸一口氣，沈湛卻是心中有數。

丈人在羅家幹的活是最多的，看也知道，吃的定是最少、最差的，如此身體怎麼會好，怎麼可能好？如此受損，真的只能好好養著了。

此時沈湛心裡已經轉了無數個心思，盤算明日上山打獵時採些草藥，只等一會兒問問田大夫哪些草藥能對症。

這邊，羅紫蘇看著孫氏哭得更兇的模樣，只是頭疼地揉了揉額頭。

「田大夫，那您看看，我爹他脈象如此混亂，可怎麼好？」

「應該是無礙。」田大夫撫了撫鬍鬚，仔細的撫著脈象。「好好養著便是。」

羅紫蘇聽了心頭一塊石頭終於落了地。

田大夫又看了看羅宗平的傷處，重新上過傷藥，開了個藥方，說明要好好休養、少勞動才是，這才出了房門

沈湛跟在身後，在離房子有段距離後才詢問田大夫，他想到的幾種草藥對羅宗平是否有好處？

「好小子。」田大夫笑咪咪的。「這老丈人當成親爹來孝順，你可是個好的！」

「你說的這幾種草藥都很好，不過有兩樣先不要用，那藥性過於橫，是虎狼之藥，你老丈人現在的身體可是受不住的。」

田大夫開始滔滔不絕，把剛剛沈湛詢問的幾種草藥一一說明，並且又說了幾種沈湛不知道，但是讓羅宗平用應該很不錯的藥，說得起勁兒，還用紙筆把那幾種藥畫出來，以防沈湛認錯。

沈九姑此刻正等在桃花村的村口處，手臂挎著個小籃子，張望著村路，遠遠地看著田大夫進了房子裡，又出了房子，守在村口處，等著偶遇。

之前因天色過午，沈九姑就先回了家。她費了多少功夫又想辦法死纏著，這才讓羅紫蘇對她不再防備，她可不能表現得太急切。

哪知剛進了家門，就看到沈福懶洋洋地躺在炕上。

「這幾天妳挺忙啊？」沈福不樂意了。這幾日他日日來，硬是沒堵到這個小寡婦，惹得他心頭冒火，今天乾脆翻牆進了院子裡來等，果然，終於等到人了。

「是挺忙，這不，給你做了件衣服呢！」沈九姑一邊說一邊把針線籃子拿出來，裡面放了一件深藍的粗棉衣裳。

「喲！」沈福自然挺高興，摟著沈九姑一陣調笑。

兩人折騰了半天，沈福呼呼大睡，沈九姑走去院中拿木盆想要洗澡，卻聽到沈湛急切敲響田大夫大門的動靜。

田大夫家距她家不過只隔了條村路，她隔著門板聽著動靜，聽到沈湛急切地抓著田大夫快步走了，沈九姑登時待不住了。

雖然腰酸肉疼的，可她還是洗了澡換了身衣服，不管躺在炕上的沈福，一心在村路前走來走去，看著沈湛家新房的方向，焦慮不已。

還好沒多久，田大夫終於揹著藥箱出現了。

「田大伯！」

這時已快是日暮西落，晚霞映雲，田大夫被這冷不丁的一喊嚇了一跳，從路邊竄出個人影來一聲嬌呼，頭髮半披，不要太嚇人啊。

「妳、妳是九姑？」

田大夫差點大喊有鬼了，抬眼看到是住在對門的沈九姑，這才穩了穩心神。

「妳在這裡做什麼？」

「田大伯，我最近有些著了風寒，想請您幫著我診診脈。」沈九姑陪著笑道。

「那妳就在家門口等著就是，這村口人這般少的。」

田大夫驚魂未定地說，接著，揹著的藥箱下滑了一下，他幹脆拎到手裡。

「走吧，到我家裡，我給妳好好診脈。」

「好。」沈九姑應了，跟在田大夫身邊。

田大夫年歲大了，看人也自是不同，雖然沈九姑名聲不好，但他一個年近六旬的老頭子了，倒也沒避什麼嫌。

「田大伯這是去哪裡了？」

「去沈二郎家了。」

「二哥病了？」

「那倒不是。」田大夫嘆氣。「是他的岳父！唉，身體虧空，今天有些兇險，好在已經緩回了神，不過要好好養了，看二郎的意思，想來是要讓岳父在他那房子裡好好養著了。那羅家三房倒是有福氣的，有二郎幫襯著，這日子怎麼都過得起來。」

一邊說一邊走著，兩人很快到了田大夫的家，胡亂讓田大夫診了脈，田大夫奇怪地說她並未染上風寒，只好讓沈九姑喝些薑水。

沈九姑走後，田大夫撫著鬍子恍然。

這小寡婦，莫不是惦記上了沈二郎？不會吧，二郎可是有娘子的人了！

沈九姑回到家裡，就聽到了炕上鼾聲大震，走到屋內，看著沈福呼呼大睡的臉，她臉色不怎麼好看。

明明是一家人，一樣姓沈的，怎麼就差這般多呢？

沈九姑心頭懊惱，那邊門板被人擂響，聲聲拍得極大，接著是花嫂子的大嗓門。

「九姑、九姑！快開門！」

沈九姑連忙上前開門，臉上全是驚喜。

「花嫂子，正想找妳呢，妳怎麼就來了？快，我們去妳家裡。」

「做啥去我家？妳家怎麼了？」花嫂子有些懵，不過在聽到房裡鼾聲響震天後就懂了。

「喲，這是哪個兄弟啊？這聲兒，夠有勁兒的。」

花嫂子用手臂推了推沈九姑，笑得一臉曖昧，沈九姑撇撇嘴，轉頭掃了屋裡一眼，用手摸摸袖口那塊沈福剛給她的銀子，咬了咬牙。

「走，嫂子，有事和妳說呢！」

花嫂子不情願地點了點頭，和沈九姑往自家方向走了。

不管沈九姑如何與花嫂子謀劃，這邊，羅紫蘇已經幫著孫氏把西廂房裡的東西都收拾好了。

原本是想著讓羅宗平諸人住在東廂裡，可羅宗平哪裡肯？只讓羅甘草與孫氏把西廂房收拾好，帶著一家人住了進去，羅紫蘇還特別幫羅春齊也留了間房間。

羅紫蘇晚上做飯時也是用空間裡的水，羅宗平吃了晚飯後，有些急促的呼吸緩和了一些，明明有些睏倦，卻不肯睡。

開始時，羅紫蘇不明白羅宗平等什麼，不過蔣順上門後，她終於懂了。

蔣順到了院門時，說不出的心頭憋悶與窘迫。

他自幼孝順，著實做不出自請出戶，只求能得好處的事，丁香做的事情，他想也想不到。

之前他還想著丁香會在羅奶奶面前求個情，哪知聽了丁香在羅奶奶與金氏面前說的那些話，著實讓他無法接受。

什麼大堂哥是族中翹首，什麼以後定會有大出息，蔣順簡直無法相信，那個一臉貪婪與虛榮的女子是他的媳婦兒，是他的娘子！

可是，他總不能因為自己娘子就要出繼而做出什麼事來，明明看不過眼，他也無法插嘴，媳婦兒娘家的事情，他只能看著，無立場去反對。

再不願意，他還是拍響了沈家院門，低著頭對著羅宗平說羅奶奶與羅宗貴、金氏皆不反對羅丁香過繼的事情。羅宗平一臉平靜地點頭，說是明日就去族長家裡改族譜，明日羅宗貴一家人與羅丁香過去就是了。

說完了話，蔣順一臉羞愧地走了。

羅宗平等蔣順走後就回房休息，羅紫蘇這才明白，原來，羅宗平一直在等著蔣順。

若說羅宗平對羅丁香半點兒不留念那是不可能的，只是，自羅丁香當年硬是逼著羅紫蘇幫她履行婚約之後，羅宗平就有些失望。這麼多年，一件一件，都讓羅宗平對於羅丁香無法再生疼愛。

更多的，是失望。

第二日，天色剛放亮，羅宗平就醒了。

他起床後不久，沈湛自地裡匆匆歸來，他本應在天不亮時入山打獵午時再歸，不過今天羅宗平要回雙槐村，他只好早些回來，只是去地裡看顧一二，並未進山。

沈富貴早早就過來了，今日去地裡幹活時遇到沈湛，得知了羅家的事，他倒是放心了。

之前看沈湛的新房子如此偏僻，他與富貴嬸子還商量著白日裡讓富貴嬸子與沈安娘常過來看顧，如今有了羅宗平一家，他們也就不用再掛心。

聽說了羅宗平身子不好，沈富貴連忙回家去，取了些肉與蛋送過來，東西不多，一些心意罷了。

羅紫蘇連忙接了東西，又問了沈安娘的身體，拿出些桃膠給沈富貴，讓沈富貴回去給她補身體。

沈富貴有些抹不開臉，送的東西本就不值幾個錢，偏收又了羅紫蘇的好東西。不過，前些日子安娘吃了紫蘇給的桃膠，居然眼瞅著臉色好多了，之前臉上臘黃，現在看著褪了些黃氣，田大夫也說安娘的身子見好，因而他看著那一小包桃膠猶豫起來。

「富貴叔何必與咱們客氣，都是一家人，以後安娘的身子好了才是大喜，到時富貴叔再好好謝我就是。」

羅紫蘇的話讓沈富貴臉上的表情都笑開了花。他這半輩子，只得了安娘這一個女兒，偏病歪歪的，女婿都找不到，要是真能把身子調養好、找個好女婿，他們兩老也能安心了。

「那、那我就拿著了。」沈富貴萬分感激。「一會兒我幫著送親家回村。」

羅紫蘇笑著應了。她知道沈富貴為人老實憨厚，欠不得別人人情，不讓他幫忙做些事，恐怕真會心中惦記。

羅宗平木著臉，孫氏抹著淚，羅甘草眼泛冷光，一家人坐著牛車，由沈湛陪著回了雙槐村，改了族譜，讓羅丁香從此成了長房的二女兒。

自族長家裡出來時，金氏的心情陰得可怕。

子女過繼，自來就是兩房父母皆到場的。金氏本就有女兒，對於羅丁香，只不過是面兒情，如今羅奶奶也不知怎麼想的，昨兒個羅丁香幾句好話一說，居然就把羅丁香過繼到他們長房來了！

真是可笑！

不說別的，單說羅丁香的性子，金氏就怎麼都喜歡不起來，也不知自己的相公在想什麼，羅奶奶在他耳邊說了幾句話後，居然就這樣同意了！

心中不喜，金氏卻也不敢把臉掛得太明顯，事都成了，她若是再表現出不滿，可把這一家子都得罪了。

孫氏臉色有些木然，看著羅丁香一臉的歡喜地叫著羅宗貴與金氏爹娘，那親熱的樣子，她從來沒有見過。

這女兒，真是白養的！

羅宗平早料到會是如此，心裡雖不舒服，倒也不再在意了。下定了決心，羅丁香，就當她是大房的吧！

沈湛看事情辦完了，帶著羅宗平等人上了沈富貴的牛車，剛走到村口，就遇到坐著另一牛車歸家的羅春齊。

沈湛這才想起來，把老丈人一家接去住，還沒告訴羅春齊呢。

羅春齊看著這一家子坐著牛車往村口來，一時有些茫然。

「爹、娘、姊夫，你們這是去哪裡？」羅春齊一邊問一邊自牛車上跳下來，遞了兩個桐板過去，轉身走到沈富貴的牛車邊。「富貴叔好。」

「誒，齊哥兒這是休沐了？」沈富貴看到讀書人就肅然起敬，之前送過羅春齊，這時看到登時有些緊張，連忙點頭應了。

「是休沐了。」羅春齊一邊說一邊抬眼看車裡，看到羅甘草嘟著張嘴看他。「甘草，怎麼了？」

「哥哥你上車來。」

羅甘草招手，羅春齊看羅宗平點頭，連忙跳上車，沈富貴駕車走了。

羅甘草說話又快又有條理，很快把事情來龍去脈說了一通，羅春齊的臉色越聽越難看，最後簡直就是陰得滴水。

「羅丁香，出繼了？」

「齊哥兒怎麼這般無禮？那是你姊姊，即使出繼了，也是你堂姊，不能直呼名字。」孫氏抹著淚說，卻看到自己兒子更加憤怒的模樣，嚇得收聲不提。

「她的良心都被狗吃了，還想讓我認她當姊姊？」羅春齊臉色鐵青。「她既看不起咱們三房，不當我們是親人，我們何必當她是親人！」

孫氏囁嚅不說話，羅春齊看著自己的娘，真的沒辦法給好臉色。「娘，您能不能別這般的好欺負？那是您生的沒錯，可是她現在當您是她娘嗎？」

孫氏低頭又開始哭起來，羅春齊挫敗地看著自己的娘親，抹了把臉轉過頭。「姊夫，真是麻煩你了，等我賺到蓋房子的銀子，就馬上搬走。」

「你這小子！」沈湛輕輕推了羅春齊的腦袋一把，平日裡冷淡的臉難得有了笑意。「和姊夫不用這般外道，讓你姊姊看了，還以為我苛待你呢，到時可慘了！」

沈湛難得打趣，羅春齊難看的臉色終於有了笑意。他知道沈湛是想讓他心裡好受些，可是身為家裡唯一的兒子，他的壓力是怎麼也無法減輕的。

到了新房處，羅春齊扶著羅宗平下了牛車，看著沈湛新蓋的房子，頗有些呆怔。

他知曉自己的姊夫能幹，姊姊變得比以往精明，可是能蓋出這樣的房子，倒真是在他的意料之外。

羅春齊在新房裡陪了爹娘兩天，又匆匆回去鎮上的學堂。

這段期間，出了無數的狀況。他想要不再讀書，幫襯家裡，這念頭被羅紫蘇與羅宗平強力鎮壓收拾，最後羅春齊發下宏願，要用科舉與長房定輸贏，這才肯回學堂裡。

羅春齊離開後沒兩天，羅紫蘇拿出了放了近月餘的桃花酒查看。

酒液淡紅，帶著醇香，幽幽淡淡的，口感香醇，頗有些後勁兒。羅紫蘇託沈湛去鎮上買的細白瓷小酒罈，一罈裝一斤，羅紫蘇先裝上了三斤，和沈湛去了鎮上的酒樓，打算推薦一下自己的酒。

只是，羅紫蘇剛要出門，沈九姑帶著針線筐過來了。

「紫蘇妹妹要去哪裡？」沈九姑一邊問一邊自籃子裡拿出蒸糕。「大妞兒看看，有妳最喜歡的蒸糕呢！來，拿一塊兒去吃吧！」

大妞兒眨著眼睛看著沈九姑手裡的白糖蒸糕，卻不馬上接過，而是扭頭用詢問的眼神看著羅紫蘇。

「九姨給妳的，妳就拿著吧，要道謝。」羅紫蘇柔聲道。

「謝謝九姨。」大妞兒一邊清脆地道謝，一邊接過蒸糕。

羅紫蘇笑著與沈九姑說了幾句，說起要去鎮上，沈九姑的眼睛一亮。

「紫蘇妹子要去鎮上？不知能不能捎帶我一程？我想著要去抓服藥來，最近有些不舒服呢。」

「不過是帶妳一程，有什麼不行的？」羅紫蘇爽快地應了，沈九姑連忙把針線筐自籃子裡拿出來放在一側，拿起空籃子跟著羅紫蘇去坐牛車。

一行人到了鎮上，各自分頭做自個兒的事。

羅紫蘇與沈湛去了兩個月前鎮上新開的酒樓。

傳說這祥慶酒樓的老闆是縣上有名的王家，那王家乃是大戶，家中本是詩書傳家，後來祖墳冒了青煙，父子兩人都中了舉，去了京中當了大員。

衣錦還鄉時，在族裡修了宗祠祭田，後一連六代，都有中舉的讀書人。這王家的老宅子就在縣上，族裡人丁興旺，有些讀書沒什麼天分的族人，就打理族中產業，這祥慶酒樓，就是王家的產業之一。

酒樓由王家外房的五爺打理，這日，王五爺正在鎮上與掌櫃商討要事。

孫掌櫃臉色發苦地看著五爺直打揖。「五爺您是不知道，這鎮上少有好酒，即使有稍微好些的，也是價太高，這酒，最好還是自縣裡往這邊運才好。」

「你當我不想？」王五爺撫了撫鬍子。「只是自縣裡往這兒運可不是常事，你是不知道，前兒有漠北的軍使傳訊進京，京裡已經有消息傳過來了，過不了多久，恐怕就有戰事了。」

「不會吧！」孫掌櫃大驚。「不是都傳說漠北已經被顧家軍……」

「顧家軍？」王五爺冷笑。「現在，哪裡還有什麼顧家軍？」

孫掌櫃啞然。

之前有顧將軍守在漠北，顧家軍看顧邊疆四十年，邊疆從未被漠北的韃子越線過；如今，顧家軍不在，就是不知，當今聖上會派哪位將軍來應戰？

「好了，莫談國事，我們還是說說這酒……」

王五爺話音還沒落，一個小夥計已經跑上了二樓包間。「五爺、掌櫃的，樓下有對小夫妻來賣酒，您要不要看看？」

「賣酒？」

王五爺與孫掌櫃異口同聲，兩人互看一眼，倒也稀奇。這也算瞌睡了有人送枕頭，只是不知這酒到底如何？

孫掌櫃下了樓，就看到沈湛夫妻正坐在酒樓裡的客位上，如今太早，酒樓也是剛營業，廳裡一個人都沒有。

「請問，是你們要賣酒？」孫掌櫃一雙眼睛先是在沈湛身上打量了一番，對羅紫蘇只是匆匆一瞥。

「是。」沈湛點頭，直接拿出小酒罈遞了過去。

白色的薄瓷酒罈，內裡淡紅的酒液映出些粉色的光，倒是挺吸引人。

孫掌櫃打開酒塞，一股幽淡的醇香飄散開來。

「這是什麼酒？」孫掌櫃臉上閃過驚訝。

「這是桃花酒。」

羅紫蘇回答，孫掌櫃狐疑地看了羅紫蘇一眼，又看了看沈湛。

「兩位隨我上樓，我請我們老闆品酒，若好，到時再訂，你看如何？」

「好。」沈湛點頭應了，兩人隨著孫掌櫃上樓。

進了包間，裡面坐著一位一身綢裳的中年男子，圓臉濃眉，倒是看著有些福相。

「五爺，您看這酒。」

孫掌櫃遞過去，王五爺拿過來仔細地嗅了嗅，又讓孫掌櫃倒在杯中一些，細細品了，點點頭，露出滿意的眼神。

「這酒想賣多少錢？還有貨麼？可否定時送貨？」

王五爺的反應不出羅紫蘇所料，這酒在現代時就極受歡迎，而今她用空間的水釀造，又有老桃樹的花瓣，更不用說現在這裡的桃花都是無污染的，清幽香甜，釀酒再好不過了。

沈湛對於王五爺的問話一句也答不出，只是看著羅紫蘇。

「這酒自是有貨的，只是五爺您知道的，好酒貴精不貴多。定時送貨也是沒問題，不過最好還是貴樓的夥計上門取貨為好，我們夫妻家中有幼子、老父，實在是脫離不開，至於價格嘛……」

羅紫蘇一邊說一邊在腦子裡盤算，王五爺看著羅紫蘇精明的眼神，突然有種不祥的預感。

這種馬上就要被人宰上一刀的感覺，是怎麼回事？

看著羅紫蘇與沈湛微笑著有禮地道別，王五爺牙根發酸。

孫掌櫃表情更是絕望。他真是看走眼了啊，那小娘子真是太狠了。

「五爺，為什麼要答應他們這般苛刻的條件？這酒還沒賣呢，居然這價錢抵得上縣城裡的梅花白了！」

「你也嚐了這酒，你說說，你喝過如此香醇的酒嗎？」王五爺輕笑，孫掌櫃立時熄了聲音。

第二十一章

另一邊，沈九姑進了一家藥鋪，對著坐堂的大夫露出一抹愁苦。

「大夫，我最近總是夜裡睡不著覺，能不能給我些安眠的藥粉？」

坐堂的大夫看了看沈九姑。「小娘子並未有失眠之癥狀，不如給妳請脈看看？」

沈九姑心裡一驚，站起來搖搖頭，那大夫還想說話，卻聽後堂有人喚了一聲梁大夫，那大夫急步去了後堂。

沈九姑蹙著眉，一旁負責抓藥的小夥計悄步走了過來。

「小娘子要安眠的藥粉？我倒是有，不過貴了些……」

沈九姑握著裹在袖口裡的藥包，正等在城門口，看到沈湛兩口子一前一後地走過來，卻是兩手空空，一時有些驚訝。

「紫蘇妹子，妳不是說賣了酒要給家中置辦一些東西麼？怎麼就這麼空著手回來了？」

羅紫蘇這才反應過來，又看了看還在恍神的沈湛，直接把自家相公往城門邊上推。

「你等著吧，我和九姑去買些東西回來。」

沈湛呆呆地點頭，直到羅紫蘇拉著沈九姑走遠，這才回過神。

之前他就知道羅紫蘇為人有幾分強勢，而今天，面對王五爺與孫掌櫃兩人聯手，自家媳婦兒卻依然能夠把酒賣出二兩銀子一罈的天價，這簡直讓他驚呆了。

縣裡最好的梅花白，也只不過是一兩銀子一斤啊！

這媳婦兒太能賺錢，他未免顯得太沒用了吧？沈湛正在這邊糾結著，那邊的羅紫蘇已經拉著沈九姑進了雜貨鋪子。

之前她就打聽過了，這家鋪子裡的海貨不少，在這偏北的地方，海貨可是稀罕物。

不過，即使是號稱全鎮海貨最全的雜貨鋪子，也不過就有些海帶、乾蝦仁與一些貝肉罷了。

羅紫蘇各自買了半斤，又買上紅糖、大棗、桂圓、枸杞等物，還有調料及碗盤。

家裡雖然有羅宗平他們帶來的，可卻還是不夠，加上住的地方遠離村子，一些不能臨時借的東西自然要準備足一些才好。

沈九姑看著羅紫蘇買這個、拿那個，買了海貨再買調料、補品，又去給幾個小的選衣服，一樣一樣，結帳時眼睛都不眨一下。

等她們拎著東西，大包小包地奔到城門，日頭升高，已經快午時了。

「快些往回走吧，幾個小的還不知道鬧騰不呢！」羅紫蘇快速說著，拉著沈湛直奔牛車。

一行人上了車，回到新房子，羅紫蘇讓沈湛停了牛車，把東西搬下車，又讓沈湛送沈九姑回村子去，這邊離村子遠，讓沈九姑頂著日頭回去不太好。

沈九姑羞答答地坐著車子上，沈湛在前面趕著車。

「二哥，聽說你打獵可是把好手呢！村裡的人都說你武藝高強，若是戰時，定然也能當上一代名將！

「二哥，兩個小姪女真是可愛，能不能哪天讓我抱回家裡，好好親香親香？

「二哥，這幾日你是不是沒時間去打獵了？也是呢，這新房子還沒住熱就搬來一大家子，這可真是……

沈湛如老僧入定般波瀾不驚，對於沈九姑說的任何話都不給予回應。

「二哥，呀！」

牛車車輪不知輾到了什麼，突然一顛而起，沈九姑立時一副坐不穩的樣子，輕呼一聲，軟倒向沈湛。

沈湛動作極流暢地自牛車上跳下，快走兩步，牽住牛車的轡繩。沈九姑本是有些矯情，結果身體當真失了平衡，一下子摔了下去，鬧了個灰頭土臉。

沈九姑帶著幾分狼狽地起身，臉色窘迫；而沈湛完全一副「這就是個意外我看不見」的表情，閒適地輕甩了牛旁邊的小鞭子一下。

此時沈九姑已經完全沒了心情自說自話，牛車一片寂靜。

羅紫蘇還沒把東西都挪到院子時，就鬧開了。
新蓋的院子院牆還嶄新的，李氏一路與周氏一同走來，眼睛在看到院牆時瞪得滾圓。
等拍開了門，讓孫氏請進院子時，更是目瞪口呆。
之前就聽村裡人說了，這二郎新蓋的房子多好、多寬敞，看著多氣派，李氏是帶著幾分不以為然的。
這輩子大場面她也不是沒見過，可是，這樣格局的房子李氏倒是第一次在村裡見到。
原本帶著幾分驚訝的心情在看到了孫氏一家子時，立即變得惡劣。
李氏極不滿。
這房子說起來怎麼也是沈家的，結果他們姓沈的沒住上幾個，倒是讓姓羅的一窩端了，這算怎麼一回事？
心中極不滿的李氏自然說不出來什麼好話，似笑非笑地站在院子裡，看著孫氏。
「請問你們是誰啊？這可是我兒子的新房子，不知你們這是……」
孫氏的臉頰立時脹紅了，她本就是軟性子，如今看著對方強勢態度，莫名開始心虛，尤其是對方語氣中那股濃烈的惡意，讓她有些怯弱地退了一步。
偏李氏是那種你退了一步她就立即要進上十步的人，看孫氏膽怯，登時更有理了。
「我問妳呢，妳是誰啊，住我兒子的房，說起來我和他爹還沒來住呢！」
一旁的周氏臉上被打的痕跡還有一些呢，神情萎頓，被李氏徹底修理一頓，又出了幾次氣後，原本對沈福出去找小寡婦的行為憤恨不已的她，變得十分膽怯。

周氏被李氏帶出來時還有些畏畏縮縮的，生怕出了什麼事，或有什麼大動靜。

如今這李氏聲音一大，周氏立即像隻小兔子般縮到一旁。

「妳做什麼呢！真是個上不得檯面的東西！」李氏一句話剛落地，意料中孫氏的恐懼沒看到，反倒是和她一起的周氏跳到一旁躲起來，一副嚇得要死的模樣，看著面前明顯看呆了的孫氏，李氏難得地覺得臉頰上發燒。

對這個讓她在親家面前丟人的周氏，李氏更是恨得牙癢癢。

孫氏看呆了。

這都是誰啊？李氏她知道，應該是沈湛的娘，可那個女子是誰啊？李氏一喊，她只是心頭一抖，那人居然直接躲起來了。

李氏青著臉，狠狠地瞪著周氏，周氏瑟瑟縮縮地站起來，一步一挪地走到李氏的身邊，被李氏狠狠地在手臂上掐了一把。

「邊兒上去！」

李氏惡狠狠的，說完之後歪過頭看孫氏，眼神不善。

「你們老羅家難不成還要吃女婿家的閒飯？我告訴妳，這房子痛快地讓出來，明後日我和老二他爹就搬過來！」

「不可能！」

說出這句話的是兩個人，一個是剛進院門大包小包的羅紫蘇，另一個就是抱著沈言出房的羅甘草。

羅甘草臉色極難看。她這些時日在羅紫蘇身後跟進跟出，聊了不少，自然是知道姊夫和父母斷親的事，這時看這兩人找上門來，登時怒了。

「紫蘇！」孫氏看到羅紫蘇想說什麼，連忙用話止住。不管如何，這是紫蘇的婆婆，誰和她吵都行，紫蘇可不行。

這邊羅甘草卻已經走了過來，一雙眼睛灼灼地盯在李氏身上。

「說什麼胡話呢！你們都和姊夫斷親了，從律法來說不是一家人。怎麼，現在又想反悔了不成？」

「喲，這是老二家的妹子吧？還真是小小年紀就牙尖嘴利，這樣的還真是愁人，親家，這樣的妹子哪家敢娶啊？還是好好管管才是正經！」李氏冷笑。「真是沒規矩！」

孫氏臉色登時更加脹紅，她張著嘴，艱難地呼吸了兩下，接著，以讓羅紫蘇和羅甘草目瞪口呆的速度上前，對著李氏的臉就是一下。

「妳說誰沒規矩！妳說誰嫁不出去！」孫氏這些天的痛苦壓抑，堆積在心底的委屈與憤懣一下子爆炸。

「我讓妳說我女兒！妳有什麼資格說她！」孫氏上前動手，李氏則因為完全沒料到並沒有防備而吃了虧，硬是被打了好幾下，臉都抓出血印了。

但李氏也不是吃素的，二話不說也動手了。

羅紫蘇驚呆了。

她知道人在被壓迫到極點時總是要爆發的，可是這孫氏也未免……

不過現在顯然不是發呆的時候，她眉頭一豎，上前幫著孫氏打了起來；一旁的羅甘草也不是傻的，一樣上前幫著母親、姊姊。

一對三，李氏的結局可想而知。

「老二家的，妳別得意！讓人知道妳這樣對自己的婆婆，有妳好果子吃！」

「沈伯母說的什麼話。」羅紫蘇冷笑。「咱們斷了親的，您不記得麼？再有，您也看到了，我可不是個好相與的，再惹到我，我也不和您說別的，哼，這裡可是偏著呢，深山腳下，這要有人出個什麼意外，直接丟到山裡去餵狼，看誰能知道！」

李氏看著羅紫蘇寒如冰的眼神，不由得打了個寒噤。這個死婆娘，說的是真的！

李氏深深明白了這一點，她咬牙，知道今後恐怕沒什麼便宜好占，一時又氣又急，伸出手拉起周氏，上手就是狠狠的一下。

「沒用的娘們，連婆婆被打了都不知道幫忙！」

周氏被掐捏得嗷嗷哭叫，婆媳兩個走遠了。

羅甘草皺著眉頭，孫氏也是臉色不好。

「妳婆婆就這樣對待兒媳婦？」

「誰知道呢?之前明明挺喜歡周氏的。」羅紫蘇有些不解，不過卻也不糾結這事就是了。她招呼著羅甘草幫著，孫氏也上前一起幫忙，把新買回來的物什，吃的、用的分類擺放好。

房裡的羅宗平吃了藥本昏昏欲睡，聽到李氏的尖銳叫罵醒了過來，不過好在聽著自家的人沒吃什麼虧，羅宗平的心又放進肚子裡，但是腦子卻是轉開了。

自己一家子住在女兒家顯然是不好聽的，不過，好在女婿是個好的，這裡又離村裡遠。得想辦法支撐段日子，等他的傷養好了，要賺錢蓋房子才行！

這邊羅紫蘇已經和孫氏與羅甘草商量開了。這次桃花酒賣出了好價錢，不過想要釀出這樣醇厚的酒，要花費些時間，短期之內羅紫蘇想著再做些別的去鎮上賣。

羅甘草與孫氏自是都願意的，就是不知道賣些什麼才好?

「賣吃食。」

羅紫蘇倒是想得挺清楚的，認真地道：「我想了幾樣吃食，不過不知道哪個比較好?我們先做滷味，之後再做別的。」

「做滷肉?」孫氏問。

「不止，咱們做滷肉、滷蛋、滷腸，還有燻肉大餅。」

羅紫蘇開始與孫氏說起這幾樣吃食要怎麼弄。

「先讓相公做個小木推車，用來放鍋和小爐子，帶到鎮上，然後弄個小泥爐，東西熱、香味足，趁熱賣出去也能銷得快些，咱們就在南街的街口賣。」

之所以不去西市，是西市人多貨雜，應該也有賣滷味的，有固定客源。加上她們並不在鎮上住，市集裡必定會先欺生，她們一群娘子軍，還是能避先避才是。

孫氏聽著自家閨女說得頭頭是道，一時也是越聽越有信心，連忙點頭應了，從懷裡拿出銀子來，臉頰發紅。

「紫蘇啊，娘知道，妳是想著幫襯我們一些，可是、可是娘和爹也不能裝傻，任著妳往娘家貼補著。這二郎是個好的，可也不能因人家好就得寸進尺，這本錢咱家還是要出的！」

「哎呀，娘，不用的，這本錢也沒多少。」

羅紫蘇搖著頭推孫氏的手，卻聽屋裡羅宗平喊了起來。

「紫蘇，妳娘給妳就收著，若是妳不收啊，我可不能同意讓妳娘和甘草插手這買賣了，咱一家人更應該帳目明，不然以後妳讓春齊怎麼抬頭不是？這買賣按著分成來，我們三，妳七。」

「好吧。」羅紫蘇還想推拒的手停住，想了想，還是把錢收下了。

「娘，既然如此，我就收了，不過，以後賣得好了，這攤子就是您和甘草支應，到時我可就不收提成了。再有，現在咱們五五分成就好了，我只出個方子，活可能還要娘妳們做呢！我這兒三個孩子，哪有那個時間啊？」

孫氏聽了點了點頭，這倒也是。

說做就做。

羅紫蘇是個直爽的性子，既然心裡有了計較，手頭自然開始動了。

她先去尋了貨源。這肉自然要尋上個好的，不肥不瘦，這樣才好吃。她讓沈湛去村子裡找養豬的大戶，買了一隻成豬，又請村裡的鄭屠戶家幫著收拾，又買了些雞鴨，沈湛自己動手收拾乾淨。

羅紫蘇隨即開始準備。

當初在現代時，她剛和渣男結婚不久，渣男接手家裡的小飯館，那時她也是剛剛學習廚藝，雖然有興趣，技術卻著實一般。

當初有位老師愛吃滷味，她就想著做些有特色的滷味給老師。當然，以她一個新手，想要做出什麼真的好吃得不得了的滷味還是差得遠，那老師看出她的誠心，又覺得她做吃食有天分，竟然給了她一個方子。

那時，她就憑著這個方子，讓渣男家裡的小飯館起死回生。當然，後來小飯館改建成了大酒店後，這道滷味已經成了特色之一。

這天，羅紫蘇和沈湛兩個人去了鎮上，兩人分開行動，分別去了藥鋪與雜貨鋪子採買材料。

沒多久，材料買齊，夫妻二人去了鎮子城門那邊吃午飯。

「相公。」

羅紫蘇幫沈湛點了兩碗餛飩，自己只吃了幾個就吃不下了，讓沈湛吃，她想著自己娘家人來之後，兩人之間的交流少了很多。

好吧，原來就少了，只是那時只有一家人還好些，如今家裡人多了，沈湛雖然一直都是讓他做什麼就做什麼，無一絲的怨言，可是有些話羅紫蘇想著夫妻還是要溝通一下才好。

夫妻夫妻，有商有量才是過日子。

「我想著，先做這吃食的攤子，如果賣得好了，我爹娘也能有些進項。爹受傷之後人都變了，家裡、地裡的活，想來他能做的也是有限；春齊讀書，甘草太小，我想著，以後這攤子就給爹娘了，你看怎麼樣？」

「好。」沈湛回答得簡潔，還有些奇怪地看了她一眼。

看羅紫蘇正小心地觀察他的表情，臉色扭曲了一下，這才開口。「不用想太多，家裡的事妳看著辦，都聽妳的。」

這是她可以當家做主的意思？羅紫蘇上輩子就有些強勢，這輩子總覺得要收斂一些，因而很多事情都刻意不想出頭，不過，現在看著沈湛的模樣，她估計也是本性難改了。

看沈湛一副「媳婦兒的話是聖旨」的模樣，羅紫蘇放心了，看了看天色也該回家，這才突然想起有樣東西沒買。

「相公，我一會兒還要去布店看看，我想要些細細的帶著小孔的布。」

羅紫蘇想著要做個放材料的口袋。

「好！」沈湛老實地點頭應了。

買好細布，夫妻二人迅速回家。到家還沒進院子，就聽到小妞兒咯咯的笑聲，還有小沈言呀呀的聲音。

「娘！」

大妞兒看到羅紫蘇進了院子，連忙三步併作兩步地衝上來抱住了羅紫蘇的大腿。

天氣正好，這新房子院子大，地又平整，小孩子們都在院子裡玩耍。

甘草手裡拿著件羅春齊的舊衣服，正在往上補補丁，順便練針線。小木車裡，小妞兒眼巴巴地抓著木車往外看，看到羅紫蘇，眼睛瞪得大大的張著手，嘴裡吐著泡泡。

另一邊，沈言聲音倒是清脆地喊著娘，嘴裡還含含糊糊，也不知道在說著什麼，興奮得不得了。

「郎！」小妞兒不甘示弱在沈言之後喊了一聲，只是顯然，吐字不清楚。

來到新房後不久，小妞兒活潑許多，字彙也多了些，也不知道是不是沈言的到來讓她威脅感日深，總之，小傢伙是又活潑、又聰明的。

羅紫蘇稀罕得不行，先抱起大閨女親了親，看大妞兒有些不好意思得臉頰泛紅，這才放下這個又把小妞兒抱起來；另一邊的沈言急了，伸出小爪子一把揪住羅紫蘇的袖口「啊啊」叫了起來。

「妳這孩子！」孫氏接過了沈湛遞過去的竹筐，看看裡面的東西，氣得過來拍了羅紫蘇一把。

「妳看看，明明之前都買過的，家裡也有這些啊，妳怎麼還買？還有這細布，多貴的？最少也要十幾文一尺。家裡不是還有沒做完的細棉布麼，怎麼還買？太沒成算了，這日子讓妳過要白瞎多少東西！」

孫氏難得發火。

之前搬到這裡，孫氏就發現羅紫蘇這個閨女和從前不太一樣。愛做主，有主見，事事都爭在沈湛前頭發表看法，她說什麼就是什麼。沈湛不愛吭聲，這個家幾乎就是羅紫蘇做主。

這也罷了，可是，羅紫蘇哪裡是個會過日子的人，天天買些個金貴東西。做飯炒菜，費米、費油、費東西，有些鹽也就罷了，還買些個散發出味道的東西，聽羅紫蘇說倒是與花椒、麻椒一般是調味的，可是這也買太多了。

虧得二郎是個好性子，任著羅紫蘇這般胡來，只是，這般下去，早晚不得被二郎給休了！

一想到這事，孫氏心都驚，手不由得又想拍過去。

「娘！」羅紫蘇連忙躲到沈湛身後解釋。「這些料是咱要做吃食用的，那布也是，要用來縫料包的！」

羅紫蘇的話讓孫氏的手頓了頓，氣得小聲又說了幾句。

「家裡有料用了就是，怎麼還買？」

「娘，這做滷味用的東西可是不一樣的，料全，做出的東西好吃，回頭買的才多啊！」

孫氏聽完，倒是不再說羅紫蘇的不是，只是跟在羅紫蘇的身後拿著東西。

小沈言「啊啊啊」的半晌，竟然沒人理會，小嘴一癟就想要哭，羅紫蘇連忙抱起他，把小妞兒遞給甘草。

甘草抱著小外甥女，跟在羅紫蘇的身後隨著她往屋裡走。

羅紫蘇讓大妞兒看著兩個小的別搗亂，拿起細布開始用剪子剪出形狀，拿針線讓甘草縫料包。

這邊，羅紫蘇先把買的滷包材料一一打開，分量她幾乎不用測量，隨手一抓就是她想要的那些，分成三個料包，依次把需要的調料準備好。

羅甘草年紀不大，不過針線已經像模像樣了，很快就縫出了大小不同的三個料包，一一留了口，羅紫蘇放好了材料後，羅甘草再一一縫得結實。

孫氏看著兩個女兒弄著，轉頭去了灶房。想來中午女兒、女婿在鎮上也只是隨意墊胃，這時定也是餓了的。

羅紫蘇去了後院。

後院早就壘好了個全新的大灶，上面兩口大鍋、一口小鍋，三個灶眼已經燒上了火。

羅紫蘇開始動手，喊了沈湛過來幫手。

往鍋裡倒水，把切好的肉倒進水裡洗掉血沫，取出後放置一旁竹筐上瀝水；另一邊把雞頭、雞爪、鴨頭、鴨翅及肉雜，分別用不同的鍋子洗好，瀝乾水。

鍋子重新洗淨，放上油，再放入糖熬炒，上了色再倒入開水，放入各種調料，接著蔥薑也丟了進去。

一開始只有糖的味道，慢慢的，香氣越來越濃郁，引得幾個小傢伙午覺都不睡了，歪著頭往後院那邊張望。

羅紫蘇把肉及其他的雞鴨、肉雜分別下鍋，雞鴨特別做成偏辣的口味。

一直把肉煮到暮色夕照，這才滅了灶裡的火，三口鍋並不動，蓋上鍋蓋燜著。

第二天天色未亮，沈湛把小板車拉了出來，裡面放上灶鍋，羅紫蘇一一放入各種滷味，天光未放亮，一家人已經出發了。

這次去鎮子裡賣吃食，沈湛幫著推車，羅紫蘇和孫氏坐在車上，羅甘草在家裡照顧著三個小的還有羅宗平。

羅宗平的腿經過這些天的調養已經逐漸好轉，看到孫氏隨著羅紫蘇張羅賣吃食，他的精神更是好了許多，幫忙羅甘草看著三個小的，倒也可行。

鎮上的南街也算是繁華，不同於西市的雜亂，南街上店鋪林立，客商雲集，到處都是酒樓、商鋪，看著讓人心裡熱血沸騰。

羅紫蘇與沈湛一前一後，孫氏有些緊張地左右張望，羅紫蘇看中南街街角的一處地段。

那裡不遠處就有家米鋪，前方原本應該是米鋪擺攤的地方，此刻倒是空盪的並沒有攤子，只有幾張零散桌子，上面歪歪掛著個牌子寫著「梁記米鋪」。

街上各色小販擺著攤子，吃食也有些，只是不算多。

羅紫蘇看了看，覺得那地方著實不錯，於是示意沈湛留下，她進了那梁記米鋪。

「這位小娘子，要買什麼米？」一個小夥計過來，看著羅紫蘇問。

「小哥，請問，不知你鋪子前面的空地還用不用？若是不用，我想用來擺個攤子賣些吃食，不知行不行？」

那小夥計聽了一怔，看了羅紫蘇一眼。

「這要問我們老闆娘了，小娘子稍等，我去問問。」

羅紫蘇道了謝，小夥計快步去了後頭，沒一刻，一個大概四十許歲的婦人走了出來。

「是這位小娘子要賣吃食？不知是要賣些什麼？」

聽得羅紫蘇說了要賣滷味，那老闆娘點頭應了。

梁記米鋪說起來也是鎮上的老店了，店裡東家自是姓梁，在太祖那輩抓住災年之前，搶購了一批糧食，靠著這筆糧食，梁家發了家。

不過，好在梁家做人向來厚道，並未靠著災年大賺黑心錢，倒是在鎮子上口碑甚好。

如今，梁記米鋪上一代老闆年事已高，不怎麼理事，唯一的兒子身子不好在家休養，店鋪的生意都交給兒媳許氏打理。許氏為人精明爽朗大方，又因自己的一些遭遇而喜歡和她差不多性情之人，看到站在自己面前侃侃而談的羅紫蘇，立即心生幾分好感。

「妳不用給我租金。」

聽到羅紫蘇說起租金，許氏搖搖頭，梁家不差這個錢。「妳擺攤時注意著別擋住米鋪門面就成。」

看許氏是個好說話的，羅紫蘇鬆口氣。道了謝，羅紫蘇出了梁記米鋪，孫氏略帶幾分緊張地望過來。

「怎麼樣？」

「妥了！」羅紫蘇笑著點點頭。

沈湛一聽立即動手，在梁記正門微偏的位置把攤位擺好。裝著滷味的鐵鍋重，但有沈湛這個大力勞工在，一切都不是難題，等要賣的東西一一擺好，羅紫蘇鬆了一口氣。

「紫蘇啊，」孫氏緊張得臉色泛白。「這、這要不要叫賣的？」

孫氏長著繭子的手指偷偷指著斜對面正扯著嗓子喊著新出爐包子的小哥。哎喲，這可怎麼好，她可不好意思那樣大喊著。不過看著倒有些用處，現在的那幾個買包子的客人可是小哥兒的大嗓門引過來的。

「沒事，娘，不急。」

羅紫蘇的臉頰也有些泛紅。上輩子加上這輩子，她還真沒有沿街叫賣過，有些艱難啊！不過她早就想到怎麼解決這個難題。

鐵鍋下面早就支上了小爐子，點上火，沒一會兒，滷汁經過加熱，濃濃的香氣從鍋沿竄了出來，瀰漫在街道上。

本應是步履匆匆的路人紛紛停下腳步，不停地吸嗅著這誘人的香氣，很快，大家就找到了這股香氣的來源。

「這是賣的什麼？好香！好像是滷肉的味。」

一個三十歲左右的婦人站到了攤位前，羅紫蘇立即掀開鐵鍋蓋，濃郁的香氣迎風四散，很快的，大家都紛紛圍了上來。

「這是剛滷的五花肉，還有雞鴨，大家買一些嚐嚐吧！」羅紫蘇一邊說一邊把鍋蓋遞給沈湛，沈湛把鍋蓋放到後方的車中，自覺地站到鍋前，拿好荷葉、草繩準備包肉；另一側，孫氏也做好精神準備，帶著一百文銅板的錢袋子捏在手裡。

在家就商量好的，羅紫蘇招呼客人，沈湛包肉，孫氏收錢，三人分工開始了第一筆生意。

南街還真是沒有賣滷味的，鎮上人基本都去西市的絕味齋，如今羅紫蘇用火加熱滷汁，別提多香了，大家都樂得就近嚐嚐鮮。很快的，第二、第三筆生意也開始了，想買的都圍了上來，羅紫蘇三人開始忙碌。

有很多是附近的店家來買的，天氣熱了，大家都開著店，不想煙熏火燎地做午飯，還有的是想著晚上下酒來著。因而沒多久，一鍋的五花肉去了大半，還有雞爪、鴨胗也都賣掉不少，孫氏沒想到剛開市就能賣出去這些，樂得有些合不攏嘴。

不過因那絕味齋的滷味在鎮上很有名，也有一些信不過這新攤子滷味味道的。像是梁記米鋪對面書畫齋的錢老闆，一直只是看著這家街邊攤的熱鬧，卻是沒有半分心動，他可是打定了主意讓自家小子去絕味齋排隊買，不差那幾個錢。這家滷味可不比絕味齋便宜太多，少那幾文，他還是吃正宗的吧！

羅紫蘇也是聽說過絕味齋的，聽說那裡的鴨舌極美味，滷得相當地道。她這次倒沒賣鴨舌，主要是這鴨舌少；其次是她初來乍到，也不想和人家唱對臺，還是先來些普通的就好。

上午賣出了大半滷味，中午時三人對付著吃了些自家烙的餅，喝了些水，打算晚上回去再好好吃上一頓。看著天色也不早，羅紫蘇本想著賣出一大半的滷味也就差不多了，正想著要不要提早收攤時，不料早上第一個買滷味的婦人匆匆回來了。

「小娘子！」那婦人匆匆走過來，看到滷味攤子眼睛一亮，連忙快步小跑過來。

「我還想著妳這攤子可不要收了，還好，妳這還在這兒呢！滷味還有多少？剩下的我全要了！」

「什麼？」羅紫蘇有些驚訝，不過很快調整了表情。「好咧，我看看還剩多少。」

羅紫蘇一一清點了，那婦人也不講價，豪氣的把剩下小半鍋的五花肉、雞鴨等全部包下，交了錢後又道：「這東西不少，這位兄弟可否行個方便，幫我送到家去？」

「當然。」羅紫蘇正有此意，很自然地使喚自家男人把東西給人家送過去。沈湛本也是這樣想的，可又有些不放心羅紫蘇，被羅紫蘇瞪了一眼。

「快送去，我和娘去西市逛，一會兒你去那邊的雜貨鋪子找我們。」

沈湛只好點頭，提著肉隨著那婦人走了，羅紫蘇與已經驚喜得呆掉的孫氏往西市走。

「紫蘇。」孫氏好似在夢裡似的。「咱這就把那些滷味都賣光了？」

「是啊！」羅紫蘇對自己做的滷味有信心，不過也沒想到會這般順利。「都賣光了！」

羅紫蘇情不自禁地想起了在現代時的生活。那時候她傻乎乎的，看著那個渣男天天為小飯館生意不好唉聲嘆氣，她咬牙努力，終於靠著滷味與自己擅長的幾道菜，讓小飯館客似雲來。那渣男那時對她更是溫柔，她成天忙得腳不沾地卻又喜笑顏開，只覺得生活像蜜似的甜，再苦、再累也值了。

結果那個渣男有了錢，她在忙碌中搞壞了身體不說，還因為之前拚得太過，硬是比同齡的女人顯得老，那人立即徹底變了心。

邊走邊想，耳邊孫氏興奮的話語已經無法再讓她的心起波瀾了。

沈湛有了錢會怎麼樣？雖然，沈湛的脾氣秉性和她上一世的前夫截然不同，但是，人總會有變的時候。

「紫蘇，怎麼了？」走著走著，孫氏覺得自家閨女的表情已經不似之前高興，原本笑得合不攏嘴的表情慢慢收起，她擔憂地抓著羅紫蘇的手詢問。

「沒事。」羅紫蘇打起精神搖搖頭，不想因為一次的背叛就對人失去信心。這世上有翻臉無情的小人，可也卻有貧賤不移的君子，無論怎麼樣，她不能因噎廢食不是？

蘇紫蘇陪著孫氏在西市裡逛了一圈，倒沒買別的，只給幾個孩子還有甘草帶了些點心、蜜餞；孫氏看今日賺了錢，羅紫蘇買得又少，倒沒再說什麼。

在點心鋪子裡等著小夥計打包，羅紫蘇低聲與孫氏聊了幾句，娘倆正說著話，就聽到身後傳來腳步聲，接著，一個羅紫蘇覺得既陌生又有些熟悉的聲音在後面響起。

「老闆，給我包上半斤核桃酥。」

「喲，這不是婁大嗎？」一旁低頭算帳的鋪子掌櫃抬起頭，看到那道走進來的人影挑了挑眉。「怎麼，昨日想是賺了錢，居然捨得來買點心果子了？這可不像是你啊，平常喝口酒都只喝最便宜的貨！」

「還不是托了幾位老闆的福。」婁大臉上帶著笑，眼睛卻忍不住對背對著自己的那位楊柳細腰、髮黑如墨的女子連連掃了好幾眼。「這幾日我娘病了，瘦了許多，我給她買些她愛吃的，讓她高興高興。」

雖然還沒看到正面，可是光看那身段，還有映著烏黑髮鬢的雪白耳廓，就知道這位小娘子定是美貌驚人的。婁大心裡想著，大步走上前去，眼睛餘光緊緊盯著右邊。只可惜，這小娘子的頭突然低了下去，除了烏黑的髮頂透著白皙的頭皮，就只能看到尖尖的下巴。

婁大心裡嘆息，嘴上卻又不得不打起精神來繼續與掌櫃說著話。

那掌櫃讓婁大稍稍等著，吩咐另一個小夥計給婁大包點心。

羅紫蘇本是有些疑惑這人的聲音，莫名耳熟，這種沙啞中又透著幾分尖細的聲音讓她的身體不自覺地有種恐懼感，在對方邁步經過時，她幾乎是本能地垂下了頭。

這種讓人戰慄的恐懼感以及剛剛老闆對那人的稱呼，終於讓羅紫蘇知道了對方的身分——

婁大，那個羅紫蘇上輩子私奔的對象！

羅紫蘇對於前身的記憶總是會偶爾忽略過去，畢竟不是自己經歷的，那些回憶她就像看了一部連續劇，知道，但是不會經常帶入到自身生活裡。

這時她心裡亂糟糟的，周圍的聲音似乎都消失了。

孫氏急急地拉著羅紫蘇，為了女兒忽然變得難看的臉色心急如焚。

「紫蘇，妳怎麼了？臉色這樣難看？」

「沒事。」羅紫蘇強自鎮定，深吸一口氣。那畢竟是前身的前世，即使從心底厭惡這個人，可是她自己已經選擇了不同的路，只要對方離她遠遠的……

「這位小娘子沒事吧？」

略帶幾分尖利的聲音讓羅紫蘇徹底變臉，從靈魂深處傳來的憎惡、痛恨、殺意，讓羅紫蘇幾乎把手掌用力握到快出血才沒有痛罵出聲。

不理會別的，羅紫蘇緊抓著孫氏，轉身快步出了雜貨鋪子。

婁大瞇著眼，看著那對母女二人快步出了鋪子，伸手接過小夥計遞過來的點心包，不緊不慢地也出了店門。

孫氏轉頭看了眼長得白白淨淨的妻大，又回頭看了羅紫蘇，心裡咯噔一下。那人怎麼回事？他認識紫蘇嗎？

沈湛送肉過去時怎麼也沒想到，那婦人居然是在縣令後院做事的。

原先，那婦人帶他繞了幾步路，從後面小巷中穿行而過，到了青磚黑瓦的後牆處的角門，進了門直奔後廚。

送進了後廚，那婦人道了謝，又給了他一個荷包，這才讓小廝送了他出門。結果繞過了後巷來到官道，他才發現他去的居然是縣令後院，只是那婦人走的是下人、小廝走的後門，他才沒有發現。

誰料剛找過來，遠遠就看到孫氏與羅紫蘇匆匆走來，臉色一個比一個難看，心裡就是一驚。

「這是怎麼了？」看到羅紫蘇臉色慘白的模樣，沈湛立刻急了。

「沒什麼。」羅紫蘇強自鎮定地搖搖頭。「只是又想到一些賺錢的法子，我再好好想想，回家再說。」

孫氏與沈湛互看一眼，心中都有些不信，不過羅紫蘇不說，這兩人又想不出什麼所以然，也只能暫且不管。

一連三天，羅紫蘇都陪著孫氏出來賣滷肉，沈湛也幫著忙乎，這三天，生意都相當不錯，羅紫蘇鬆了口氣。這樣，也算是在南街這邊站穩了腳。

之前那位婦人果然是在縣令後院做事的，三日來都在羅紫蘇這邊買走大半的滷肉與雞爪，一來二去倒也熟了些，羅紫蘇都親熱地稱對方戴嫂子。

第四天早上，羅紫蘇早早催著沈湛去山上打獵。這男人一直不放心羅紫蘇與孫氏去賣滷肉，只是，這個攤子，總不能一直捆著三個人，對羅紫蘇來說，這可不划算。

當然，最重要的還是這男人習慣了去山上放鬆自己，一身的本事總不能天天困在家裡、街上。

只是，今天沈湛沒來，就有「不速之客」找了上門。

「娘。」羅紫蘇正在低頭包肉，就聽到有人喚娘，她抬頭一看，羅丁香正一臉笑意地看著孫氏，看到她看過來，也是臉上帶著笑。「紫蘇妹妹。」

這與從前截然不同的態度，讓羅紫蘇懷疑地看了看天上的太陽。咦，在東邊啊？

羅丁香狠狠瞪了羅紫蘇一眼，對著孫氏又是一陣笑。

「娘，我昨天聽堂嫂回去說您在這裡擺攤子，我還不信呢，這之前在家裡也沒聽說您會弄什麼滷肉的，沒想竟然是真的！娘也真是的，有這手藝怎麼不在家裡多露些，奶奶也說不定更喜歡娘，這樣我們三房的日子不是更好過一些嗎？」

原本羅丁香的本意是好好誇誇孫氏，討得好處也更容易些，偏她個性任性慣了的，說著說著，不由得就帶上了幾分怨憤。

好話走了音，孫氏原本看到羅丁香的喜意也淡了下來，而一旁的羅紫蘇也想明白了。

之前羅紫蘇弄這攤子就想過，這不定哪家人看了就會黏上來要些好處，只是她怎麼也想不到才幾天就有人撞上來，更想不到第一個居然是這個便宜姊姊。

一個出嫁、出嗣女，居然真跑來要好處了，她忘記她已經不是三房的人了吧？

羅丁香態度一變，孫氏心裡不由得酸楚。之前丁香性子被婆婆慣歪了，她不是不知道，可是卻沒能擰過來丁香的性子，反而變本加厲。也是因為這樣，甘草才選擇送回娘家。

孫氏想到之前的事，一樁樁、一件件，這女兒是徹底地看不上自己。

羅丁香卻沒管孫氏心裡怎麼想的，只覺得話音落了半晌沒人回，臉色就沈了下來。

正巧又有幾個客人來買肉，孫氏和羅紫蘇忙碌起來，更是顧不上她，等忙得差不多了，羅丁香的臉色已經黑沈黑沈的，只不知為什麼，一直忍著，沒像從前那樣，有脾氣立刻發作。

羅紫蘇倒是能看出羅丁香肯定有心算計，不然若只是占些小便宜，憑她的性子可不會忍這麼久。可羅紫蘇也不問，任由羅丁香黑著臉站在攤子旁。

來買肉的客人有一些已經是熟客了，平日多少也會與孫氏、羅紫蘇搭上幾句話，正巧戴嫂子也過來買肉，看到羅丁香突兀地站在那裡，眼睛忍不住掃了幾回。

「嬸子，給我切半斤肉，再給我來半斤雞翅。」

孫氏笑著應了一聲，羅紫蘇手腳麻利地幫著切肉包好，又多放了兩個滷蛋。

「戴嫂子，這是新做的滷蛋，是剛想出來的菜色，沒多少，就給熟客們嘗嘗鮮，您拿回去試試味道。」

戴嫂子笑意更深，連連道謝，拿著包好的吃食走了。

看滷肉已經見底，羅丁香終於忍不住了，她上前一把拉住孫氏。

「娘，反正也沒剩多少了，給我也包一些，您女婿這些日子上工，可是累瘦了不少！」

孫氏一怔，不由得轉頭去看羅紫蘇。羅紫蘇早猜到了羅丁香定有此意，聽了羅丁香的話也不言語，快手快腳地切了塊肉，又拿了一些雞爪什麼的，包了一包遞給羅丁香。

看羅紫蘇這樣識趣，羅丁香的臉色好了一些，伸手剛想接過，誰知羅紫蘇又把包收了回去，羅丁香覺得被耍，登時大怒。

「羅紫蘇妳這是什麼意思！」

「姊姊妳不用急。」羅紫蘇淡笑。「妳雖然過繼到大伯父房裡，但是也是羅家的女兒，咱都是實在親戚，這點東西給親戚嘗鮮本是常事；只是姊姊也知道，我爹的腿傷得極重，這攤子掙的銀錢大半都送去醫館、藥鋪了。妹妹沒別的意思，這包肉就當是送姊姊了，不過下次再來，可是親姊妹明算帳了，畢竟，爹的藥錢可還沒著落呢。」

「娘，您看妹妹！」

「錯了，得喊嬸娘才是。」羅紫蘇涼涼地糾正。

羅丁香臉色忽青忽白，又怒又怨，最後委屈地看向孫氏。

孫氏想到這攤子能支起來，全靠了二女兒與女婿，大女兒偶爾來一次也就罷了，若是次次送、日日送，不說二女兒，女婿那裡怎麼過意得去？因此不吭聲地扭過頭去，不肯給羅丁香說好話。

羅丁香又急又氣，可是看著那包肉，想著心裡的思量，到底還是一把搶過那肉包。

「如此，倒是謝過紫蘇妹妹這般大方了。」羅丁香咬牙切齒。

第二十二章

孫氏一進屋，羅宗平就察覺到不對。

以往的歡聲笑語沒了不說，氣氛沈悶，又有些說不出的尷尬。孫氏柔順的臉上帶著幾分不豫，而羅紫蘇更是板著一張臉，不過在看到羅宗平後，還是勉強露出幾分笑模樣。

「爹，我們回來了。」

「哦，回來了就好。今天怎麼樣？」

「還行。爹，時候不早了，我先帶著孩子們進去了。」對著羅宗平有幾分探究的眼神，羅紫蘇顧不上細說，心裡的憤怒與憋屈簡直沒辦法表達，只匆匆進了裡屋，把羅甘草看著的三個小包子帶走了。

看羅紫蘇匆匆而去的模樣，羅宗平皺起眉頭；孫氏看羅紫蘇離開，也憋不住了，還未張口就直掉淚。

等到沈湛回來時，也明顯覺得哪裡不對。

廚房鍋灶傳來飯菜的香氣，可是卻是一片寂靜。往常總能聽到的輕聲細語、孩童歡笑都沒了，正房裡一片沈悶，只有半開的窗戶邊，大妞兒看過來的眼神帶著幾分驚喜。

「爹！」

大妞兒的聲音壓得極低，偷偷扭頭看看身後，快步地從炕上溜下來，趿著鞋出了正房抱住剛進院門的沈湛的大腿。

「這是怎麼了？」

沈湛微彎下腰，托著大妞兒的胳膊抱了起來，掂了掂閨女長了些分量的小身子。

「娘不高興。」大妞兒軟軟地伸出胳膊摟住他的脖子，聲音更低了，伏在沈湛的耳朵邊偷偷報告著。「今天回來娘就沒笑過呢，眉頭像蟲蟲。」

大妞兒伸出手指在自己眉毛那裡比畫，試圖讓自己扭出和羅紫蘇一樣的弧度，不過兩三下就放棄，太有難度了！

沈湛安撫地拍拍自家越來越古靈精怪的大閨女的後背。「知道了，妳自己玩會兒吧，爹去看看。」

在大妞兒的示意下，沈湛放下她就轉身進廚房，一進門，就看到羅紫蘇伸出手指抹了抹眼角，紅通通的一片，似乎還含著淚，沈湛心頭一突，大步走過去。

「到底怎麼了？妳怎麼哭了？」

「啊？」聽到聲音，羅紫蘇紅著眼睛扭過頭，被辣得快睜不開的眼睛只看到沈湛糊成一片的影子。

「妳怎麼哭得這麼厲害？」

沈湛唇角抿緊，看到羅紫蘇一向黑白分明的大眼睛如今紅得嚇人，委屈的淚水還不時地順著眼角滴下，他心裡忽的一疼，臉上神色更是僵硬了。

「到底怎麼了，快說！」

「沒什麼啊，」羅紫蘇搖搖頭。「被辣到了。」

覺得自家小嬌妻受了不知名委屈的沈湛臉色更冷，想到今天是他第一天沒去集市，也許羅紫蘇被什麼人欺負了，他就有種想要動手的衝動。

剛剛不小心用沾了麻椒的手指撫過眼角，眼睛更加辣疼的羅紫蘇完全看不清沈湛的表情，不過用耳朵也能聽到對方語氣中的冷意，羅紫蘇無奈只能支使沈湛了。

「先別說了，幫我打些水，我要洗眼睛。」

沈湛肅著臉，給羅紫蘇打來了水。

終於把麻痛的眼睛清洗乾淨，雖然還有些乾澀，還好不那麼火辣辣了，羅紫蘇終於吁了口氣，這才看向沈湛。

「你剛剛說什麼？」

「今天擺攤時是不是有哪個不長眼的？」沈湛已經處於快爆發的邊緣。

「是有個不長眼的撞上來了。」想到羅丁香，羅紫蘇就鬧心。

「誰！」沈湛殺氣騰騰。

「還能有誰？」羅紫蘇想到回家的途中孫氏對自己說的話，心裡更有些憋屈。「羅丁香！」

沈湛怔了怔，心裡有些明白。「是不是丈母娘說妳了？」

羅紫蘇咬著唇低下頭。孫氏倒是沒說得太多，可是表達的意思卻很是清楚，她對羅丁香還是多少有些感情。也是，人家是親母女，和她這個半路撿到的不一樣！

羅紫蘇有些賭氣地扭過頭，不肯回答沈湛。

「我也沒說她什麼。」孫氏一臉委屈地和羅宗平告狀。「我就說她做事還是不要太絕，丁香怎麼說也是咱們的閨女、她的姊妹，丁香是有錯，可是還沒等我說下句話，紫蘇就急了。你說說她這脾性，這姑爺可怎麼受的了，再不管管……」

「什麼？」羅宗平聽了氣得直喘。「妳這還叫沒說什麼？」抖著手指著孫氏，羅宗平這個氣的。「妳這樣讓紫蘇多寒心啊，咱們從家裡這樣被分出來，妳那個『還小』的閨女幫妳了？她還不是站在外人那邊！是紫蘇幫了我們，就看這個，妳也不能說出這話來！這麼多年，我可從不知妳是這樣是非不分！」

「我這也是為了紫蘇好啊！」孫氏更委屈，眼眶又紅了。

「我又不是不怪丁香，怎麼說她都是我身上掉下來的肉，我還不知道她麼？她是看我們日子好了，生意賺錢了，跑來沾沾便宜，補貼補貼家裡。她做事是不對，可這孩子犯了錯，咱們身為爹娘，不是錯處更大麼？我沒說丁香來沾我們就給她沾，這生意是紫蘇的，女婿也幫著出了力，我是多大的臉，做這個主？即便是紫蘇讓，我也是不答應的。」

孫氏喘了喘，只覺得胸口憋悶得厲害，撫了撫胸口，她忍不住又落下淚來。

「我說紫蘇，沒別的意思，就是想讓紫蘇做事圓滑些，不要太過銳氣。她畢竟是為人妻的，女婿看著也是有主見的人，現在對我們紫蘇好，事事讓著不爭，可是以後呢？到現在紫蘇也沒個孩子，我這不是怕這孩子被女婿縱著，左性太過了。」孫氏說到這裡已經是泣不成聲。

「我知我性子軟，可是性子軟也有性子軟的好處。我看紫蘇從前隨我，擔著十分心，可現在看她太強硬，還是糾著這顆心放不下，咱畢竟是平頭百姓，若是事事出頭太過，只怕不是福氣而是禍事。」

「我懂了。」羅宗平聽了孫氏的話，再看著她哭得已經有些紅腫的眼睛，知道自己是誤會妻子了。「妳這是想說說紫蘇，讓她改改性子？」

「可不是。」孫氏點頭。「誰知我說了不到兩句那孩子就急了，這讓我這顆做娘的心，真是傷透了。」

「還不是之前妳太軟性了。」羅宗平說著嘆口氣，卻突然發現門口站著的正是眼睛通紅的羅紫蘇。

「娘！」羅紫蘇不止眼睛紅，臉頰都是紅的。「我錯了！」

羅紫蘇上前半蹲伏在孫氏的膝上誠懇地認錯。「是我性子急，聽了開頭就自己猜結尾，以為您還偏心羅丁香。」

羅紫蘇沒敢說自己武斷地以為孫氏這是對羅丁香又心軟了，心裡又氣又傷心，這才急急地打斷孫氏的說教，想來自己也是犯了錯，對孫氏不信任的緣故。

「怎麼會！」孫氏看羅紫蘇眼睛通紅心疼起來。「妳這丫頭，怎麼眼睛這麼紅？難不成妳訓了娘一頓，還自己委屈上了？」

「才不是。」羅紫蘇臉紅了紅。

「好了，妳們這對母女啊，都是性急的，一個急急地教訓，一個急急地誤會，看來啊，都要好好磨磨性情。」一旁的羅宗平打斷了母女兩人有些尷尬又有些溫情的對話。

「爹、娘！」房外，羅甘草帶著笑意喚。「姊姊做好飯了呢，快出來吃飯吧！」

「啊啊啊！」小包子沈言與小妞兒也湊著熱鬧喚了兩聲，紅著眼睛的孫氏與羅紫蘇對視一眼，雖然因為誤會，母女兩個有些半紅臉，可是解開誤會之後，母女兩人的感情卻似乎更加親密了。

婁大揹著貨郎箱子，正要出門，他娘婁華氏自正房出來，喊住了他。

「大兒，這些日子你天天早出晚歸的，太傷身了。昨晚你不是說你今日要去給南街的鄧婆子送些繡線麼？聽說南街那邊有個滷肉攤子賣的滷肉很是料足，帶回來半斤。」

「知道了，娘。」婁大點了點頭，看他娘要掏錢，擺了擺手。「今日是鄧大娘和我結帳的日子，到時候直接買了肉就是。」

南街的鄧婆子，是從前大戶人家的繡娘，後來眼睛出了些毛病，主家開恩，就被放了出來，嫁給了個在布店裡無父無母的夥計。那夥計家裡也是窮得叮噹響，可對鄧氏卻是一心一意，借了一身債給鄧婆子看眼睛。鄧婆子吃藥用藥，好不容易好了，就開始接著做繡活來還債。

因怕眼睛再出毛病，鄧婆子一年只繡兩幅小件或是一幅中件的繡品，而她用的繡線，是常年用婁家的；因是老主顧，婁大自親爹手裡接過貨郎箱那天開始，就給鄧婆子送貨上門的。

婁大早早出門，先去鎮西的鐘樓巷賣了一圈的胭脂香囊，看時間差不多了，這才往南街走，送了繡線。他打聽到那滷肉攤子在梁記米鋪前，輕鬆地拿著到手的一吊錢放進貨郎箱，往東走了十多步，就看到那梁記前圍著幾個人。

「這生意倒真是紅火。」

婁大帶著笑意往前行，走近了卻看到一張極漂亮的臉。

「這位小哥，請問你是要買五花肉還是雞鴨？買一斤就搭個滷蛋呢。」孫氏熱情地招呼著，一旁，羅紫蘇正低頭幫另一個客人裝著滷肉。

婁大眼睛還落在羅紫蘇身上，對方白膩的肌膚，烏黑得好似會說話的眼睛，還有嫣紅的唇角那抹深深笑意，讓他的心有被重重擊中的感覺。

這不就是上次無意中遇到的那個小娘子？那鼓騰騰的胸，細得似乎兩手就能掐住的風流身段，讓婁大喉頭發乾，嚥了口口水。

羅紫蘇笑意盈盈地把手裡包好的滷肉遞給等著的顧嬸子。

顧嬸子笑著沒口地誇讚。「小娘子，妳這滷肉味道真是好著，我們老太太平常不喜食葷的，隔個兩天便讓我過來買些嚐嚐，更不用說我們小少爺呢，就著肉汁能吃上一大碗飯。從前我們小少爺可是見了飯食就躲，吃頓飯折騰的喲！」

「小孩子有時候是這樣的。」羅紫蘇笑意盈盈，在顧嬸子耳邊輕聲叮囑。「嬸子可以讓廚上做飯時添些花樣，比如說飯不要只放大米，放些紅豆、綠豆、玉米這些顏色鮮豔的；吃的菜和點心呢，也擺成小動物的樣子，這樣啊，小少爺會愛吃些。」

顧嬸子眼睛一亮，抓住羅紫蘇的手拍拍。「這可是個好法子，我可要回去試試，要是成了，嬸子定要謝謝妳的。」

羅紫蘇看著顧嬸子走遠，突然感覺身側似乎有雙灼灼的眼睛盯著她，她一轉頭，就看到了一張極熟悉的臉。

妻大！

羅紫蘇再次看到這張臉，既有些驚訝，又頗有種果然如此的感覺。

上次看到這個人，她就有種預感——這種遇見，恐怕不是結束，而是開始。上一世，在羅紫蘇的人生裡畫下那般慘烈濃重的一筆，讓羅紫蘇香消玉殞的男人，怎麼會只與她短短一遇？

唇角銜著冷意，羅紫蘇面色正常，照之前那般，男子交給孫氏去打交道，自己接著打點女顧客。

婁大湊上前，卻沒得羅紫蘇一個眼角的眼神掃過來，心裡登時不舒服，也不知怎的，他就是覺得羅紫蘇不應這般對自己。

「這位小娘子，不知這幾種滷肉哪個軟爛些，我想著給我娘買上一些。」婁大一副孝子的模樣。

羅紫蘇唇角更冷，轉頭去應對另一個上了年歲的婦人。

「這位嬸子，您想買什麼？咦？」

羅紫蘇在看到面前這身穿著深藍色粗布衣服的老婦人時一怔。好眼熟，在哪裡見過？

「妳是羅家的紫蘇吧？」張阿嬤不確定地問道，手裡的籮筐放到地上，輕搓著手笑了。

「還真是紫蘇啊，我是張阿嬤，不知妳還記得嗎？」

羅紫蘇終於在記憶裡翻出來這位婦人是誰。

竟是羅紫蘇當初第一個婆家的鄰居，算起來對前身還有恩呢！好幾次前身被折磨得快餓死了，是這位張阿嬤偷偷給她幾口飯吃的，在林家打她打得太過分時，還幫著她說過幾次公道話，算得上比較好心的。只是，畢竟不是自家的事，張阿嬤當初能那般做已經是盡力了。

「張阿嬤這是剛賣完菜吧？」

羅紫蘇語氣輕快起來，手腳麻利地開始幫張阿嬤每一樣都裝揀一些，用油紙包好了遞過去。

「張阿嬤拿回去給張阿公吃吧，我裝了幾個滷蛋，給您家小孫子吃吧，不過味道重，孩子小要少吃些。」

「這怎麼行，這要多少銀錢？」張阿嬤一怔，隨即連忙要拿銅錢，卻被羅紫蘇攔了。

「阿嬤怎麼這麼外道？阿嬤第一次來，就容我大方一回，下次定會收阿嬤錢的。這些就當我孝敬著張家阿公和您的心意，阿嬤不要推了。」

張阿嬤推讓了幾次，見羅紫蘇執意要送，只好收下，不過心裡卻在暗暗後悔剛剛不應該把菜都賣了，給羅紫蘇留些菜也是點心意。

張阿嬤又問了幾句羅紫蘇的近況，得知她又嫁了，過得不錯，這才欣慰地點點頭，把滷貨放進空籮筐裡，高興地走了。

這邊，婁大卻是一肚子的火。孫氏倒沒看出來羅紫蘇故意不搭理婁大，看羅紫蘇在忙著答對張阿嬤，她就在這邊幫著婁大選滷貨，雖然婁大放慢速度，無奈張阿嬤一直在與羅紫蘇說話，他只好在孫氏的介紹中買了塊滷肉，包好了拎起，本想與羅紫蘇說的幾句話卡在喉嚨裡，半晌還是沒機會說，只得悻悻地走了。

送走了張阿嬤，婁大也走向街口，羅紫蘇看過去時正看到那道讓人厭惡的身影轉了彎，羅紫蘇冷冷地笑了笑。

不管幾世，該出現的小人倒是一直冒出來，不過她不怕，他不湊上來就罷了，再敢湊上來，她定要好好收拾他。

正在心裡發著狠，突然一道身影走過來，擋去了半面的光，羅紫蘇連忙調整好表情。

「請問你……」

一抬頭，羅紫蘇看到一張紫脹的臉，一時不由得一怔。

「順子，你這孩子怎麼來了？」

孫氏看到是羅丁香的夫婿，有些驚訝地問了一句，隨即連忙去看羅紫蘇的眼色。這閨女，可別因為她一句話再氣上她。

「娘……」蔣順憋了半天也沒說半句話，乾脆把手裡拿著的幾個銅板直接往攤子上一丟，人就一溜煙兒地走了，活像身後有人攆似的。

「這是怎麼回事？」

孫氏瞠目，扭頭看了看那一把銅板，鬧不明白怎麼回事？羅紫蘇嘴角抽了抽，這人這是……覺得羅丁香占便宜丟人了？

妻大手裡拎著半斤的滷肉，心神不屬地走進了自家的門。

剛一進門，就看到自家娘親送了一個穿著紫紅衫裙、皮膚微黃、嘴唇豐厚的中年婦人出來，妻大連忙打招呼。

「蔡家嬸子，您來啦？怎麼，這是要走？再多坐一會兒吧，我娘總一個人在家，您多來坐坐唄。」

「我倒是想多坐坐，可這不是想著給婁家兄弟你操心操心你的好事嘛。」蔡氏抿著豐厚的嘴唇笑了起來。她是附近有名的媒婆，逢人就是七分笑，婁大則是附近出了名的貨郎，見人說人話，見鬼說鬼話的，兩人互相熟悉，倒是不見外。

婁大一聽心裡就是一跳，他的眼神掃向婁華氏，婁華氏笑得嘴都合不攏，看兒子詢問的眼神，得意地點點頭。

「你蔡家嬸子想著你，真是來說了件大好事呢！」

婁大明白現在不是急的時候，陪著婁華氏送了蔡氏出去，又說了幾句好聽話，直逗得蔡氏笑得停不住，扭著身子走了，母子兩個這才回來。

「大郎啊，」婁華氏喜得眉開眼笑的。「娘可是給你找了個好媳婦啊。」

「誰家？」婁大皺著眉頭。

「那還用說，自是你心心念念的夢裡人。」婁華氏並沒看到自家兒子不耐的目光，只是笑。

「你還記得住在咱家隔壁的那個華夫子嗎？因為和娘同族，所以啊，一直對咱家多有照顧。」

婁大一聽，臉就黑了。

這華夫子本來是家私塾的先生，受聘給孩童啟蒙，家中有個閨女，比婁大小兩歲，長得很是清麗文雅。

婁大與華娘子，也算得上是青梅竹馬了，只是，那時婁家日子雖過得不錯，卻因為婁家走貨郎的把式，讓華夫子有些看不上眼。平時當晚輩照顧著也就罷了，可是當女婿，華夫子卻是看不上的。

婁大心中對那華娘子有幾分喜歡，畢竟是從小的情誼，只是，華夫子後來話裡話外幾次點撥，婁大就明白了華夫子的意思，那時年少氣盛，婁大立即就與華娘子斷了來往。沒多久，那華娘子訂下了一門親事，據說夫家很有幾分能耐，動了關係，讓華夫子去了縣裡鼎鼎有名的書院去教課，一家子也就搬去縣裡了。

「大郎啊，那華娘子啊，聽說她夫家那個是個短命的，在華娘子及笄沒幾天時就生了重病死了，華娘子一直都沒成親，想來也是等著我兒。這不，聽說那華夫子過段日子就要搬回來呢，現在啊，隔壁正在重修房子。華夫子本也對你甚為喜愛，這才叫媒婆過來探探口風。」

婁大是何人？

不說是絕頂聰明，可是這麼多年走南闖北也算是交往了一些人，眼界自有不同，一聽就懂了這華家現在提出親事，恐怕是有些貓膩在裡頭。

「娘，您也不要天天在這裡夢著天上掉餡餅的事了。不說別的，當年那華夫子對我看不上，怎的華娘子死了個未婚夫就看得上我了？還有，那華家連房子都沒修完，一大家子都沒搬回來，就急三火四地跑來提親事，您就不覺得這裡面有什麼古怪？」

婁大的一番話，讓婁華氏被喜事沖昏的頭腦迅速地清醒了過來，她把婁大的話在心裡轉了一遍又一遍，越想越覺得這裡面有鬼。

「是娘的錯，一聽這事就昏頭了。那華家是什麼人家啊，華夫子再不濟也有些功名在身上，怎麼會平白無故這般急著來咱家探口風？這中間必是有什麼咱不知道的事。」

「想知道，那還不簡單。」

婁大笑了起來。

「這事娘您就別管了，我怎麼也要把這事理清楚的。想要占我婁大的便宜，哼！」

婁大心眼小，睚眥必報，如今華家居然想算計他，他必要把華家好好鬧個天翻地覆。

這時婁大心裡又忍不住想到了那個讓他心頭狂熱的小娘子。若是那小娘子找上門，他還真就不介意被算計了。

羅紫蘇擔了幾天的心，不過看婁大這幾日並沒再來，心頭鬆了口氣，心底一放鬆，她就注意到有哪裡不對。

這幾日倒是沒再看到婁大，可是，卻總有零星的面生之人在她擺的攤子周圍出沒。

雖然說，這些人的面孔都陌生著，而且每天不盡相同，但是總有些蹤跡可尋。加上這些天羅紫蘇總不自覺地充滿了警惕注意婁大的行蹤，這才發現這些生面孔，出現的頻率未免太高了。

這些都是什麼人？

疑惑在心底不斷地堆積，最後羅紫蘇下定了決心，若是連著五天這些人都出現，恐怕她就要告訴沈湛了。

只是，還沒等她告訴沈湛，沈湛就給她解了疑惑。

羅宗平的腿，一天比一天好了，在羅紫蘇每天不斷地用空間裡的水給他做飯燒水後，羅宗平的腿幾乎都恢復了。

這天晚上，沈湛把三小隻都交給羅甘草，讓這三小隻去羅家夫婦那邊好好睡，這邊，沈湛小心地給羅紫蘇倒了杯水。

「這是出了什麼事情了？」羅紫蘇看出沈湛有話要說。

「這……其實、就是關於孩子的。」

沈湛少有的說話有些打結了，羅紫蘇看他這個樣子，讓她有一股說不出的不祥預感。

「沈言，是沈言。」

有些事情，再逃避還是要說出來，也許羅紫蘇知道了會鬧、會不高興，可是沈湛想著，還是要說明白的。

「沈言可能要在咱們家中長住了，而且不是一天、兩天，興許要很多年。」

「這不是咱們早就打算好的嗎？」羅紫蘇不知道沈湛在這裡糾結什麼？

沈湛想了想，還是說明白為好。

「最近，有一夥人來和我聯繫，應該是將軍從前留下的暗部，他們會守著沈言長大。不過，恐怕顧家的冤屈，就要等沈言再大一些才能……唉！」

沈湛也很無奈，只是，顧家軍不是簡簡單單的功高震主而已，中間還有一些別的，可那水太深了，沈湛深知自己勢單力薄，又人微言輕，這些事情遠不是他可以插手的。

他能做的，也不過是好好撫養沈言罷了。

感受到沈湛的失落，羅紫蘇安慰地揣了揣沈湛的手，拍了兩下。

「你已經盡力了，又何苦想太多？這麼說，最近我攤子邊的那些人就是來找你的？一個個的，也不怎麼專業啊！」

羅紫蘇的無力吐糟讓沈湛的臉黑了黑。那些人誰知道是怎麼回事啊……

咦？

沈湛皺起了眉，思索著這件事的蹊蹺。

「紫蘇，妳說，這些人是不是故意讓我們發現他們的？」

沈湛的話讓羅紫蘇一怔，回想一下，連她這個外行都察覺到不對，更不用說沈湛了。說來，能聯繫沈湛、在這場浩劫中生存下來，按理說也算是顧家留下來的精銳了，會犯這樣的低級錯誤嗎？

羅紫蘇和沈湛互看一眼。

他們都不太相信。

婁大一邊走街竄巷一邊思索著。

華娘子的事他早已經打聽清楚，心底厭煩極了。想要他婁大當冤大頭，還真是瞎了狗眼。華夫子是個秀才又如何？還沒考上舉人呢，居然敢來惹他婁大這個地頭蛇！婁大眼睛裡都是陰狠之色，尤其是看到那華娘子遮遮掩掩的，聽說晚上還不老實地去會情郎，眼底更是染滿了怒色。

華家著急，沒兩天，就上了婁家問消息。

婁華氏臉色有些不好，可是想到兒子的囑咐，還是打起精神來應對。

「那華娘子人才多好我還不知嗎？從小街坊的，看著長大，真真是個精緻人兒，我們大郎怕是高攀不起，華夫子從前就看不太上我們大郎啊。」

婁華氏一臉疑惑地看著城北的媒婆彭婆子。

「看您說的。」彭婆子連忙張開巧嘴一頓誇。「您也說了，都是街坊鄰居看著長大，您家大郎一表人才，華家也是知曉的。也是當年的陰差陽錯，這段姻緣才被耽擱了。這幾年華夫子年紀漸大，想的自是和從前不太一樣的，算起來，也是你們大郎和華娘子有這個緣分不是？」

婁華氏冷冷笑了笑，不過該說的還是要說的。「那也成，只是妳也是知道的，我家大郎雖然能幹，可是這兩年家裡房子也不曾修整，家裡的銀錢，這兩年我身子不好，也敗了不少，還是要籌措一二才能行的。這也不急，等華家搬回來，我們正好去華家提親。」
彭婆子登時急了，結果失言吐出這一句就覺得不好，連忙找補。
「那怎麼行！」
「倒不是別的，那華娘子畢竟是被那婚約耽擱了兩年，再耽擱下去，恐怕……您看，反正也是您家的人了，我也曾問過，華家並不在意什麼聘禮、家財，求的不過是女兒一生過得好，只要大郎人才出眾，那其他的也沒什麼要緊。」
這話一出，婁華氏就知道自家大郎說得沒錯，那華娘子是真有什麼問題。想到昨晚婁大說的，弄不好把他當冤大頭的事，婁華氏緊握著手裡的帕子，狠狠地揪了一下。
「那也成吧，那華娘子我是再喜歡不過的，我這就再和我家大郎說說，看看這幾日好去提個親。」
那彭婆子一口氣鬆下來，整張臉都笑成了一朵菊花。
兩邊說好了，彭婆子開開心心地走了，可婁華氏在媒婆走了之後整張臉都沈了下來。
「娘，您不高興？」
婁大回到家裡，一進門就看到親娘那張黑漆漆的臉。
「大郎，那華家的既然出了事要讓你當冤大頭，你怎麼還同意？」婁華氏不解。
「娘，您不用擔心。」婁大想的卻是別的。
「那華家既然想要我當冤大頭，自然是要給我些好處。不費一銀一錢的，弄回來個小娘子，這不比啥都強啊？更不用說，弄回來了，還不是我怎麼說怎麼是？嫁進了我妻家，不被我剝下一層皮來，那我妻大豈不白當了這冤大頭？」

他若是不藉著這事占占便宜，簡直對不起老天給他的機會。

再想想那賣肉的小娘子，他嘆了口氣。

等他忙過這華家小賤人的事，再去找那小婦人，反正那是嫁過人的，他也沒想著明媒正娶。

羅紫蘇這段日子一直在忙著賣滷肉的同時，又在想著弄鋪子的事。

現在天氣暖還好說，若是天冷還在外面賣未免太遭罪了。而且從村裡往鎮上來著實有些路程，在冬天時，怎麼想怎麼覺得艱難了些。

沈湛最近天天去山裡打獵，偶爾會去個兩天、三天打幾個大些的獵物，家裡只剩下羅甘草、羅宗平還有三小隻。一個小姑娘、一個腿腳不索利、三小隻不懂事的，著實讓羅紫蘇有些擔憂。

「我想著，要不要把屋子周圍再圍上一圈籬笆？」沈湛一邊和羅紫蘇商量著，一邊把身上的弓箭收拾好。「我這次進山去找找。我記得從前收了一些荊棘種子，放在山裡歇腳的地方，我找出來，圍上兩圈籬笆，撒上荊棘種子，等長出來也能擋擋小些的野獸。」

現在天氣暖和，種子發芽也快。

關於這方面羅紫蘇覺得還是沈湛比她更有專業知識，因而只是聽著，又問了問上次出現的那些人怎麼又沒了影兒？

「他們在暗處，而且大部分都離開了，只留下兩三個人暗中保護沈言，妳不用管了。有事情時若是我不在，妳就去鎮上西市裡那家酒坊去找人就行。」

羅紫蘇點了點頭，沈湛收拾好打獵的工具，拿著換洗衣服去洗澡。

孫氏在院子裡喊羅紫蘇出去，羅紫蘇出了門，就看到孫氏對著她招手。

「紫蘇，過來，娘有話和妳說。」

羅紫蘇心裡其實挺緊張的。

這段日子，羅丁香天天跑得勤，隔個兩天就會跑來看孫氏，時不時地還會帶塊點心或是幾個野果來給孫氏，對著孫氏嘴甜撒嬌，又一副認錯的樣子。孫氏的心裡顯然還是有這個女兒的，也不吭聲，時不時地隔個五天就會給她打包上一小塊滷肉。

羅丁香一副忘記了這肉也是要花錢的模樣，給她打包她也拿著就走，孫氏自己拿出銅板來放到錢箱裡，當做肉錢，羅紫蘇不要她還不高興。羅紫蘇也搞不明白親娘是怎麼想的，只好認了。

這次孫氏喊她，難不成是想要把羅丁香認回來？

孫氏從以前就是個心軟的性子，羅紫蘇覺得她要是認回了羅丁香，可是一點兒也不奇怪。

「紫蘇啊。」

羅宗平正在編著小竹筐。

那是老客人買滷肉要送人時才會給的小竹筐，把滷肉用荷葉包好了，上面再貼塊紅紙，塞到編得精緻的小竹筐裡，看著挺不錯的。

「最近丁香是不是總往攤子來？妳娘和我說了一下這個事，我想著也不能打糊塗帳，就和妳說道說道。」

羅宗平放下編好的小竹筐，又拿起幾枝竹片編下一個。

「妳娘做事妳可能不解她的意思，她這人想得不周到，覺得一家人嘛，都彼此理解。可我想著，這不是還有女婿在嗎？有些事情還是說明白的好。」

羅宗平一邊說一邊抬眼看羅紫蘇。

「這些日子，丁香跑得勤，又說好話又送東西，總歸目的我想著妳也知道，就是想要咱們這個滷肉方子。這是咱們家安身立命的東西，給她是不可能的。只是，她總是跑來，手也不空著，我就隔個幾天讓妳娘買塊滷肉給她，權當還她給的點心和野果的人情了。」

羅紫蘇驚訝地瞪大了眼睛。

羅宗平像是沒感覺到羅紫蘇的驚訝，接著解釋。

「再一個，妳奶是把我們分出來不假，我們心裡心寒也不假，可那畢竟是長輩，不為了別人，為了妳弟弟，我們也要顧忌一些，不能鬧得難看，時不時地讓丁香帶塊肉回去，權當孝順妳奶奶了。丁香給不給捎過去，是她的事；我們做了，是我們的事。這樣說出大天去，我們也占理。」

羅宗平已經想開了。和親娘那邊，以後就是為了兒子的名聲而不得不虛與委蛇，這是沒辦法的。

幾天一塊滷肉，對於現在的羅家來說，真算不上什麼事，為了兒子嘛，怎麼都成的。只是，他不能為了這幾塊肉和閨女生分了，該說明白還是要說明白的。

羅宗平的話讓羅紫蘇心裡敞亮了不少，她笑著和羅宗平道：「爹，我之前不懂這是怎麼回事，現在知道了，這肉錢更不能讓您出了。算起來我是晚輩，孝敬孝敬長輩也是應該的，幾塊肉而已，我又不是小氣的，您非要讓娘給我銅錢，倒讓我覺得生分。爹、娘，你們放心吧，沈湛也不是個小氣人，別說是幾塊肉，就是一個月孝敬他們三、五兩沈湛也不會覺得怎麼，你們就不要再給我銀錢了，弄得我倒覺得自己是個外人呢！」

孫氏聽了徹底地放了心，羅宗平也安慰地點頭，一家三口其樂融融。

等到了晚上，夜深人靜。

「她爹，你看的真是沒錯，這事兒要是不說清楚啊，怕是紫蘇真的要和咱生分！」

孫氏嘆著氣和羅宗平道。

她是真沒覺出來，也不覺得那事是啥大事，沒想到紫蘇卻是真往心上放了。

「這不怪紫蘇，要是我也要在心裡犯嘀咕的。好好地帶著娘家爹娘賺銀子，結果天天給一個一直對我不好的姊姊肉吃，還是爹娘自己掏銀子，心裡能高興？胡思亂想是一定的。還好說開了，紫蘇不是個小氣的孩子，說開了就好。」

孫氏點了點頭。

「等你的腿傷徹底好了，咱們兩個去鎮上賣肉去，紫蘇長得好，在那街上未免有些扎眼。我常看到有些個痞子、混子在周圍晃，好在咱們攤子上，老客人裡有縣衙的衙役時常來光顧，鎮得那些人不敢過來找事。」

有幾回，紫蘇還特意地免了幾個衙役的肉錢，白給他們。當時孫氏還納悶，後來卻發現圍著攤子的痞子、混子少了很多，心裡這才明白了紫蘇的意思。

在鎮上時日長了，和周圍商家、客人聊天也明白了，在哪裡都不是好待的。她們這樣一對母女能平平安安地擺攤，一來是有沈湛時不時地坐鎮，再來就是衙門的人也常來常往，那些個牛鬼蛇神自然就不敢再過來了。

第二十三章

時光飛逝。

一轉眼，又過了一個多月。

沈九姑天天時不時地會在羅紫蘇家附近閒晃，尤其是最近，沈福不知又勾上了哪路賤人，不再時時找她，讓沈九姑空閒之餘，對沈湛的想頭更急切了幾分。

然而，羅家人防人之心都很重，她一直沒機會下手。

不過……

沈九姑又看到了那個長得好似個小白臉的小貨郎，揹著貨箱，手裡拿著撥浪鼓，不過沒轉出聲音，反而在沈家院子外來回轉了幾圈，也沒往村裡走，就轉身離開了。

這是這個月第四次看到這個小貨郎了。

沈九姑一邊想一邊看著那小貨郎，似乎有所感，那小貨郎猛的一轉身，就看到沈九姑正用一雙勾人的眼睛看著他。

「小哥兒，你那裡的繡線顏色全嗎？我想買些來做個小衣呢！」

溫溫柔柔的聲音，略帶著幾分勾人的媚意，那小貨郎——也就是婁大，笑了。

「小娘子想要什麼顏色的？我倒是要給妳好好找找才成。」

「那就去我家那邊？我要回屋去找找都剩下什麼色的線了，要的顏色多，且得慢慢挑呢！」

婁大做起這事來早就輕車熟路，聞言笑了笑，一雙鷹眼勾人得厲害，也不打算走了，就跟在沈九姑的身後。

沈九姑最近曠了很久了，走在婁大的身前，水蛇腰扭得厲害，裊裊婷婷的，顯得腰細得厲害，婁大嚥了嚥口水，想了想，前幾次都曾看到這個小娘子站在村道口望著沈家，也不知在想什麼？

最近這半個月，他可是把這一個村的消息都打探得差不多了。

沈九姑到了家門前，一推門，前腳剛邁進去，後面的婁大就走進來，順手把門關了。

「喲，怎麼還把門關了？」

沈九姑一甩帕子，一雙勾人的眼白了婁大一眼，嘴唇輕挑，對著婁大媚人地笑著。

「這不為小娘子妳想嗎？」婁大一邊把貨箱放到地上一邊對著沈九姑微笑。「妳可是個小寡婦，這要讓人看到妳青天白日的弄了個男人進家裡，還不說妳騷？」

沈九姑心頭一顫，再抬眼，那婁大已經走到了近前。

「這村子我雖然不常來，卻也早早就聽到了九娘子的花名，正想和妳好好親香一二呢！」

婁大一邊說一邊用眼睛勾著沈九姑，嘴角那縷壞笑讓沈九姑心頭顫動。

「聽說九娘子身子又軟又滑，也不知是不是真的？」

沈九姑一聽腳都軟了，一下就倒了，被婁大一把摟到懷裡。那男人還不肯放過，笑嘻嘻地緊箍著她的腰，常年揹著貨箱的手臂粗壯有力。別看個頭不算高大魁梧，卻是個技巧好的，一邊摟著沈九姑一邊輕揉著她的腰，三兩下就讓沈九姑整個軟在他的懷裡。

婁大把這些日子的沈悶、渴望都發洩在了沈九姑的身上。想著家裡後日就要娶那華娘子回來了，他總算是放了這沈九姑，起身拿起帕子擦了擦身上，開始穿衣服。

穿好衣服，婁大走到沈九姑的旁邊，沈九姑已經累極，躺在炕上睡著。

「不錯啊小娘子，真是夠騷的，我喜歡，明日我再來找妳。」

婁大銜著笑，懶洋洋地拍拍身上的衣服，走出了門。

揹上貨箱，出了沈九姑的家門，正走著，卻在經過一間房門時停下腳步。

這家人離沈九姑家不遠，房門裡傳來婦人惡毒的咒罵，伴著一聲聲的拍打聲。

「殺千刀的小野種，居然敢吃雞食，你把雞食吃了，我養的雞要吃什麼？你個喪門星啊，連雞的吃食都搶，你個沒良心的貪吃鬼……」

一聲聲咒罵，一聲聲責打，伴著小孩子嗚咽的哭泣。

婁大挑了挑眉。這段日子他常在這村裡行走，這戶人家他也是知道的。

這戶人家是村裡有名的潑皮黃三的家，只是那黃三是個短命鬼，前兩年喝醉一時失足，掉進河裡淹死了，只剩下了守寡的繼室和亡妻留下的三個孩子。

這繼室楊氏說來也是鼎鼎有名的，從嫁進來就開始刻薄那三個孩子，自己明明不能生，還對這幾個孩子不好，天天非打即罵的，時不時地還要餓上幾頓，村裡人人都嘆息這三個孩子命苦。不過這楊氏是個潑貨，沒理攪三分就不說了，陰狠惡毒，沒事都能咬下人一口肉來，村裡人再看不過也沒法子幫這三個孩子。

婁大心裡本就有些主意，不過他倒是不急，這事兒不是一天、兩天的事。他揹著貨箱再往前走幾步，卻看到一個男子正陰狠地盯著自己。

想釣的人終於到了，婁大忍不住笑了起來。

沈九姑是被人弄醒的，一睜眼就感覺到身上有個人正在喘著粗氣，身體的異樣讓她忍不住瞇了眼抓著對方的肩膀輕叫了一聲。

「冤家，輕一些！」

「幾天不來，居然有了新人了？」沈福氣喘吁吁地動作著，心裡不忿，動作極是粗暴。

「呵……」

沈九姑輕笑一聲，伸出手來緊摟著沈福，語帶輕蔑。

「怎麼，被你那老婆和老娘收拾了？」

沈福又氣、又怒、又心虛，身下動作更加粗暴，沈九姑忍不住輕哼出聲，卻又更加覺得刺激。

一直到完事了，沈福翻了個身，喘著氣在炕上「呼呼」的，就和要斷了氣似的。

沈九姑之前和妻大就瘋得厲害，如今再被沈福折騰，覺得自己半條命都快沒了。她懶懶的連翻身的力氣都沒有，只是瞇著眼看著一片昏黃的窗外。

「我不來，人也沒閒著不是？天天地跑去人家門外吃風，我倒不知道，九姑妳還是個癡心的種。」

沈福神色冷淡。他不在意自己睡的女人是不是被別人睡過，可是剛剛那個貨郎的話卻在他心底埋了一根刺。

「你這話說的。」

沈九姑翻了個身，眉宇間的冷淡讓沈福覺得刺眼。

「我們又不是什麼正經夫妻，我想什麼也和你沈福沒什麼關係吧？你自己倒是有妻有子，我自己孤苦無依的，還不能給自己找後路了？」

「沈二郎可不是個好相與的，妳也不怕賠了夫人又折兵！」

沈福冷笑一聲，不過想到沈湛他心裡就是一陣不舒服。對方過得好，他煩；對方過得不好，他還是煩。

「我的事我自有主意，不勞你費心了。」

沈九姑抛下一句，就扭身想睡，誰知卻被沈福一把拉住。

「我倒有個法子，九姑，妳要不要求求我來幫妳？」

沈九姑有些訝異地看了看他，心中有些不解，卻還是點了點頭。「你先說說看，你有什麼法子？」

沈福冷冷地笑了笑，把之前那貨郎的話想了一遍，這才開口說起，沈九姑越聽越驚訝，最後臉色有些難看。

「你怎麼知道我買了蒙汗藥？」

「不用管那些。」沈福冷淡。「妳要是真把沈二郎的家攪散了才好，怕什麼，我還能真把妳怎麼的？」

沈九姑這才放鬆下來。但她心裡細細盤算了一遍，卻突然覺得不對。「這法子你是怎麼想到的？」

以沈九姑對沈福的了解，這般狠毒的主意，他真沒那個腦子想出來。

沈福冷冷地穿上衣服就走人了，完全不理會沈九姑，更不想說出是剛剛睡了她的那個小貨郎出的主意。

他堂堂一個爺們，比不得一個貨郎小白臉有腦子？

沈福嫌棄自己丟人。

大清早的，羅甘草打開院門，正在掃院門前的空地，就聽到村子那邊一陣喧譁的聲音。

這房子離村子裡極遠，輕易沒什麼動靜，羅甘草有些驚訝，抓著掃把看向村子的方向鬧哄哄的，一會兒，就有七、八個人匆匆往這邊走，一邊走還一邊喊著什麼，那群人看到羅甘草，其中一個大概三十多歲的農婦跑了過來。

「小丫頭，妳看到沒看到一個孩子，大概這麼高？」

「沒有。」羅甘草呆了呆，看著婦人的吊梢眉三角眼，顴骨高高的，帶著一股子刻薄的刁意，眼神還露出幾分陰狠，她往後退了一步。

那婦人上下打量羅甘草，在看到她那一身一個補丁都沒有的粉色襦裙後，眼裡帶上幾分算計與嫉恨。

「我說妳個小丫頭，要給我說實話啊！那個喪門星偷了我的銀錢，妳要是看到了不說，我可要找妳家大人說道說道的。」

羅甘草很煩這樣刁蠻不講理的婦人，她又往後退了一步，臉色難看。「我說沒有就沒有，走開，別站在我家門口。」

那婦人見羅甘草兇巴巴的，臉色一變就想上前吵鬧，有個一臉兇相的漢子在那邊喊了一嗓子。

「別再吵了，人家一個小姑娘，說了沒有就沒有，還不快些找，真的找不到，我和妳說，那銀子就別要了。」

一群漢子還有兩個中年婦人，到處翻找著走遠了。

羅甘草看著那群人，總覺得不對，那些人身上就帶著一股不懷好意。她也不掃地了，拿著掃把快快回走進門，把院門關上，抵得結實。一轉身，院子裡一邊曬著太陽、看著孩子，一邊編著竹筐的羅宗平看過來。

「甘草，怎麼回事啊？我聽著外面鬧哄哄的，是村裡有人過來了？」

「不知是不是村裡的人，看著不太像，也不知在找什麼，兇得很！」

羅甘草不高興地說了一聲，把掃把放好，去洗了手。這邊，大妞兒正坐在院子裡放置的小桌子旁，認認真真地拿著針線在縫布頭呢。

這些日子大妞兒覺得沒意思，小妞兒和沈言兩個人自顧自玩的時候，自覺已經是個大人的大妞兒看著小姨縫衣服、繡花覺得很好玩，就鬧著學，現在，正在進行針線啟蒙階段——縫布頭。

「大妞兒，來，和小姨一起去挑菜。」

羅甘草喊了一聲，大妞兒應了，乖乖把布頭放到針線筐裡，跟在羅甘草的身後去了灶房。

木車裡，小妞兒和沈言一左一右睡得香甜。

羅宗平有些擔憂地看了眼被關得緊緊的院門，低下頭繼續幹自己的活。

沒一會兒，院門外，斷斷續續地傳來窸窸窣窣的聲音。羅宗平皺著眉頭，乾脆站起來，拿起了羅紫蘇幫他弄的枴杖，小心地一步一挪到院門處。

院門剛剛打開，羅宗平就聽到「撲通」一聲，一道小小的身影似乎之前靠在門上，在院門打開後直接倒在地上。

看著也就六、七歲模樣的男孩，全身上下瘦得嚇人，露出來的皮膚上都是傷痕，小手上全是粗繭，還裂開一道道的血口子，看著就驚心。

「甘草、甘草！」

羅宗平的腿彎不下，只好站在那裡喊羅甘草，羅甘草連忙從廚房裡跑過來，身後還跟著大妞兒。

「這是怎麼回事啊？」看著倒在門口的小子，羅甘草有些懵。

「這是小石頭。」大妞兒抱著自家小姨的大腿，看著躺在地上的小男孩，一臉同情。「他有個狼後娘，日子過得可不好呢！」

狼後娘？

羅甘草一臉糊塗，一旁的大妞兒就和羅甘草說了什麼叫做狼後娘。「那個後娘天天不給小石頭哥飯吃，還天天打他、不讓他睡覺，只讓他幹活，可慘可慘了！」

羅甘草一臉憐憫，有些拿不定主意。「這孩子太可憐了！爹，剛剛路過外面的那些人是不是在找這小石頭啊？爹，怎麼辦？」

一旁的羅宗平臉色也不太好，覺得這孩子命太慘了。「先把他抱到屋裡去吧，怪可憐的。」

羅甘草把輕得驚人的小子抱起來送到一旁的房間裡，打了水，給小石頭先擦了臉手。羅宗平因為有傷，家裡的傷藥是有的。羅甘草拿出藥，把小石頭身上看得見的傷痕一一用藥膏抹了。

一旁的大妞兒很乖巧，一直幫著忙：洗帕子、拿傷藥、幫忙按著手，小姑娘悶頭忙得額頭冒汗。

幫著收拾好了，羅甘草讓大妞兒幫忙看著人，她去廚房接著摘菜做飯，天色不早了，估計羅紫蘇和孫氏也要回來了。

果然，還沒等菜炒好，羅紫蘇和孫氏已經回來了。

滷味早就賣光了，因為想要找個好一些的鋪子，母女兩個才一直在鎮子裡找房子。

「現在有兩個地方能選。」

回來的羅紫蘇洗了臉手就過來和羅宗平說叨這事。

「一個是咱們現在賣滷味的那條街上，和梁記米鋪隔了兩戶。那地方前面能賣東西，後面能住人，就是這房子是只賣不租的，所以銀子要的多，人家直接要了七百兩銀子。」

羅紫蘇很中意這個地方，可是這銀子是有些多了。

「還有一個在西市，地方倒是挺大，也便宜，租金一年一百兩銀子。不過，那邊的人要雜一些，三教九流什麼人都有，有些三不管的地界。」

羅紫蘇的話讓羅宗平沈默了一瞬，羅宗平想了想，又去看孫氏。

「家裡的銀子一共有多少？」

「這些日子可沒少賣東西。」孫氏一邊說一邊拿出了放錢的匣子，打開直接往外拿。銀票、散碎銀子、銀元寶，零零散散的加在一起，孫氏也有些呆住了。

「這、這有兩百多兩銀子。」

「拿出兩百兩來。」羅宗平直接道。

孫氏之前一直都沒有捋過到底賺了多少銀錢，匣子裡銀錢夠一百了，就會帶去鎮上讓紫蘇或是沈湛幫著換成一百兩的銀票，哪知已經存了這麼多。

羅宗平把孫氏遞過來的銀票直接塞到羅紫蘇手裡。

「紫蘇，我想著，咱們去鎮上把那鋪子買了，就選妳喜歡的那個。我這邊出五百兩，妳出二百兩，不足的部分就當爹先向妳借著，妳看看如何？爹覺得，這年年交租金，銀錢都是給別人賺的，倒不如咱們自己把鋪子買下來，只要開鋪子，賺一文，那就是一文，省得還要先存出租銀，有剩的才是咱自己的銀子，沒什麼意思。」

羅紫蘇也不推辭，她是想著，自己家人若是都搬去鎮上，或是只爹娘他們去鎮上也是好的，如此，春齊回家也方便，省得他小小年紀自己一個人在鎮上，出了什麼事也都不知道，沒得讓人揪心。

羅宗平又說了一些叮囑的話，羅紫蘇一一應了。

「小姨、小姨，小石頭哥哥醒了！咦，娘，妳回來啦！」

大妞兒匆匆跑出來想報信，看到羅紫蘇眼睛立即就亮了，跑過來抱住了羅紫蘇。

「什麼小石頭哥哥的？」

羅紫蘇一把將大閨女抱起來，親親小嫩臉，大妞兒臉頰紅紅的抱著羅紫蘇，心裡美得不要不要的。

「就是今天遇到一件事啦。」

羅甘草有些心虛，也不知怎的，從前明明這個二姊最軟的了，現在卻成了她敬畏的存在。

「什麼事，慢慢說。」

羅紫蘇看著羅甘草一臉心虛也沒生氣，笑吟吟地道。

「小石頭哥哥。」

大妞兒直接伸手一指，羅紫蘇回頭看過去，只看到一個衣衫襤褸的小男孩，矮小瘦弱，看著比她之前第一次看到大妞的樣子還要慘。

滿臉的鼻青臉腫，小小的衣服，袖子只到小手臂半截，褲子只到小腿肚那裡。小手已經上了藥，不過還是看得到一手的粗繭與血口子。

小男孩有些畏縮，戰戰兢兢的眼神時不時地飄到羅紫蘇和羅宗平的身上，也不敢說話，就那樣彎著腰半撫著肚子，怯生生地看著羅家這一大家子人。

「你醒啦？」

羅甘草一臉不忍地走過去輕聲問，嚇得小男孩捣著臉縮著蹲下，一副生怕被揍的架式。

羅紫蘇看著明顯瘦弱又似乎被虐待的小孩子，聽著羅甘草說出前因後果，小心地問自己能不能留下這個小孩子幫著幹活時，心裡說不上是什麼感覺。

她想起了第一次看到大妞兒時的感覺。

這孩子明顯比大妞兒慘，看大妞兒似乎也是這樣想的。

不過，這孩子的家人終究還是個問題。

「不過這事還是要二郎做主。」

羅宗平看出羅紫蘇的難處，不讓羅甘草再和她說什麼把小石頭留下的話。

羅甘草這時才想明白哪裡不對，臉頰紅了。

看出妹妹有些難堪，羅紫蘇連忙找補。

「之後店開起來，只我和娘去是不行的。爹，您的腿有傷，就先在店裡幫著收銀錢，家裡只甘草一個看著這三個小的我可是不放心，有個孩子幫著看看倒好一些。」

雖然這孩子小了點，不過聽著話這孩子已經九歲了，雖然看著也就六、七歲的模樣，想來是和之前大妞兒那般，家裡人對孩子不怎麼關心的。

「等相公回來了，我和他一起去黃家問問。」

「謝謝、謝謝嬸嬸！」小石頭不住地對著羅紫蘇道謝，又轉頭去謝羅甘草。

看著這孩子小小年紀就這樣如驚弓之鳥似的，讓羅家人心底更是討厭黃家人了。

春去秋來，時光轉瞬即逝，一轉眼，羅紫蘇在鎮上開的熟食鋪子已經好些時日。

這段日子羅家人忙得不行，天天都是早出晚歸的。

熟食賣得好，家裡人就要備得多一些，畢竟家裡離鎮上有段距離，羅宗平和孫氏幾乎都住在鎮上一直沒回來。

要不是羅甘草要在家裡幫著看孩子，恐怕也是要住在鎮上的，但鎮上的後院太小，著實有些住不開。

紫蘇盤算了一下。

現在鎮上的熟食生意已經穩定下來，而她的桃花酒生意也開始穩定了。明年買了山，再擴大規模，移栽更多的桃花樹，不止可以釀桃花酒，還能生產桃膠；再來桃子也可釀成桃果酒，還可以賣鮮桃、做桃脯，家裡一定會更好的。畢竟羅春齊念書需要錢，羅甘草和大妞兒、小妞兒以後也得攢嫁妝，還有自個兒爹娘的養老錢，處處都要用錢。

不過這樣人手就更不夠了。

羅紫蘇一邊盤算一邊想著，只是，還沒等她想清楚是買人回來還是雇村裡人時，家裡卻出了事。

孩子們不見了。

羅紫蘇接到消息，匆匆關了鎮上的鋪子，一大家子急忙回了家裡。

羅甘草哭得雙眼紅腫，有氣無力，小石頭衣服上全是血，頭上用一塊布包著，躺在床上緊閉雙眼，人事不知。

「姊姊！」看到羅紫蘇他們回來，羅甘草紅著眼睛不斷擦著淚。「怎麼辦？大妞兒和小妞兒被綁走了！」

羅甘草一邊說一邊遞過來一封信。

羅紫蘇打開，信上寫著想要孩子就要把滷肉的秘方拿出來，還有白銀一千兩。

這是遇見綁票的了？

「到底怎麼回事，孩子怎麼會被人綁走的！」羅宗平眼睛都紅了，緊盯著羅甘草問。

「就是今天午後的事。」

羅甘草一邊哭一邊說。

往常，家裡都是一大早，羅紫蘇兩口子去鋪上，她和小石頭在家裡看著三個孩子。

這時候，小妞兒和沈言都已經會走了，不太好看顧，每次都是在院子裡鋪上個大大的竹席，上面再放個孫氏給孩子們縫的大軟墊子，讓孩子們在上面又爬又玩的。大妞兒和小石頭兩個人看著他們，羅甘草平時在旁邊做做針線，或是在家裡收拾一些桃花什麼的。

今天也是。

可是也不知怎的，羅甘草在院子裡做針線時只覺得睏得不行，於是先讓大妞兒和小石頭看著小孩子，她想睡會兒。

誰料，這一睡就沒醒，一直到她被村裡的馮翠兒拍醒了，這才發現，大大的院子裡，只有躺在車裡睡得正香的沈言。

小石頭半趴在大門口，一頭的血，人已經暈了，家裡的大妞兒和小妞兒沒了影。

羅甘草驚呆了，雖然被馮翠兒弄醒了，可不知怎的，全身無力，軟綿綿的，路都走不得幾步，馮翠兒於是幫著去鎮上找羅紫蘇告知家裡出了事。

「先帶著小石頭去鎮上看大夫，這邊先報了官吧。」羅紫蘇一邊急急地把小石頭弄上馬車一邊道。

先去了鎮上，沈湛去了衙門，這邊，小石頭也被帶去醫館看大夫。

半路，小石頭醒過來，強撐著和羅紫蘇、沈湛說了事情的經過。

一切都是楊氏鬧出來的。

自從小石頭來羅家做工，一個月給了二百個銅板，小石頭就和他弟弟們的日子好多了，楊氏對待小石頭的態度也好了很多。

小石頭很感激，覺得可能是從前爹死了之後，家裡沒了進項，後母才會越發的不拿他們當人。現在家裡有了進項，繼母還會給他們做飯、洗衣，時不時地還會買些從前沒有的零嘴給他們吃。

今天也是，楊氏在貨郎來家附近叫賣時，買了不少麥芽糖，又給了小石頭一部分，讓他拿來羅家，給羅家幾個孩子還有羅甘草嚐嚐。

因楊氏時常這樣做，還不時和小石頭說上幾句人要知恩圖報，他得了羅甘草的大恩，就要有好東西想著恩人一些的，小石頭高高興興地拿著麥芽糖就過來了。

為了小石頭拿麥芽糖方便，楊氏還特意和那貨郎要了個小小的瓦罐。

小石頭拿著幾支小竹籤，攪了幾支麥芽糖出來，大妞兒、小妞兒、沈言還有羅甘草，都吃了不少的麥芽糖。

小石頭正在換牙，今天有顆牙活動了，於是就沒吃。

結果，除了沒吃糖的小石頭，孩子們全睡了，就連羅甘草都回屋去一躺睡著了。

小石頭看著總覺得哪裡不對，就跑去關大門。誰知，門還沒關，楊氏就帶著幾個人衝進來，把大妞兒、小妞兒搶了不說，丟下一張字條便揚長而去。

小石頭想阻止，誰料被楊氏猛推了一把，頭磕到了門板上，人就暈了。

要不是馮翠兒路過，估計要到晚上羅紫蘇兩口子回來才知道孩子丟了。

「那麥芽糖裡應該被下了蒙汗藥。」

肅著一張臉的沈湛冷冷地說，撫了撫小石頭又暈過去的臉，他眼中一片殺意。

說者無心，聽者有意。

小石頭說起了貨郎、麥芽糖時，羅紫蘇心頭一動，再一聽到沈湛的話，她腦海中靈光一閃。

她莫名地想起原主的記憶裡，這種麥芽糖摻蒙汗藥什麼的事她曾聽過。似乎，上輩子婁大曾經用這招幫著個富商，把他有勢力的原配迷倒，捏造了那原配通姦。

「你去衙門時，說一說住在街上的那個姓婁的貨郎，我記得我賣熟食時，曾三番兩次地看到他在不遠處盯著咱家的攤子，開了店鋪後，也時不時能看到他在咱們店門前轉悠。」

沈湛臉色一肅，鄭重地點了點頭。

有了婁大這條線索，案子破得很快。

牽出了蘿蔔帶出泥——楊氏、沈九姑、沈福、婁大，這四人全部被捉進了牢裡。

當初，婁大在村裡走動，聽說了黃家的事，覺得楊氏和她這三個繼子很有用。他讓沈九姑不動聲色地和楊氏交好，又說了些羅紫蘇用滷肉發家致富的好路子，再說說羅紫蘇和沈湛對這兩個閨女的重視。

楊氏果然上勾了。

楊氏把小石頭弄到了羅紫蘇的家裡，得了一些月錢，吃了些許甜頭；接著，沈九姑又說起了滷肉方子，再提了提羅紫蘇已經在鎮上買房子、開鋪子，又讓婁大去勾那楊氏。

兩人萬般一合計，定下了計劃，沈福幫忙在鎮上找了些混混，於是有了楊氏帶著人來綁孩子的事。

現在，四個人誰也沒跑，齊齊被判流刑。

李氏哭得天昏地暗，周氏漠然以對。

自從沈福和那沈寡婦有了牽扯，周氏就對他再也沒了企盼。

把妻大解決，羅紫蘇就好似身上的重擔終於卸了下來。就在妻大他們被押解離開的那日早上，羅紫蘇睜開眼睛，只覺得身上徹底一輕。

那是種很玄妙的感覺。

羅紫蘇知道，原身心頭的怨恨、不甘，已經徹底地沒了。

她終於做了完完全全的羅紫蘇。

十年後。

京城，青槐巷的羅府張燈結彩。

明日是朝中戶部左侍郎羅春齊成親的日子。

羅府外，車水馬龍，身為朝中受今上重視的寵臣，羅大人成親，朝中稍有些品階的都提前來道賀。

管家正在待客，而另一邊，京城碼頭，羅春齊卻正在焦急地等著自家爹娘和姊姊、姊夫及妹妹、妹夫的到來。

終於，客船靠岸，沈言已經是個唇紅齒白的少年郎，看到羅春齊，早早就候在船頭的小郎君用力揮手。

「舅舅、舅舅！」

船剛靠岸，沈言已經一蹦到了岸上的碼頭，嚇得羅春齊臉都白了，顧不得看到外甥的欣喜，他臉色一肅。

「斯文！斯文！」

沈言臉色一苦。果然，羅舅舅開始了他又臭又長關於禮儀、關於斯文、關於讀書者的氣度等等的長篇大論。

「舅舅，您不應該在戶部啊，太屈才了，您應該去禮部啊。」

沈言苦著臉小聲嘟囔，結果被羅春齊更用力地斥責了。

羅紫蘇笑得肚子痛。有什麼比看著無法無天的野猴子被收拾更有意思呢？

大妞兒、小妞兒一邊一個抓著羅甘草的手笑，一旁，羅甘草的相公沈平懷裡抱著個三、四歲的胖小子，那是羅甘草的兒子沈宴。

羅宗平和孫氏走在最後，老兩口都是一臉的笑，參加兒子的喜事，哪能不高興？

「還是春齊厲害，這小子平常就不聽我管，正好，這次我把他丟這裡，你幫我好好看著。」

沈言一聽嚇得臉都白了，連忙竄到了羅紫蘇身邊。「娘，可別，我才不要！」

羅紫蘇笑得更甚，連一旁的沈湛一向冷硬的臉上都有些淡淡的笑意。

「姊，這次你們不走了吧？」

給爹娘、姊姊及姊夫見了禮，一向嚴肅謹慎如羅春齊也忍不住露出笑。沒什麼比看到重視的親人更讓人高興了！

「你都那般說了，我們還怎麼走啊？」羅紫蘇笑著道。

羅春齊在十七歲那年中了榜眼，後入了翰林院，一直到現在的戶部左侍郎，可以說，很大一部分是因為有羅紫蘇在背後支持。

這麼多年了，羅家在村裡、鎮上都很低調，也唯有合作的幾家人才知曉，這羅家內裡可是賺下了萬貫家財。

如今，羅春齊在京中站穩腳跟，一直想接家人來京城，不過，因為放不下家裡的家業，羅宗平是第一個不肯入京的。

好在，羅春齊聰明啊，他知道，父母最重視姊姊和家中那幾個小的，便用家中小輩的前程來說服羅宗平。

事關沈言的前程，羅宗平立即就答應了。

而羅紫蘇和沈湛，則是打算等沈言進了京裡最有名的書院之後就返回鎮上。這麼多年來，他們已經習慣了那裡的生活。

只是，誰也沒想到，計劃不如變化快。

就在羅春齊的婚禮半個月後，羅宗平老兩口都安置好了，羅紫蘇與沈湛打算返鄉時，羅紫蘇終於有了身孕。

這簡直喜壞了羅家人。

都以為羅紫蘇那些年被折磨得太狠，傷了身子，已經沒了希望，誰也沒想到，時隔這麼多年她竟然有了身孕。

羅紫蘇因為有了身孕，反應劇烈，回鄉的事短期是萬萬不能了。

「姊姊，妳看，爹娘和小言都留在京裡，我想著，妳和姊夫也留在京裡不好嗎？外甥女們都大了，以後相看婆家，還是在京裡好一些；妳也要生了，孩子在京裡長大，不比在鎮上強嗎？」

原本已經計劃提前步入中年生活的羅紫蘇，沒想到自己還有生孩子的一天。

京裡比鎮上好她是知道的，只是之前覺得習慣那裡的生活，大妞兒和小妞兒都是在那裡長大的，想著在那裡老去也不錯。可是如今，家裡人都勸，羅紫蘇也糾結了。

私底下問兩個女兒，小姑娘都是愛熱鬧的，這京裡的生活可比鎮上多姿多采，天天不是廟會就是聚會；小姑娘們喜歡新舅娘，也被羅夫人帶著去娘家和娘家的小姑娘們玩耍，哪裡還願意回鎮上？

羅紫蘇只好同意了。

反正只要有手藝，在哪裡養不活自己呢？

鎮上的家業除了現銀，其他的都留給了羅甘草兩口子。

這兩口子都是吃苦耐勞的，不太想留在京裡，於是羅甘草一家三口回了鎮上，繼續在鎮上的家業。

在京裡置辦產業的事，羅紫蘇都交給沈湛，她只負責出主意，在家養胎。時不時的，沈言會咋咋呼呼地跑回來，報告給羅紫蘇——最近爹他開的鋪子賺了多少、家裡又買了什麼莊子，又給姊姊、妹妹置辦了什麼嫁妝，惹得大妞兒、小妞兒沒事就收拾他，誰讓他天天把嫁妝掛在嘴邊。

十月懷胎一朝分娩。

就在入臘月後的第一場雪，羅紫蘇生下了一個胖小子。

那一天，羅紫蘇抱著兒子睡得熟熟的，身邊還被大、小妞兒以及沈言占得滿滿的。

幾個孩子都很擔心羅紫蘇，死活不肯離開，硬是要陪著娘睡一晚才行。羅紫蘇被這孩子折騰了快四個時辰，可是她甘之如飴，尤其在看到女兒和兒子對這個小兒子很是疼愛時，她才徹底地放下了心。

幾輩子都沒能生過孩子，雖然有大妞兒、小妞兒和沈言，他們對自己來說就是親生的孩子，可沒經歷過這一回，她始終覺得有些遺憾。而現在，她終於圓滿了。

而沈湛，被擠得只能艱難地伸出手，抓著熟睡的一大一小兩隻手掌，終於露出了笑。

——這一生，有妳、有孩子們，真好。

——全書完

番外 沈言

這世間總有那麼一些人，自幼就記事記得比別人早，懂事比別人早，做什麼事情都是走在別人的前面，這種人，往往被人稱一聲「早慧」。

沈言就覺得，自已當得起早慧二字。

他從小就記事記得比別人早，剛在襁褓時，沈言覺得自已就有了記憶。

雖然那記憶隱隱約約的，似乎隔著一層厚厚的紗，許多人都看不清了，可是有一個女子的樣貌卻始終在他的腦海裡。

那女人婉婉約約、柔柔弱弱的，和他娘羅紫蘇並不一樣。那個女人總會在他耳邊輕聲說話，內容他不太記得，似乎是讓他千萬不要忘記了家仇。

再後來，沈言的記憶裡，就只記得他娘羅紫蘇還有姊姊含珍，妹妹含瑾了。

嗯，其實姊姊原來叫大妞兒，妹妹叫小妞兒，可是進了京之後，這兩個丫頭片子就再也不讓他叫小名，一叫就挨揍。他一大丈夫，當然不能和小丫頭計較，只好逼著自已改口了。

沈言想到這裡忍不住嘆了一口氣。沈含珍這個大姊兒子都生了，可心眼兒還是那麼小，不就是不小心當著姊夫的面喊了她乳名嗎？身為姊姊居然對弟弟大打出手，真是沒眼看。同情姊夫啊，娶了姊姊這麼剽悍的女人！

正在心裡感嘆著，沈言感覺到自己的肩膀似乎被人拍了拍，他轉過頭，對上了一張滿是鬍鬚的大臉。

「沈進士，有禮。」

對方咧嘴一笑，沈言的嘴角忍不住抽了抽。

今天的翰林院是比較熱鬧的。

今期的科考，經殿試出了前三名，前兒打馬遊街的好不熱鬧。這頭，是未中前三名的進士們在翰林院進行朝考，考過之後，中了的進士們就成了庶起士，進翰林院學習三年，散館之後即可直接入翰林，非翰林不得入內閣，是以，今日正是朝考之後出成績的時候，翰林院裡人聲鼎沸，倒是難得的熱鬧。

一群進士青衫布巾，其中又以一個十六、七歲的小秀才沈言很是引人注目，讓剛踏入翰林院大門的羅春齊一眼就看到了。

當然了，也看到了和他對峙而立的顧淮，羅春齊忍不住伸出手揉揉額頭。

「羅大人。」

眾位學子看到羅春齊到來立即紛紛行禮問好，羅春齊露出微笑，一一點頭示意，又擺手免禮。

羅春齊的身後，兩位翰林學士手持榜單，快步走過去，把榜單貼到牆上。

眾位進士連忙過去查看，第一眼就看到了排在第一名的沈言。

「果然是沈進士拔了頭籌。」

眾人紛紛感嘆，又把目光落到沈言身上，沈言笑容更僵，連忙粗粗地回了個禮給大家，快步往羅春齊身邊走。

「舅舅，我先走啦。」

沈言受不住眾人遺憾的目光，更受不住顧淮的緊迫盯人，覺得自已還是先閃為妙。

沈言動作快，三兩步就出了翰林院，顧淮更不用說了，身為驃騎大將軍的他立即緊緊跟在了沈言的身後。

「十二郎，你等等。」

「停！」

沈言服了顧淮的固執，當然了，他的頑固也是出了名的，誰怕誰啊！

「我姓沈，家裡郎君我排第一個，我是沈家大郎，不是什麼十二郎。」

沈言對著顧淮乾笑了一聲。

「你是顧家的孩子，排十二，就得叫十二郎。你身為顧家男兒，就應該拋頭顱、灑熱血，上戰場，保家國。你這一天天的，拿著軟綿綿的書本，對得起你身上流著的顧家血嗎？」

顧淮痛心疾首。

「當年顧家出事，我們也是為了保全你，才把你交給沈家撫養，你怎麼就是聽不懂呢？」

沈言腳步飛快，顧淮緊跟其後，嘴上更是不閒著，嘚不嘚的，讓沈言頭都大了。

「顧家人又不差我一個砍頭的，我上不上戰場就算了吧。」

沈言回了一句，腳下不慢，出了翰林院直接鑽進了一輛馬車裡。

「快走！」

沈言對著馬夫吼了一嗓子，馬車剛動，車簾一掀，顧淮已經衝了進來。

「喂！」

沈言氣結。

「我都說了，我姓沈，我不可能回顧家，顧家又不是除了我就沒別人了，不是不少活著的嗎？」沈言真的很不耐煩。

「可是，根骨上佳的就你一個啊！」

顧淮忍不住也急了。當他喜歡貼這臭小子的冷臉嗎？

還不是因為顧家這一輩留下來的孩子不多，嫡支的沒有，庶出的就是沈言，剩下的幾個都是旁支的，資質都不佳。只有沈言，自幼隨著沈湛練武，根骨又好，可以說是個練武的奇材。

只是，這好好的奇材居然跑去考什麼狀元！

顧淮哪裡肯啊！跑去找了皇上哭訴，硬是讓皇上把前三名都落到了別人的頭上。本想著這樣沈言也就不會再去想什麼讀書了，哪裡知道，他又跑去翰林院朝考得了個頭名。

讓顧淮真是頭都大了。

沈言對著顧淮冷呵一聲，不去理會這個莽漢，直接吩咐馬夫回府。

看在這莽漢弄拙成巧，誤打誤撞地全了他的心思，讓他沒中前三，反倒當了庶起士的分上，沈言這才沒和他計較；不然光憑著對方算計他，沈言定要好好收拾這人的。

到了沈府，沈言快步跳下馬車直奔內院，讓本想接著跟著的顧淮也只好止步。他看著沈言一陣風似的刮進沈府跑沒了影子，只無奈地跺了跺腳。

這小子！都多大了還往內院跑，沒規矩！

羅紫蘇正和沈湛還有小妞兒沈含瑾說話，就看到沈言氣沖沖地衝進來。

「怎麼了這是？朝考沒考好？」羅紫蘇逗趣地問。

「才不是，那麼簡單的考試。」沈言氣鼓鼓。「還不是顧淮那個莽夫！」

「含瑾，妳先回房，爹娘有事和妳大哥說。」

沈含瑾嘟了嘟嘴，本想抗議，可看到羅紫蘇嚴肅的模樣，只好點了點頭走人了。

「阿言，你想好了？」

羅紫蘇嚴肅著臉。「你真的不回顧家？從小到大，爹娘都把你當成親生的，無論你是回顧家或是留下，你都是我和你爹的兒子。」

坐在一旁的沈湛也嚴肅起來，他正襟危坐，不過手卻是護著羅紫蘇。

五年前生了兒子之後，羅紫蘇再次有了身孕，這次她反應劇烈，沈湛下定決心寸步不離羅紫蘇身邊。

有些不滿地瞪了眼給媳婦兒找麻煩的臭小子，沈湛剝開個葡萄，遞給了羅紫蘇。

原本心情並不好的沈言，生生被爹娘塞了滿嘴的狗糧，只覺得心頭更堵了。

「顧家的事情，已經沒什麼好說的。先皇去世之前已經給顧家平冤昭雪，說來我也只是個庶子，並非嫡出，顧家的子孫除了我還有那麼多呢，何苦還非要折騰我？

「不說別人，那顧淮就是我那爺爺流落在外的庶子，論血脈比我還近，他不成親傳宗接代倒要指望我？我才不呢。

「再說，我自幼在爹娘身邊長大，心裡也只能認下你們二人做我爹娘，別人我才不認。而且，我以後還要給姊妹撐腰，給弟弟當個好榜樣，那麼多事要我做，我才不要回顧家呢。孤伶伶的，沒意思。」

沈言僵著臉坐在羅紫蘇的下首，剛說完這幾句，就看到沈湛好似護食的狼狗一般，伸出手把羅紫蘇護著往一旁挪一挪，接著他換了個位置，坐到羅紫蘇和沈言的中間，眼睛還瞪了沈言一眼。

「長話短說。」

沈言無言以對，瞪著沈湛，懷疑自己是不是不應該姓沈？這爹明顯不歡迎自己嘛！

羅紫蘇聽了沈言的話還在點頭，結果就被沈湛硬生生擠開，這還不說，他更僵著臉對沈言放話。好笑的她伸出手來掐了沈湛的腰一把，瞪著沈湛，直到這位醋罈子老實又委屈地躲到一邊去，這才靠著沈言坐好，拍了拍沈言的腦袋。

「那就依你的意思。血緣，本就不是那般重要，在爹娘的心裡，只要你過得開心就行。顧淮那邊你不用管了，我讓你舅舅去說。」

弟弟當然是該用得用了，羅紫蘇已經在腦子裡閃過幾種讓羅春齊幫著沈言出頭的方法，種種都能直擊靶心。

沈言得了羅紫蘇的話，又看到沈湛委屈巴巴的樣，心裡立即美了。知道不回顧家這事是成了，顧淮再逼他也沒用，這才開心地笑起來。

「那一切就麻煩舅舅了。」

羅紫蘇看著傻兒子坐著傻笑只是搖頭。

這傻孩子，都說打仗才是發財的營生，那顧家當年雖然被抄了家，可瘦死的駱駝比馬大，這傻孩子一定不知自已到底放棄了多少好東西吧？

一旁的沈湛還委屈地看著羅紫蘇，讓羅紫蘇的嘴角抽著不知說什麼好？

都幾十歲的老男人了，還擺出這種姿態，真的很辣眼睛啊！

沈言在翰林院足足上了三年的課，散館之後又成了翰林的編修；又過了三年，他外任熬資歷，在苦寒之地足足待了六年，帶著精彩漂亮的政績回了京城，直接入了內閣。

而那時，羅春齊已經升任為三位閣老之一。

再後來，沈言成了繼羅春齊之後最年輕的閣老。

沈閣老的一生，順遂平安，護姊妹，教幼弟，與妻子舉案齊眉過了一生。

嗯。

順便效仿了他的爹娘，時不時地給家裡的兒女們撒撒狗糧。

餵飽孩子最重要，哈！

——全篇完

番外　桃之夭夭

桃之夭夭，灼灼其華。

沈湛到現在都還記得，紫蘇嫁給他的那天，他掀開蓋頭的那一刻。

清麗嬌美，雙眸如水，眉如遠山，唇似含珠。

那時候的沈湛整個人都摔在泥地裡，不被家人喜歡，更被外人視做沈家累贅。

沈湛從來不知道，他的救贖，居然就是那個容貌嬌美、性情柔中帶剛的女子。

「爹。」

二兒子沈喻屁顛屁顛地跑過來，胖嘟嘟的臉頰上帶著奔跑的紅潤，手上拿著一塊碧綠的糕點。

「快吃，桃花糕。」

沈喻雙眼放光，依依不捨地看了眼手上翠綠的點心，忍著心痛遞給他親爹。

「這是我給爹留的。」

沈湛的嘴角抽了抽。「這、這糕點顏色倒是別致。」

原本粉色的桃花瓣因為用糖漬過而變成淡淡的紅色，配上不知被什麼浸過而翠得發綠的糕身……

原本是陪著懷了身孕的羅紫蘇在後花園裡小逛了一會兒，怕羅紫蘇累著，想帶著她坐著小歇，誰知媳婦兒卻被人拐了去另一邊說話，沈湛正揪著心看著媳婦兒和羅春齊他媳婦兒柳氏一邊走一邊說話，結果二兒子就拿著塊顏色詭異的點心來折磨他了。

「對啊！」沈喻和他哥哥沈言不太一樣，憨頭憨腦的地主傻兒子一個。不過他最喜歡的就是給他取了名字的哥哥，天天纏著沈言纏得緊。

「我和哥哥說了想吃綠色的桃花糕，哥哥就想出了點子，說是用青汁浸過不就是綠色了麼？便讓廚房的林婆婆給做出來了。爹，您看這顏色好看吧？」

沈湛看了看紅配綠的顏色，再看看小豆丁一般的傻兒子，真心無話可說。

沈喻等了半晌親爹也不接點心，正心裡委屈，就看到他娘和他舅母相攜走過來，眼睛一亮，他立即拿著捏得快扁了的桃花糕去獻寶。「娘，快看我的點心！娘，這是我特意給娘留的。」

——哈，說好的特意給我留的呢？沈湛被這諂媚的小兒子氣樂了。

撫著肚子的羅紫蘇接過小兒子手裡握著的、快被捏得支離破碎的點心，看著沈湛一副無語的表情含著笑。

「行，點心娘接過來了。去吧，你不是被罰寫二十張大字嗎？眼瞅著這天可快黑了，沒完成當心哥哥回來打你手心。」

羅紫蘇表情甜蜜地說著讓沈喻傷心的話，小肥崽子絕望一樣地捣住自己的胸口，兩隻小胖蹄子還不忘記做捧心狀。

「娘，您、您好狠的心啊！」

羅紫蘇和沈湛齊齊黑臉。羅春齊的娘子柳氏笑得全身顫抖，完全控制不住自己。這孩子太逗了！這一副做派，正和前幾日小妞兒回娘家和自家夫君鬧騰時是一模一樣的。

「都學這什麼有的沒的！」

黑著臉的沈湛伸手提起肥嘟嘟的傻兒子，無視他的抗議掙扎，對著羅紫蘇眼露溫柔。

「紫蘇妳們先聊，我送這小子去書房寫大字。」

羅紫蘇對著沈湛笑著應了一聲，沈湛點頭，抓著小崽子撤了。

柳氏羨慕地看著沈湛明明滿臉冷漠，偏看著羅紫蘇時眼中柔情萬千，還有羅紫蘇那張明明應該三十許歲，卻還像個二十出頭的小姑娘的臉。

大姑子真的是個很幸福的女人啊。

從前還未嫁予羅春齊時，她覺得夫妻間過日子就應該像她爹娘那般，相敬如賓，舉案齊眉；然而，在成親後，她和公婆、大姑子一起生活，才發現並不是這樣的。

相公的姊夫很疼愛相公的姊姊。

沈湛初給人的感覺是冷漠寡言，可誰能知道，這樣一個看似冷淡寡情的男人，對自己的妻子卻是往死裡寵著呢？

沈喻再抗議也沒用，他被自家親爹丟到書房裡，由好幾個小廝盯著寫大字。

沈湛心滿意足，又算著柳氏應該已經閃人了，他快步回後花園。果然，只有羅紫蘇坐在亭裡鋪了軟墊的石凳上，一手支著腮，一手搭在桌上，正看著他笑。

那雙眼睛，一如往昔的清澈透亮，黑色的雙瞳帶著幾分好笑與了然，感受著羅紫蘇的目光，沈湛只覺得心頭一陣火熱。

每次，只要媳婦兒的目光落到自己的身上，沈湛就會覺得自己心頭火熱，那溫度燙得讓他恨不得做些什麼才好？

可是不行。

媳婦兒懷了不說，這幾日應該就會生了。

想到這裡，沈湛的腳步更快，明明旁邊有位置，可他卻擠到羅紫蘇身邊。怕媳婦兒被自己擠到，還手熟眼快地把人撈起來摟到懷裡，放在膝間，左手摟肩，右手搭腰，平時的木頭臉難得帶著幾分怨氣地摸了把老婆的肚子。

已經九個月了，羅紫蘇的腰身雖然粗了兩圈，可沈湛卻怎麼看都覺得這肚子沒有懷沈喻那時大。

「快生了吧？這天天的，媳婦兒妳可真是辛苦。」

沈湛撫著羅紫蘇的肚子，對著親親媳婦兒就親了好幾口。

「等生了這個，請幾個奶娘吧，我已經托人找好了人選，爹娘年紀大了，看孩子太累了。」

沈湛說的是羅宗平兩口子。這幾個孩子都是老兩口幫著帶的，可現在這兩位年紀大了，沈湛不忍心讓老兩口再勞累。

「你想得挺好，就怕爹娘不答應。」

羅紫蘇卻是覺得不太可能，別的不說，孫氏可是一門心思摩拳擦掌地等著抱這個小的；自家爹爹連開的鋪子都不去了，天天在家琢磨著再給外孫添些個新鮮玩意兒，請奶娘恐怕是誰也不會同意。

「看看吧，也不是不讓爹娘照顧，就是找幾個幫手幫忙看著，這樣爹娘也能輕鬆些。」

沈湛也沒抱太大的希望，不過不管怎麼，現在能一身輕鬆地抱著媳婦兒，沈湛已經很滿意了。

他容易麼？

不說岳父、岳母了，就說家裡這幾個小的，女兒是嫁出去了，可都沒嫁遠，三天兩頭的，大妞兒和小妞兒就會跑回家來黏著羅紫蘇不放；沈言這臭小子白天去翰林院，晚上回來就一直和羅紫蘇說話說個沒完。

還有那個最小的傻兒子，更是時不時抓著羅紫蘇陪著睡，這還是羅紫蘇懷了身孕，怕傻兒子晚上睡著踢著肚子，這才讓沈湛頂著為兒子好、為媳婦好的名頭，把這臭小子挪去沈言的院子裡。

小胖子沈喻搬走那天，向來冷靜自持的沈湛都沒控制住嘴角往上翹，讓羅紫蘇很是無語。

「紫蘇，累了嗎？」

沈湛說了半天，羅紫蘇都沒吭聲，他有些不習慣地低頭，結果發現自家媳婦兒似乎睏了。

「走吧，我抱妳回房休息。」

沈湛行動力很強，直接抱著媳婦兒站起來就走，羅紫蘇掃了眼花園，花園裡並沒什麼下人。

沈家在京裡住了這麼久，不過下人並不太多。羅宗平老兩口不太習慣讓人伺侯，之前在鎮上也是自家人動手居多，羅紫蘇索性就沒用太多下人，只在廚房裡留了個做飯的婆子，還有門房、三兩個小廝，丫鬟基本上沒有，羅紫蘇也懶得等人伺侯。

「睡吧。」

抱著寶貝媳婦兒回房，沈湛幫著媳婦兒脫了外衣、散了頭髮，睏倦的羅紫蘇已經睡了，完全不管沈湛要怎麼忙活。

一直到把長髮披散的羅紫蘇抱到懷裡，沈湛終於吁了一口氣。每一天，他只有抱著紫蘇時，才會有那種安心、舒心，又感動的感覺。

沈言回到家時，天色還早，今日因院裡月考，他答得甚順，交了卷後就先行一步回到家來。娘這一次懷相極差，已經快生了，偶爾還會吐個不停，反應很大，他不放心。

結果到了家剛進書房，就看到沈喻正委屈巴巴地拿著根毛筆寫大字，一張胖臉上被墨印得東一畫、西一橫的，看著就讓人想笑。

「大哥。」

沈喻看到沈言如看到救星一般，放下手裡的筆就奔過去，儼然忘記自己之所以要寫上二十篇大字，正是這位親親好哥哥的手筆。

「你回來啦！」沈喻高興壞了。

「今天爹逼著我在書房裡寫大字，好過分，娘也不給我說說情。」

沈喻想想就心酸，虧得娘還說他是娘最稀罕的寶寶，都是騙人的！

「你私自跑去水邊玩耍，又沒輕重地跳進水裡，做錯了事，難不成還不想領罰？」

臉上的笑收起，沈言的臉立即肅了下來。沈喻一看驚了一跳，這才想起這二十篇大字，是因為他沒輕沒重跑到池塘邊去撈魚領的罰，罰他的正是大哥啊！

「沒有，阿喻做錯了，願意領罰。」

沈喻被羅家兩老寵著，沈湛一顆心都是他媳婦兒的，顧不上他，因而從小到大，沈喻可說是沈言一手教出來的，他誰都不怕，就怕沈言，一看沈言肅臉，他立時就怯了。

「這就對了，知錯能改，這才是好孩子。」

沈言年紀不大卻老氣橫秋，不管別人，沈喻可是被唬住了的。

另一邊，沈湛感覺到懷裡的人一陣動，他睜眼低頭一摸，羅紫蘇的肚子鬧騰得很，摸著都能感覺到掌心下隔著肚皮的臭小子，在不斷踢來扭去的。

「這一胎怎麼這麼鬧騰！」

沈湛皺著眉頭，結果抬眼看，羅紫蘇正看著他，嬌美的臉龐上帶著甜蜜的笑。

「鬧騰當然有原因了，有件事，我要告訴你。」

「什麼？」

「我……好像要生了。」

「什、什麼？」

沈湛呆呆地看著羅紫蘇，半晌才反應過來，臉色煞白，顫抖著手就跳下床，結果腳還踢到床榻，他也顧不得了，一瘸一拐地只穿著襪子就往外跑去。

羅紫蘇知曉他是要去喊人請產婆，府裡早就備著也不急，倒是鎮定得很，扶著已經開始作疼的肚子，她慢慢坐起來，一下下往床下挪。

家裡的產房已經備妥，就在後院的西廂，很近。

沈府裡因為羅紫蘇就要生產的消息如沸油滴水一般，活泛了起來。沈湛急急地喊人過來，又是找產婆，又是找羅宗平兩口子，整個人都驚慌失措。明明已經不是第一次當爹，卻依然控制不住自己的憂心。

羅宗平對著沈湛直搖頭，深嘆自家這位女婿之前的冷靜已經不翼而飛；另一邊，孫氏找了小廝去給大妞兒、小妞兒還有羅春齊送信。

足足過了四個時辰，羅紫蘇才生下了小兒子。

第二天，沈言帶著沈喻過來看弟弟。

沈喻看著小包子一臉的嫌棄。「娘啊，這弟弟好醜，沒有阿喻長得可愛嘛，還這麼瘦，阿喻晚上的雞腿給弟弟吃吧，他一定餓壞了！」

沈喻深深覺得這弟弟這麼小、這麼瘦、這麼醜，一定是餓的。想他沈喻一身小肥膘，可是靠著一頓兩碗飯、一隻雞腿，外加一碗肉、半盤青菜養出來的呢！

羅紫蘇笑得不行，沈湛只對著傻兒子翻白眼。

「娘，弟弟的名字我來取啊。」沈言抱著幼弟愛不釋手。

「我想叫他沈蹊。」

這小子！

沈湛驚訝地抬頭看了眼沈言，唇角露出一絲笑意。

居然和他想到了一起。

羅紫蘇沒什麼意見，沈言和沈湛達成了共識。

很好，不出意外，沈家最小的小兒子，就叫做沈蹊了。

桃李不言，下自成蹊。

——全篇完

2019年8月出版

仙夫太矯情

文創風 770 【重生之三】

段慕白在仙界悠悠哉哉地訓練自己新收的小徒弟，
能成為人人景仰的劍仙的徒弟，應該是很值得驕傲的事，
但這小徒弟不僅不懂感恩，還棄他落跑，
哼哼，她別妄想能逃離他的掌！

天后一出，圈粉無數／莫顏

魄月覺得自己真是閒得沒事幹，才會發神經去勾引段慕白。
他身為冷心冷情的劍仙，斬妖除魔從不手軟，
修為到他這種程度，怎麼可能輕易動情？
美人計不成，她賠掉自己的小命，死在劍仙的噬魔劍下，魂飛魄散。
誰知一覺醒來，她重生了，
重生這事不稀奇，變成段慕白的徒弟才嚇人！
仙魔向來誓不兩立，她當了一輩子的魔，從沒看過段慕白冷漠以外的表情，
原來，他是愛笑的；
原來，他可以溫柔似水；
原來，他一點也不冷漠，
原來……等等，這人怎麼那麼愛動手動腳？
這人怎麼老光著身子，還愛吃她豆腐？
原來，段慕白清冷、神聖的形象是裝的；
原來，他比千年老狐狸還狡猾；
原來，他不動情則已，一動情便會要人命啊！

2019年7月出版

小女金不換

文創風 767～769

誰說兒子才金貴，女兒就是賠錢貨？
安其滿夫婦大大不認同，自家的好閨女可不就打臉全村了？
金頭腦帶福又帶財，還有小神醫準女婿相隨，
得女如此，夫復何求……

田園好文，家長裡短自有餘味／君子羊

當安雲開意識到自己穿成貧窮農家的小養女時，真真是哭笑不得！
老天絕對是在開玩笑，雖說能有爹娘照顧是身為孤兒的她夢寐以求的美事；
但她為啥是個智商只有三歲、腦袋不開竅的傻妞呢？
也難怪刻薄吝嗇的奶奶、慓悍懶惰的大伯娘對她這隻米蟲頗有意見，
連帶老實善良的爹娘也遭打罵奚落兼壓榨，
日常種田織布所得全須上繳，做得要死要活仍三餐不繼，讓她很看不下去——
自己的爹娘自己護，她從來不認命，怎堪被欺負？何況她本非癡兒！
極品親戚吃人夠夠欠收拾，她略施小計便讓眾人叫不敢；
地位弱勢便要動腦筋，和隔鄰與她同病相憐的孤僻玩伴小磕巴丁異結盟，
兩人合力所向無敵，整得鎮上的小霸王曾八斗從此乖乖不調皮。
天不下雨、五穀歉收又怎地？只要肯上進打拚，銀子還不信手拈來？
且看她如何帶領軟柿子爹娘一手種田、一手經商，翻身作主奔小康～～

文創風
772

桃花小農女 下

國家圖書館出版品預行編目資料

桃花小農女 / 韓芳歌著. --
初版. -- 臺北市 : 狗屋, 2019.08
冊 ; 公分. --（文創風）
ISBN 978-986-509-029-6（下冊：平裝）. --

857.7　　108010824

著作者	韓芳歌
編輯	黃暄尹
校對	林慧琪　簡郁珊
發行所	狗屋出版社有限公司
地址	台北市104中山區龍江路71巷15號1樓
電話	02-2776-5889～0
發行字號	局版台業字845號
法律顧問	蕭雄淋律師
總經銷	知遠文化事業有限公司
電話	02-2664-8800
初版	2019年8月
國際書碼	ISBN-13　978-986-509-029-6

本著作物由北京晉江原創網絡科技有限公司授權出版

定價250元

狗屋劃撥帳號：19001626

網址：love.doghouse.com.tw　E-mail：love@doghouse.com.tw